黃兆漢 著

夢窗詞選注譯

兆漢自題

臺灣

印行

自序

吳夢窗（一二一二？—一二七六？）之詞，奇思壯采，麗密深曲，藝術性高，風格獨特，自南宋以來，即爲人所推許。如宋代尹煥說：「求詞於吾宋者，前有清眞，後有夢窗，此非煥之言，四海之公言也。」（《中興以來絕妙詞選》引山陰尹煥〈夢窗詞敘〉）。到了清代，經過周濟、朱彊村等人大力吹捧後，夢窗已成爲詞壇中千百人學習的對象。及至民初，嶺南大詞人陳洵更提出「以周吳爲師」的主張，認爲學詞，必須以清眞、夢窗爲師，其餘的詞人只能作爲朋友而已。換言之，周、吳是詞史上最有成就，最偉大的兩位詞人。

這樣的一位詞人，我們怎可以不去細讀精研他的作品呢？

但，正如夏承燾說：「宋詞以夢窗爲最難治，其才秀人微，行事不彰，一也。隱辭幽思，陳喻多歧，二也。」（《吳夢窗詞箋釋．夏序》）要讀通夢窗的三百四十首詞眞是不容易。所以一些文學史家便愛以零亂、堆砌、晦澀一類的字眼去概括夢窗的作品。這是不公平的。不過，與夢窗同時期而稍後的大詞人張玉田已對夢窗有所非議，他說：「吳夢窗詞，如七寶樓臺，眩人眼目，拆碎下來，不成片段。」（《詞源》卷下）近人王國維批評夢窗說：「夢窗之詞，余得取其詞中之一語以評之曰：『映夢窗，零亂碧』。」（《人間詞話》）也不是出於好意的。

平心而論，玉田對夢窗的批評不是完全不對的。夢窗的詞，總的來說，眞是「如七寶樓臺，眩人眼目」；不對的是，玉田要把它「拆碎下來」！一件藝術品，完成後是不能有絲毫改動的，更不能把它拆碎下來。爲甚麼要把它拆碎下來呢？拆碎下來便不是原來的藝術品了！王國維的批評，雖然不是恭維的說話，但正好道出夢窗詞的特色：擁有朦朧美，含蓄美，如夢境飄忽的迷離美。這正是夢窗詞給人的獨特美感。

張玉田與王國維對夢窗的批評是我在中學唸中國文學史的時候第一次接觸到的。它們引起我對夢窗詞的好奇心，但因爲夢窗的作品不在考試的範圍，所以對它們的認識如浮光掠影，連皮毛也談不上。及至我進入大學，經過老師饒宗頤教授選講了幾篇夢窗詞後，我始眞正對夢窗詞有點認識，對其《鶯啼序》愛不釋手。覺得天壤間竟有如此偉大的詞篇！但，說實話，只讀得幾篇夢窗，對夢窗的了解又能夠有多少呢？大學生讀書，一鱗半爪，大都如是，不足怪也。

我讀碩士的時候，是研究金元詞史的，雖然偶爾也接觸到夢窗，畢竟夢窗不是我的研究對象，對他的認識沒有增加多少。我的博士學位是研究明清道教史的，根本與夢窗拉不上任何關係，所以對夢窗的認識沒有半點兒增加。老實說，那時腦海中只有道教存在，差不多完全沒有夢窗的影子了！在西澳洲墨篤克大學教書的時候，文史哲藝都要教，備課、教書忙得團團轉，全無時間看自己愛看的書，還何來有閒讀夢窗詞呢？在那幾年間一篇夢窗詞也沒有讀過。

一九八一年我返母校香港大學任教。過了兩年，我開「專家詞」，講姜白石和蘇東坡。講白石影響的時候，自然會講到夢窗。這樣，我重新認識夢窗，多讀一點他的作品，對夢窗的了解可算加深了一點。八十年代中期我爲二年級的學生添了一門新的課程「歷代詞」，宋代的詞人我選了十位，夢窗是其中之一。我不能不多讀一些他的詞篇，但要讀的其他詞人的作品實在太多，所以只選讀了他的名作三四十首。自此以後，白石之外，我也愛上了夢窗！我覺得他們兩人在婉約派中有着很不同的個人獨特風格。白石「清空騷雅」，夢窗「深密婉麗」。前者如疏林秋月，後者如芳圃春花，兩者都可愛，只是可愛之處不同而已。可是，當時我沉迷於白石太深，同時因爲教學上的需要（因爲我的「專家詞」主要是講白石），我沒有足夠時間多讀夢窗。但，心裏一直有一個「遍讀夢窗」和「讀通夢窗」的願望。

一九九八年我向大學申請提前退休。雖然校方大力挽留我，但我意已決，結果順利通過了。無職一身輕，正是讀書——讀自己喜愛而以前無閒讀的書的大好機會。我第一個計劃便是讀「夢窗詞」！從九八年中開始至二〇〇〇年底，我斷斷續續的讀了兩年多夢窗詞。靠着前賢時彥的研究成果和一批工具書，我似乎已讀通了夢窗的三百四十首詞。心裏實在很舒服很滿足，覺得宿願已償！楊鐵夫箋釋和陳邦炎、張奇慧校點的《吳夢窗詞箋釋》一書（一九九二年廣東人民出版社出版）都給我讀破了！書中差不多每一頁我都打了很多奇形怪狀的符號和寫上不少縱橫交錯的筆記。這些就作爲我讀夢窗詞的心得吧。但，除了自己，誰人也看不懂。

當然，夢窗詞不是每一篇都寫得好的。有些矯揉造作，有些膚淺無味。這也難怪，三百四十首詞，那會篇篇盡是佳作呢？不過，一百幾十首總會挑選得到的。整部夢窗詞「讀通」之後，我開始深入讀那些公認的佳作和自己喜歡的篇章。這一類的作品大概有八十首。我逐字逐句的去細讀，逐段逐篇的去了解。書中的符號和筆記因此而增加了，密密麻麻的，連自己也幾乎看不懂！覺得這樣作筆記不是辦法，至少不是個好辦法。自想：爲甚麼不把這些筆記好好的寫在筆記簿上呢？同時，我又想到：連專業研究詞的人讀夢窗詞都有那麼大的困難，如果將這些筆記寫成書，是否可以幫助一些人——至低限度一些初入門的年輕人了解夢窗詞呢？我將這個想法告訴影靖，她認爲很值得去做。於是我便計劃寫這本書了。

我首先選出七十六首詞，部份是名篇，部份是我喜愛的。然後反覆細讀，將自己置於初學者的立場，決定需要注釋的地方。從○一年頭開始，不徐不疾地工作，一直到年底，終於把注釋做好。以前雖然也做過同類的工作，但有人從旁協助，工作輕鬆得多。現在是獨力去做，而且手頭上又缺乏書籍，諸多不便，做起來困難重重，倍覺辛苦！也有可能是自己年紀大了，精神不夠，每天做一兩小時便不能繼續下去，需要休息了。加上雜事繁多，不能天天工作。所以注釋七八十首詞也要花上一年的時間，眞是無奈！但是，當想到錢仲聯曾經說過：「甚矣，箋注之難也。箋詩難，箋詞尤難，箋夢窗之詞尤難。」（《吳夢窗詞箋釋・序》）自己總覺得有點安慰。

注釋做好之後，覺得爲初學者、年輕人提供了解夢窗詞的幫助仍不夠，於是決定將這幾十篇詞語譯，相信這樣可以幫助他們讀通這些詞篇。正當要開始之際，我病倒了，入醫院，結果休息調養了幾個月！不單止執筆被迫停頓了，就算連看書也只好放下。好事多磨，自古已然，惟有逆來順受而已，奈何！

病痛畢竟是要過去的。我將夢窗詞一篇一篇的去語譯。原來語譯並不容易。我覺得夢窗詞眞是很難作語譯的。原因很多，如用典破碎，用意晦澀，用筆縱橫穿插，若斷若續，都是原因。另外一個原因——相信最大的原因是自己學養不夠，語文程度不夠理想。這一點，就算惡補，也爲時太晚了。委實無奈到極呢！

勉強地完成了一部份語譯工作。無論如何，心中覺得很舒服。可是，這個時候影靖的健康突然出了問題！這眞是意料不及的。我很憂心，憂心到不能繼續工作下去。經過一連串的身體檢查後，影靖無可奈何地進入醫院，接受施手術。醫生說她的病是要經過半年的治療才能穩定的，而且需要儘量休息，不能操勞。既然如此，我意識到很多家務自然落到我的身上。這是我的責任，不應該有任何怨言的。但，影靖卻反對我做家務，理由是：我還沒完全康復，下廚會影響我的鼻喉敏感症。她堅持請傭人。我說她不過，最後同意她的想法與決定。結果，我們聘請了兩名女傭，一名負責午膳、買菜、買日用品；另一名負責晚膳、洗熨衣服。至於戶內潔淨、花園、泳池、魚池等是一向有專人負責的，便不須費心了。唉，在外國請傭人費用比香港高出幾倍。朋友說，以這樣的薪酬在香港可以聘請到一個碩士畢業生了！但，爲了健康，奈何！

影靖出院後，因爲有傭人料理家務，可以安心養病，而我亦可以有點時間做自己的事——語譯夢窗詞。半年很快便捱過了，影靖順利地完成她的療程，而我也奮力寫好了譯文。這是〇二年十二月下旬的事了。

〇一年我作好夢窗詞的注釋，〇二年寫好夢窗詞的語譯。這樣的一本小書也要用去兩年的時間，深深覺悟到人的精神、能力是非常有限的。而且，這一回在撰寫的過程中，又遇上我倆有生以來最痛苦的疾病，彼此都與病魔搏鬥了一段頗長的時間。我這本書眞是充滿了血和淚啊！同時，它是在深切的了解、關懷和愛護之下產生的。沒有影靖對家務的安排，我不可能有時間、心情和氣力去寫這本書。多謝影靖！唐代賈島有詩曰：「兩句三年得，一吟雙淚流。知音如不賞，歸臥故山秋。」此際我眞正深深領略到艱苦寫作後的淒涼感受。

初稿寫好之後，我用了差不多一個月的時間去修改和潤飾。有些書名和作者名是需要查核的，計起來超過百條。苦於自己藏書不夠，而此地的大學圖書館又不能提供任何幫助，頗感氣餒！幸得影靖養病之餘從互聯網上爲我檢查和核對了接近百條，其他幾條是託香港的朋友，如曹家偉，岑金倩夫婦，余志明女士查到的。於此向他們致萬二分謝意。兩年前打算寫這本書時又得香港大學教育學院的譚寶芝小姐爲我影印了幾篇有用的文章，在此亦向她致最深的謝忱。

還有，香港城市大學的李蘊娜小姐爲此書輯錄古今學人對夢窗的評語，又編纂了一個夢窗詞研究書文目，大大提高了此書的學術價值，對她深深感激自不待言了。

正如我在前文說過，這本書是爲初學者和年輕人而編寫的，目的在乎幫助他們認識和了解夢窗詞，所以不作過份的注釋。我的原則是儘量注出事典，而語典則除非實際上有助於了解該詞篇，否則儘量不作無謂的注。不然的話，每逢遇到「床前明月」一類的字句便要注明「出自古詩十九首」或「出自李白詩」，這樣我認爲太迂腐了。我覺得很多前人的詩詞句語經過消化後已變爲自己的語言的一部份，吟詠之際，不知不覺的流露出來，已完全沒徵用前人語言的意念了。至於語譯，我是以散文的方式去寫，而且是「半解半譯」的，因爲這樣我認爲對初學的人和年輕朋友最有幫助。我曾經嘗試以新詩的形式去作語譯，但效果絕對比不上散文形式那麼清楚。我覺得我的新詩比夢窗的詞更「朦朧」！這無疑是無助於爲讀者了解夢窗詞的。終於放棄了。莊子說：「筌者所以在魚，得魚而忘筌。蹄者所以在兔，得兔而忘蹄。言者所以在意，得意而忘言。」（〈外物篇〉）就將我的注、譯當爲筌、蹄好了。通過它們的幫助而了解夢窗詞後，它們都可以被忘記得乾乾淨淨了。「注譯所以在詞意，得詞意而忘注譯。」這樣，已功德完滿了！

影靖一向是我寫書的最大源泉，沒有她，我很多著作都不會出現，這本書也一定不會面世。與她共患難，共安樂至今已三十二年了，這是我的福氣。謹以此書獻給她，但願與她共處多一個三十二年，再一個三十二年！同時，深盼她很快恢復健康。不久前我寫了兩句「打油式」的對聯：

但求畫畫讀書寫作，共享健康快樂平安。

到了我這把年紀，除此之外，還有甚麼期求呢？

二〇〇三年一月下旬

黃兆漢 於珀斯倚晴樓

夢窗詞選注譯

目錄

渡江雲三犯① 中呂商②

西湖清明③

羞紅顰淺恨④，晚風未落，片繡點重茵⑤。舊堤分燕尾⑥，桂棹⑦輕鷗，寶勒⑧倚殘雲。千絲⑨怨碧，漸路入、仙塢迷津⑩。腸漫回⑪、隔花時見，背面楚腰身⑫。

逡巡⑬。題門⑭惆悵，墜履⑮牽縈，數幽期難準⑯。還始覺、留情緣眼，寬帶因春⑰。明朝事與孤煙冷，做滿湖、風雨愁人。山黛暝⑱、塵波澹綠無痕⑲。

① 渡江雲三犯：犯者，指犯調。犯調始於唐代，盛於北宋末。犯調就是西樂中的「轉調」，是取各宮調之律合成一曲而宮商相犯的。宋・姜白石《淒涼犯》序說：「凡曲言犯者，謂以宮犯商、商犯宮之類。」宋人詞曲有兩調相犯的，亦有三調相犯的。如吳夢窗的《瑣窗寒》，自注云：「無射商，俗名越調，犯中呂宮，又犯正宮。」但此《渡江雲三犯》之「三犯」似非指宮調之三犯或說三宮調相犯，因為在夢窗的

自注中只言「中呂商」，未言宮調之三犯。在宋詞中有些調名雖有個「犯」字，而實際上是集合數調的句法而成，猶如元人之集曲。它們不是宮調相犯，而是句法相犯，與律調無關。此詞調名「三犯」應爲集合三調的句法而成，而不是說三宮調相犯。

② 中呂商：宮調之一種，爲商七調之一，俗名小石調，其聲情「旖旎嫵媚」。所謂宮調就是律調，所以限定樂器聲調的高下。宮調是以七音、十二律構成。宮、商、角、徵、羽、變宮、變徵叫做七音，所以代呼唱聲音的高低。黃鍾、大呂、太簇、夾鍾、姑洗、仲呂、蕤賓、林鍾、夷則、南呂、無射、應鍾叫做十二律，所以定音階的高下。十二律各有七音。以宮音乘十二律叫做宮，以商、角、徵、羽、變宮、變徵六音乘十二律叫調。宮有十二，調有七十二，合成八十四宮調。在唐與北宋時實際應用的只有二十八調，即宮七調、商七調、角七調和羽七調。到南宋時，除極少數，則僅用七宮十二調。宋·張炎《詞源》卷上列出當時所用七宮是：黃鍾宮、仙呂宮、正宮、高宮、南呂宮、中呂宮、道宮。十二調是：大石調、小石調、般涉調、歇指調、越調、仙呂調、中呂調、正平調、高平調、雙調、黃鍾羽、商調。而角七調已完全不用。

③ 西湖清明：西湖，在浙江杭縣西，即古明聖湖。三面環山，溪谷諸水，匯而爲湖。周三十里，以在城西，故名。一名錢塘湖，亦名上湖，又稱西子湖。有外湖裏湖後

湖之別。風光明媚，爲中國名勝地。清明，節氣名，每年陽曆四月五日或六日爲清明。《淮南子・天文》：「春分後十五日，斗指乙，爲清明。」此詞，陳洵《海綃說詞》釋爲紀初遇吳姬，夏承燾《夢窗詞集後箋》釋爲紀初遇杭妾，楊鐵夫《吳夢窗詞箋釋》（以後簡名爲楊氏《箋釋》）則釋爲泛作遊冶之詞，所持的理由是：「『留情』八字，在冶遊上已屬過於描寫，若後經量珠聘歸者，則不應留此褻語，所以不敢定其爲妾也。」其說較爲可取。劉永濟《微睇室說詞》說：「此詞大意是描述清明憶舊遊之情事，至其事爲何，從內容上看，從其用典實看，則爲昔有所遇，今未能忘，故有此作。」其看法與楊氏相若。

④ 羞紅：指含羞的紅花，即含苞初放之紅花。顰，顰眉之意，憂愁不樂之表示。淺恨，微帶恨意也。

⑤ 片繡：指花言，美如錦繡般之紅花。點，點綴也。重茵，厚席也。

⑥ 舊堤：以前建築之堤防。此處指蘇堤與白堤。兩堤交叉，形如燕尾，故云「舊堤分燕尾」。

⑦ 桂棹：以桂木造之棹。棹，櫂或字，檝也，船槳也。此處泛指桂木造之船隻。

⑧ 寶勒：勒，馬頭絡。寶勒即寶馬。

⑨ 千絲：絲，指柳絲。千絲，言柳絲眾多。

⑩ 仙塢迷津：用劉晨、阮肇上天臺山採藥遇仙女事。宋・李昉等編《太平廣記》卷六

十一引《神仙記》：「劉晨、阮肇入天臺山採藥，遠不得返。經十三日，飢，遙望山上有桃樹，子熟，遂躋險援葛至其下，啖數枚，飢止體充。……遂渡山，出一大溪。溪邊有二女子，色甚美，見二人持杯，便笑曰：『劉阮二郎捉向杯來。』劉阮驚，二女遂欣然如舊相識，曰：『來何晚耶？』因邀還家。……歸思甚苦。女遂相送，指示還路。既還，鄉邑零落，已十世矣。」

⑪ 腸漫回：漫，徒然也。回，轉也。此三字謂中腸徒然旋轉，指衷懷徒然不安也。

⑫ 楚腰身：楚腰，謂美人腰細。南朝·宋·范曄《後漢書·馬援傳》：「楚王好細腰，宮中多餓死。」楚腰身者，謂細腰之身軀也。

⑬ 逡巡：却退貌，意指徘徊凝佇。

⑭ 題門：用唐·崔護「人面桃花」事。據唐·孟棨《本事詩》，崔護嘗於清明日獨遊長安城南，見一村莊有女子獨倚小桃柯佇立，而意屬殊厚。來歲清明，崔又往尋之，則門扃無人，因題詩於左扉曰：「去年今日此門中，人面桃花相映紅。人面不知何處去，桃花依舊笑春風。」

⑮ 墜履：據漢·賈誼《新書·諭誠》載：「昔楚昭王與吳人戰，楚軍敗。昭王走而履決，背而行，失之，行三十步，復旋取履。及至於隨，左右問曰：『王何惜一踦履乎？』昭王曰：『楚國雖貧，豈愛一踦履哉！惡與偕出弗與偕反也。』自是之後，楚國之俗無相棄者。」古代詩文中常以「墜履」比喻尋回失物或不棄舊侶。牽縈，

牽掛縈繫也。

⑯數幽期難準：數，估計也。幽期，幽會之期。難準，難憑也。意謂後會難憑也。

⑰春：即唐・韓偓詩「酒發臉邊春」之「春」，意指美貌。

⑱山黛暝：黛，青黑色。暝，本作冥，幽暗也。山黛暝者，謂山色青黑幽暗也。

⑲無痕：楊氏《箋釋》曰：「『無痕』二字，妙甚。上文層層佈境，至此化爲煙雲，故曰『無痕』。詞境亦似之。」實獨具慧眼，眞行家之言也。

語譯

渡江雲三犯

含羞的紅花顰蹙雙眉，微帶怨恨。一陣晚風掠過，但仍未將嬌美的花瓣吹落，點綴於厚重如茵的綠草上。舊建的堤壩向兩旁展開，如燕尾叉分。我一會兒乘坐桂木造的船隻，追風破浪，如輕鷗般飛快；又一會兒策着寶馬，倚傍着殘褪的野雲。我穿過一林楊柳，千絲萬條，碧綠得淒涼如怨。循着小徑，我漸漸進入如仙境般的幽谷，迷了途，找不到津口出路。隔着花叢，我偶然看見她的背面，身軀細小，腰纖可憐。這使我迴腸百結，衷懷不安。但，這些都是枉然！

我徘徊凝佇，不敢前進。事後心中萬分惆悵，只題詩於門上而離去。過往的事長久地牽魂縈夢，總希望追憶尋回。但，預計幽會之期難於實現，杳茫得很。現在我才覺悟到，只驚鴻一瞥，便情留心中。她的美貌，令我腰減帶寬，消損憔悴。但，到了明朝，一切事情都會成爲過去，冷寞得如孤煙一般！只剩下我孤零零的留在湖海上，對着悽風苦雨而發愁。山色慢慢地變得青黑幽暗，滿含着微塵的湖水呈現出慘澹綠色，已看不見一點波濤的痕迹了。

霜葉飛① 大石②

重九③

斷煙離緒④。關心事，斜陽紅隱霜樹⑤。半壺秋水薦黃花⑥，香噀⑦西風雨。縱玉勒⑧、輕飛迅羽⑨。淒涼誰弔荒臺⑩古？記醉踏南屏⑪，彩扇咽⑫、寒蟬倦夢，不知蠻素⑬。

聊對舊節傳杯⑭，塵箋蠹管⑮，斷闋經歲慵賦⑯。小蟾⑰斜影轉東籬，夜冷殘蛩語⑱。早白髮、緣愁萬縷。驚飆從捲烏紗去⑲。漫細將、茱萸看⑳，但約明年，翠微㉑高處。

① 霜葉飛：此詞寫重九節日懷念歌姬或侍妾的淒涼落寞的心境。

② 大石：即大石調，原名黃鍾商，爲唐宋時流行的二十八調中商七調之一，其聲情「風流醞藉」。參《渡江雲三犯》注②。

③ 重九：舊稱陰曆九月初九日爲重九，或稱重陽，爲古時佳節之一。

④ 離緒：分離的情緒或情懷。

⑤霜樹：泛指秋天的樹木。

⑥薦：進獻之意。遇節日供時物而祭亦稱薦。黄花，即菊花，因菊花以黄色爲最普遍之顏色。

⑦噀：噴也。

⑧縱：縱使也，即使也。亦可解作放縱之意。玉勒：指馬。夢窗詞多以玉勒、寶勒稱馬。勒，馬頭絡也。

⑨輕飛迅羽：輕飛，即輕便飛快。迅羽，指飛鳥。

⑩荒臺：指宋武帝劉裕於重陽日登之戰馬臺。臺在彭城，原爲楚項羽閱兵處。

⑪南屏：指南屏山。明·田汝成《西湖遊覽志》記：「南屏山，峰巒聳秀，怪石玲瓏，峻壁橫坡，宛若屏障。」西湖十景有「南屏晚鐘」。

⑫彩扇咽：彩扇，指持彩扇歌唱之女士，即歌姬。咽，凝咽也，狀歌聲悲涼。

⑬蠻素：即小蠻和樊素，爲唐詩人白居易的兩名侍妾。白詩曰：「櫻桃樊素口，楊柳小蠻腰。」

⑭舊節：指重九節。傳杯，飲酒也。

⑮塵箋蠹管：塵箋，蒙上灰塵的紙箋。蠹管，被蛀蟲蠹蝕之筆管。

⑯斷闋：未完成的歌詞。經歲，經年也。慵賦，懶得賦詠之意。

⑰小蟾：指月亮。古時以爲月亮有神蟾居之，故於古詩詞中往往以蟾代表月亮。

⑱蛩：即蟋蟀。殘蛩語，即微弱的蟋蟀叫聲。

⑲驚飆從捲烏紗去：此句活用晉時孟嘉落帽事。據唐·房喬《晉書·孟嘉傳》，嘉於重九登高，風吹帽落，渾然不覺，人嘆其灑脫。從捲，任憑捲走之意。烏紗，官帽也。

⑳茱萸：植物一種，古時於重陽節佩戴，以避災邪。此句化用唐·杜甫詩：「明年此會知誰健，醉把茱萸仔細看。」

㉑翠微：《爾雅·釋山》云：「未及上，翠微。」宋·邢昺疏：「未及頂上，在旁陂陀之處，名翠微。」此處則泛指山而言。

語譯

霜葉飛

空中煙霞中斷，彷若我的離情別緒。這些景象已牽引起我的傷心事，更何況看見血紅色的夕陽隱隱地藏在秋林之中。我將半壺秋水獻給黃花。它們的香氣噴發出來，瀰漫在西風秋雨裏。我控縱着寶馬，它輕快如飛鳥。但誰人還會憑吊境況淒涼的古老荒臺？還記得我帶醉與歌姬登上南屏山。她舞着彩扇，歌聲凝咽。我如寒蟬般從夢中驚醒，一時之間弄不清她的名字了，她叫小蠻抑或樊素呢？

無聊地我循域舊時節日的習俗把盞強飲。紙箋已經生塵，筆管已爲蟲蛀，經年未寫好的歌詞我也懶得去完成了。月亮的影子斜斜地轉向東邊的籬笆。午夜嚴寒，萬籟俱寂，只聽見微弱的蟋蟀叫聲。我的鬢髮早已斑白了，因爲哀愁的事情實在太多，如千絲萬縷。就任從驚風捲走我的烏紗帽吧！不做官算了。隨意地我手執域茱萸，仔細地觀看。就約定明年，在山之高處再見吧！

瑞鶴仙①

林鍾羽，俗名高平②

淚荷拋碎璧③。正漏雲篩雨④，斜捎⑤窗隙。林聲怨秋色。對小山不迭⑥，寸眉愁碧。涼欺岸幘⑦。暮砧催⑧、銀屏剪尺⑨。最無聊、燕去堂空⑩，舊幕暗塵羅額⑪。

行客。西園有分⑫，斷柳淒花，似曾相識。西風破屐⑬。林下路，水邊石。念寒蛩⑭殘夢，歸鴻⑮心事，那聽⑯江村夜笛。看雪飛、蘋底蘆梢⑰，未如鬢白。

① 瑞鶴仙：楊氏《箋釋》認爲「此爲夢窗於姬去後，再到蘇州西園，坐雨憶姬之作。」從詞中之造語設境視之，似甚有可能。

② 林鍾羽：爲唐與宋時流行的二十八調中羽七調之一。高平則爲高平調之簡稱，其聲情「條暢滉漾」。參《渡江雲三犯》注②。

③ 碎璧：指雨水落於荷葉上，成爲水珠，晶瑩如璧玉。

④篩雨：篩本爲竹器，有小孔以下物，可以取粗去細。此處作動詞用，即篩出雨來之意。

⑤捎：拂也。

⑥不迭：不斷也。

⑦岸幘：幘爲包髮之巾，本覆額。露其額之幘曰岸幘。唐·房喬《晉書·謝奕傳》：「（謝奕）岸幘笑詠，無異常日。」

⑧暮砧催：砧，擣衣石也，此處指擣衣聲（砧聲）。「募砧催」者即日暮擣衣聲催促之意。

⑨銀屏剪尺：銀屏，銀色屏風。剪尺，猶言裁剪。

⑩燕去堂空：用唐代張建封、關盼盼事。按建封死後，其妾盼盼守節，居燕子樓十餘年。蘇軾《永遇樂》有「燕子樓空，佳人何在？空鎖樓中燕。」之句。

⑪舊幕暗塵羅額：幕，帳幕也。羅，紡也。額，幕上之橫布如額，故曰「羅額」。

⑫西園有分：意指夢窗與去姬曾同住西園。

⑬破屐：用謝靈運典。唐·李延壽《南史·謝靈運傳》：「靈運尋山陟嶺，必造幽峻。巖障數十里，莫不備盡登躡。嘗着木屐，上山則去其前齒，下山去其後齒。」

⑭蛩：蟋蟀也。

⑮鴻：大雁也。

⑯ 那聽：即那忍聽之意。

⑰ 蘋底蘆梢：蘋與蘆乃多年生之草本植物，生溼地或淺水中。蘆花白色。

語譯

瑞鶴仙

水珠如眼淚般從荷葉瀉下來，晶瑩皎潔，如被拋出的碎玉。此刻正是雲層如漏斗一般篩出漫天雨點，斜斜地拂着窗格。在這秋天的時節，雨打樹林，發出陣陣聲響，如怨如訴。我對着連綿不斷的小山，迫近眉睫，一片碧綠，引起我無限哀愁。天氣嚴涼，就算我頭上裹着髮巾也覺得寒冷。日暮時分，砧聲四起，好像催促着人們。這個時候，她正爲我在銀屏旁邊縫製衣服。現在是最無聊的時刻了，她已如燕子般飛走，堂前空無一人。連舊時的帳幕上邊的橫幅亦已鋪滿了塵埃，顏色變得陰暗。

她如行客一般，一去不返了！昔日我倆曾有一段日子在西園棲宿，那裏都有我倆的份兒。此刻眼前斷折的楊柳和淒涼的花草，似乎都是曾經相識的。西風眞冷啊，它令到我穿在腳上的木屐也似乎冷破了！我獨自走過林下的小路，踏着水邊的碎石。當我想到：午夜夢迴時聽見令人心寒的蟋蟀叫聲和飛鴻歸來勾起我的傷心事的時候，又怎忍聽江村晚間的笛聲？看那大雪紛飛，有些鑽入蘋花底下，有些落在蘆花梢上，眞是漫天皆白啊！但，還比不上我的鬢髮那麼白呢！

瑞鶴仙①

晴絲②牽緒亂。對滄江斜日，花飛③人遠。垂楊暗吳苑④。正旗亭⑤煙冷，河橋風暖。蘭情蕙盼⑥。惹相思、春根酒畔⑦。又爭知⑧、吟骨縈消⑨，漸把舊衫重剪⑩。

淒斷。流紅千浪，缺月孤樓，總難留燕⑪。歌塵凝扇⑫。待憑信，拌分鈿⑬。試挑燈欲寫，還依⑭不忍，箋幅偷和淚捲。寄殘雲、賸雨蓬萊⑮，也應夢見。

① 瑞鶴仙：楊氏《箋釋》釋爲「寒食節憶姬之作。」可信。

② 絲：指柳絲。

③ 花飛：唐・韓翃《寒食》詩：「春城無處不飛花。」此句點出此詞寫於寒食節。節在清明前二日。

④ 吳苑：據明・李賢《明一統志》，吳苑在今蘇州太湖北岸。唐・杜牧《贈沈學士張

歌人》詩曰：「吳苑春風起，河橋酒旆懸。」楊氏《箋釋》曰：「此言去姬所在地。」

⑤旗亭：唐·薛用弱《集異記》載唐開元中詩人王昌齡等詣旗亭聽歌事。大抵當年夢窗與其姬人邂逅正是此類場所。旗亭者，酒樓也。

⑥蘭情蕙盼：蘭、蕙，植物名，爲香草之屬。此句言當年去姬之情態。

⑦春根酒畔：楊氏《箋釋》說：「憶之之時與地。」信然。「春根」猶言寒食之時。

⑧爭知：怎知也。

⑨吟骨縈消：吟骨，詞人自指。縈，本旋繞之意，此處作不斷解。縈消，猶言不斷消瘦。

⑩舊衫重剪：因爲身軀消瘦，昔日之衣服已不稱身，所以要重新裁剪。

⑪缺月孤樓，總難留燕：此兩句活用唐·張建封妾關盼盼守節燕子樓事。此「燕」者指夢窗之去姬。

⑫凝扇：凝積在扇上。

⑬拌分鈿：「分鈿」暗用唐·白居易《長恨歌》句：「惟將舊物表深情，鈿合金釵寄將去。釵留一股合一扇，釵擘黃金合分鈿。但教心似金鈿堅，天上人間會相見。」所以「分鈿」表示對愛情的堅執。拌，棄也。漢·揚雄《方言》曰：「楚凡揮棄物謂之拌。」「拌分鈿」猶言斷絕愛情也。

⑭依：依戀之意。

⑮ 寄殘雲、賸雨蓬萊：「雲」、「雨」暗用宋玉《高唐賦》「行雲」、「行雨」事，指歡會。「殘雲」、「賸雨」指餘歡。「蓬萊」指仙境，此處指作者與去姬曾經歡會之地。全句意謂把昔日在蓬萊歡會之餘情寄到遠去之姬人。

語譯

瑞鶴仙

天氣晴朗，遊絲飄蕩，牽動起我的情緒，令到凌亂不安。對着暗綠色的江水，斜照的餘暉；花已被風吹走，人亦遠去。此際她應該在垂楊深鎖，環境幽暗的吳苑啊！回想當初邂逅她時，旗亭之酒煙已變冷，而河橋一帶春風尚暖。她對我的情意如蘭花一般溫馨；雙目顧盼，美如蕙草。這一切惹起我相思不已，而事情正發生於暮春之時和酒杯之畔。但她又怎會知道這令到我這個詞人身體不斷消瘦，以致舊衣漸漸不稱身，而要重新裁剪！

凄涼魂斷啊！一浪又一浪的流水，不斷地將落花沖走。殘缺的月亮，孤冷的樓閣，總是很難將燕子留得住的。本來供唱歌用的彩扇已凝積厚厚的塵埃了。待我憑着給她的書信，斷絕我倆多年來的恩情吧！我嘗試挑燈想寫這封信，但又依依不忍動筆。結果是偷偷地帶着眼淚把箋幅捲起，沒有書寫。我本想把當日在蓬萊仙境一般的地方發生過的歡會餘情寫在信裏寄給她的。其實，她應該在夢中見到這一切啊！我又何必多此一舉呢？

瑞鶴仙

丙午重九①

亂紅生古嶠②。記舊遊惟怕，秋光不早。人生斷腸草③。嘆如今搖落，暗驚懷抱。誰臨晚眺？吹臺高、霜歌縹緲④。想西風、此處留情，肯着故人衰帽⑤。

聞道。萸香西市，酒熟⑥東鄰，浣花人老⑦。金鞭驕裊⑧。追吟賦，倩年少⑨。想重來新雁⑩，傷心湖上，消減紅深翠窈。小樓寒、睡起無聊，半簾晚照。

① 丙午重九：丙午，據朱孝臧《夢窗詞集小箋》，爲宋理宗淳祐六年（1246）。重九，即陰曆九月初九日，又稱重陽。楊氏《箋釋》曰：「丙午爲姬去後第三年。此因登高節憶姬作。」大抵不誤。

② 古嶠：《爾雅・釋山》：「山銳而高曰嶠。」古嶠，即古老高山之意。

③人生斷腸草：斷腸草，植物名，即鉤吻。名見《本草》（傳張機、華陀等著）。南朝·梁·陶弘景《仙方注》曰：「言其入口則鉤人喉吻也。或言鉤當作挽，牽挽人腸而絕之也。」亦名野葛。此句言人生之淒涼處一如斷腸草入口，牽挽人腸而痛楚無比也。

④吹臺高、霜歌縹緲：吹臺，唐·韋述《東京記》說：「汴城上有列仙吹臺，梁孝王所造。又赤城東有繁臺，爲師曠作樂之地，即吹臺也。」霜歌，指令人生寒意之歌。縹緲，恍惚有無也。

⑤肯着故人衰帽：此句反用晉代孟嘉落帽事。蘇東坡詩云：「破帽多情却戀頭。」衰帽者，破帽也。全句意謂不將破帽吹落，而讓它留在故人頭上。故人，是對西風而言，即詞人自指。

⑥酒熟：酒烹煮好之意。

⑦浣花人老：浣花，唐詩人杜甫舊居處。後晉·劉昫《舊唐書·杜甫傳》：「甫於成都浣花里種竹植樹，結廬枕江，縱酒嘯詠，與田夫野老相狎。」此句實夢窗自況，謂如杜甫隱居，且年紀已老。

⑧騕褭：古駿馬名。漢·司馬相如〈上林賦〉：「羂騕褭。」注引張揖曰：「馬金喙赤色，一日行萬里者。」

⑨ 倩年少：倩，士之美稱也。「倩年少」者，即英俊年輕之人。

⑩ 新雁：大概暗指姬人。夢窗盼其去姬重來，如新雁重來一般。

語譯

瑞鶴仙

紛亂的紅花長滿了古老的高山。我記起昔日郊遊的景緻便是這樣的。現在只怕秋天的光景已經不早了。人生是無比痛楚的，一如斷腸草入口，牽挽人腸。慨嘆如今萬木搖落，使我心裏暗暗吃驚。面對這般景象，誰人會在傍晚登臨眺望？吹臺高聳地屹立着，而令人生寒意的歌聲從那裏發出來，恍惚在有無之間。我覺得西風尚留情此處，不把故人之破帽吹落，仍讓他戴在頭上。

聽人家說道：西市之茱萸香美，東鄰之美酒亦已煮熟。可惜我已如唐代詩人杜甫一般早已隱居，而且年紀已老！當日手揮着金鞭，騎着駿馬，到處追逐，吟詠賦詩。但這些都是風華正茂年輕時的事情了。我料想：重來的新雁，當它飛過湖上，看見紅花已變得深暗，綠葉已變得幽窈，它一定會因此而傷心，以致身軀瘦損。在寒冷的小樓裏，一覺醒來，我覺得百般無聊，只見傍晚的斜陽照射在半幅窗簾之上。

滿江紅

夷則宮，俗名仙呂宮①

澱山湖②

雲氣樓臺③，分一派、滄浪翠蓬④。開小景⑤、玉盆寒浸⑥，巧石盤松。風送流花時過岸，浪搖晴練⑦欲飛空。算鮫宮⑧、只隔一紅塵，無路通。

神女駕，凌曉風⑨。明月佩⑩，響丁東⑪。對兩蛾猶鎖⑫，怨綠煙中。秋色未教飛盡雁，夕陽長是墜疏鐘。又一聲、欸乃⑬過前巖，移釣篷⑭。

① 仙呂宮：唐宋時流行之二十八調中宮七調之一，其聲情「清新綿邈」。參《渡江雲三犯》注②。

② 澱山湖：明·曹學佺《名勝志》：「薛澱湖，亦名澱山湖，以其中有澱山也。」清·陳璚等《杭州府志》：「澱山湖在縣東南八十里，接松江府界，亦曰薛澱湖。」明·宋濂等《元史·河渠志》：「太湖爲浙西巨浸，上受杭湖諸山水，豬蓄之餘，分匯爲澱山湖，東流入海。」

③ 雲氣樓臺：意謂結氣如雲狀之樓臺，即海市蜃樓之意。漢·司馬遷《史記·天官書》：「海旁蜃氣像樓臺。」晉·沈懷遠《南越志》：「海邊蜃氣如雲，結成樓臺。」

④ 滄浪翠蓬：滄浪，據《尚書·禹貢》，爲水名。翠蓬，即蓬萊。

⑤ 小景：指盆景。

⑥ 寒浸：浸爲名詞，原指大水、湖澤，此處則泛指水。寒浸者，寒冷之水也。

⑦ 晴練：練是白色的熟絹。晴練即晴天之下的如白練一般之湖水。

⑧ 鮫宮：梁·任昉《述異記》：「南海中有鮫人室，水居爲魚，不廢機織其服，能泣出珠。」鮫宮者，鮫人室也，即鮫人之居處。據清·馮桂芬等纂《蘇州府志》，漲山上有浮圖，下有龍洞。此處鮫宮，當指龍洞。

⑨ 神女駕，凌曉風：楊氏《箋釋》據魯應龍《閑窗括異志》，認爲神女即漲山湖上三姑廟的三姑女神。此兩句指三姑神渡漲山湖而遺下一履之靈異事迹。

⑩ 明月佩：明月可訓爲珠，亦可訓爲狀如明月之玉佩。佩，繫於帶之飾物也。

⑪ 響丁東：丁東，象聲詞。三字言發出丁東之響聲。

⑫ 兩蛾猶鎖：蛾，指眉，如蛾之眉。全句言兩眉仍然蹙合不開。指不開懷也。楊氏《箋釋》認爲「對兩蛾」二句「是漲山，亦是女神。」其解可通。

⑬ 欸乃：棹船戛軋之聲。

⑭ 釣篷：篷原指船篷，此處則指船而言。釣篷者，釣魚船也。

語譯

滿江紅

湖面上的蜃氣變幻凝結，如雲如煙，狀若樓臺！原來澱山湖是滄浪水分出來的一派，而澱山則是蓬萊山伸出來的一股。遠看澱山湖宛若一盆小景展現在眼前。看那玉盆載着一片寒水，襯托着數株古松盤繞在奇巧的小石上，多美啊！輕風吹送，落花流水，不時飄過對岸。天氣晴朗，風勁之時，本來如白練之湖水頓時生波，浪花四起，如欲飛上天空。我計算：鮫人之居室雖只隔一度紅塵那麼遠，但實際上並無路可以通到的。

三姑女神駕臨時，是在大清早乘風而來的。她帶着美如明月的玉佩，丁東作響。看見她雙眉仍然深鎖，心中抑鬱，出現於悽怨之綠林煙霧之中。此際雖是滿眼秋色，但飛雁仍不致全無踪影。夕陽西下之時，仍常常聽到疏落鐘聲從遠處飄來。釣魚船移動了，經過前巖的時候，又一次聽到欸乃之聲。

解連環

留別姜石帚①

思和雲結。斷江樓望睫②，雁飛無極。正岸柳、衰不堪攀③，忍持贈故人④，送秋行色。歲晚來時，暗香⑤亂、石橋南北。又長亭⑥暮雪，點點淚痕，總成相憶。　杯前寸陰似擲⑦。幾酬花唱月，連夜浮白⑧。省⑨聽風、聽雨笙簫，向別枕倦醒，絮颺⑩空碧。片葉愁紅，趁一舸⑪、西風潮汐⑫。嘆滄波、路長夢短，甚時到得⑬？

①留別姜石帚：留別，言夢窗將行，與姜石帚作別。石帚，並非詞人姜白石，夏承燾、楊鐵夫等人辨之詳矣，不贅說。

②睫：眼也。

③攀：攀折之意。

④忍持贈故人：忍者，不忍也，怎忍也。故人，朋友，夢窗自指。

⑤ 暗香：語出宋・林逋《詠梅》詩：「疏影橫斜水清淺，暗香浮動月黃昏。」暗香指梅花之清香，後多作梅花之代詞。姜白石有《暗香》、《疏影》詠梅詞兩首。

⑥ 長亭：古代有長亭、短亭，爲設在道上讓行人休息之處。北朝・北周・庾信《哀江南賦》：「十里五里，長亭短亭。」可見十里築一亭，五里亦築一亭，是爲長亭、短亭。

⑦ 寸陰似擲：寸陰，指短速之光陰。似擲，似投擲般。

⑧ 浮白：謂罰酒也。漢・劉安《淮南子・道應訓》：「蹇重舉白而進之曰：『請浮君。』」高誘注：「舉白，進酒也。浮，罰也。」後又稱滿引一大杯曰浮一大白。此處作飲酒解。

⑨ 省：《爾雅・釋詁》：「省，察也。」

⑩ 絮颺：飛絮飄颺。颺與揚通。

⑪ 一舸：舸，舟也。

⑫ 潮汐：宋・司馬光等編《類篇》：「海濤，朝曰潮，夕曰汐。」

⑬ 到得：指到得作者所要去之處。

語　譯

解連環

我的思緒和浮雲結合起來，飄動不定。登上江樓，極目而望，見到野雁孤飛，飛到無邊無極的天邊。此刻岸旁的垂柳已衰敗到不堪爲人攀折，他又怎忍在此秋寒的天氣裏拿來贈給我這個朋友作爲送行之物？昔日我在歲晚來到此地之時，梅花發出紛亂的香氣，散佈在石橋一帶。此際在長亭話別，又一次在傍晚下雪了。我們都傷心到流出淚來，雪花片片，淚痕點點，此情此景，造成我們別後相憶不已。

往日宴飲，覺得光陰過得很快，如擲物一般。我們多少次在花前月下應酬，連續數夜酒斟滿杯，飲過不停！我察覺到風聲、雨聲，加上笙簫之聲，奔進我別後的夢鄉，雖然疲倦不堪，但終於醒來。只見柳絮在碧空中漫天飛舞而已！片片落葉，點點殘紅，趁着西風帶來的潮汐，隨着行舟流去。對着眼前暗綠色的波濤，我感慨萬千。道路那麼遙遠，而夢境如此短暫，試問何時才可以到達我要去的目的地呢？

繞佛閣　夾鍾商①

與沈野逸東皋天街盧樓追涼小飲②

夜空似水③，橫漢靜立④，銀浪聲杳⑤。瑤鏡奩小⑥。素娥乍起樓心弄孤照⑦。絮雲未巧⑧。梧韻露井⑨，偏惜秋早。晴暗多少？怕教徹膽寒光見懷抱⑩。

浪迹尚為客，恨滿長安千古道⑪。還記暗螢穿簾街語悄⑫。嘆步影歸來⑬，人鬢花老⑭。紫簫天渺⑮。又露飲⑯風前，涼墮輕帽。酒杯空、數星橫曉⑰。

① 夾鍾商：似為黃鍾商之誤。黃鍾商，俗名大石調。為唐宋時流行的二十八調中商七調之一。其聲情「風流醞藉」。

② 詞題：沈野逸，據朱彊村《夢窗詞集小箋》引《洞霄詩集》，野逸名中行。盧樓，朱箋謂集中有《醉桃源・贈盧長笛》詞，疑即樓之主人。詞云：「沙河塘上舊遊嬉，盧郎年少時。」沙河塘在錢塘縣南五里。追涼，意謂涼天已過，如今追逐之。小飲，

薄飲也。

③ 夜空似水：夜晚之天空寒涼如水也。

④ 橫漢靜立：漢，即銀漢，又名銀河、天河。天空星河之一。句意謂：銀漢橫在天空，靜靜地一動也不動。

⑤ 銀浪聲杳：銀浪，指銀河之浪。聲杳，聲音曠遠沉寂。

⑥ 瑤鏡奩小：瑤鏡，此處指月——如玉鏡一般潔白之月亮。奩，是古代的鏡匣，盛香器和放梳粧品的器具。所謂奩小者，猶言月小也。

⑦ 素娥句：素娥，即嫦娥，月中女神。月色白，故稱素娥。此處可能指同席小飲之伎，而不是指月。乍起，忽起也。樓心弄孤照，猶言在樓之中央孤獨地顧影自憐也。

⑧ 絮雲未巧：如棉絮之雲仍未結成美巧的形狀。

⑨ 梧韻露井：梧韻，指梧桐樹因風吹動而發出有韻律之聲音。露井，無覆之井也。

⑩ 怕教句：怕教，恐怕令到也。徹贍寒光，透贍寒光也。寒光，指月光。因其光清冷，故曰寒光。見懷抱，照見其心中所想或心事也。

⑪ 長安千古道：即千古長安道也。千古，指久遠。長安道，此處泛指一般城市街道。（作者應未到過長安，故不可能實指長安之道。）

⑫ 街語悄：謂街上已無行人，故語悄。悄，靜也。語悄者，無聲音之意。

⑬ 步影歸來：步影，漢·郭憲《洞冥記》謂，東方朔遊結雲之地，得神馬一匹，高九

尺。帝曰：「其名云何？」對曰：「因疾，名步影。」故步影爲馬名。此處指騎馬。步影歸來，猶言騎馬回來也。亦可作踏影解。

⑭ 人鬢花老：人鬢，人之鬢髮也。花，花白也。花老，即花白衰老之意。

⑮ 紫簫天渺：紫簫，如楊氏《箋釋》所言，「指當時所眷者。」楊氏同時指出，「此詞作于杭京。」故「當時所眷者」大抵爲其去姬。天渺，如天一般的遠。全句意謂：所愛的人遠隔天涯也。

⑯ 露飲：露天而飲也。

⑰ 數星橫曉：曉者，天亮也。此句寫天曉時疏星橫空之景象。

語譯

繞佛閣

夜晚的天空寒涼如水，橫在天際的河漢靜靜地停在那裏，銀河的浪聲曠遠沉寂，全無聲響。小月高掛，如玉鏡般潔白無瑕。我眼中的素娥——歌伎不期然地起牀，在樓閣的中央獨自地拿着鏡子顧影自憐。如棉絮的浮雲還未結成美妙的形狀。梧桐樹在無蓋之井的旁邊，因風吹動而發出優美而有韻律之聲音，好似偏要憐惜秋天早已來臨。我經歷過不少晴暗的日子，而最怕的是，月亮射出透膽的寒光，照見我心中的淒涼往事。

我久已浪迹天涯，此刻仍然作客異鄉。我心中的愁恨充滿了所有名城的街道。還記得，當日暗淡的螢火蟲穿簾輕飛，而街上空無人語的時刻。當我騎馬歸來，看見自己鬢髮斑白形容衰老的時候，眞是感慨萬千！紫簫——我所愛的人兒啊，遠隔天涯，無從得見。又一次我在風中露天而獨酌，而涼風將我頭上的小帽吹下來！我盡情而飲，以致酒杯都空了。擡頭只見疏落的幾點星光橫在破曉的天空中。

水龍吟

無射商，俗名越調①

惠山酌泉②

豔陽不到青山③，古陰冷翠成秋苑④。吳娃點黛⑤，江妃擁髻⑥，空濛⑦遮斷。樹密藏溪，草深迷市，峭雲一片⑧。二十年舊夢，輕鷗素約⑨，霜絲⑩亂、朱顏變。　龍吻春霏玉濺⑪。煮銀瓶、羊腸車轉⑫。臨泉照影，清寒沁骨，客塵都浣⑬。鴻漸⑭重來，夜深華表⑮，露零⑯鶴怨。把閑愁換與，樓前晚色，棹⑰滄波遠。

①越調：爲唐宋時流行之二十八調中商七調之一，聲情「陶寫冷笑」。參《渡江雲三犯》注②。

②惠山酌泉：唐·陸羽《遊慧山寺記》云：「慧山，古華山也。古有九隴，俗謂九隴山，或謂九龍山，或謂鬬龍山。……以古華山精舍爲慧山寺。寺在無錫縣西七里，寺前有曲水亭，其水九曲……」明·邵寶《慧山記》：「慧山於無錫諸山最大，其

脉宛轉，歷天目而來，至是峰九起，故又曰九龍。泉出龍首，爲第一峰。慧之爲山以泉名，唐人陸羽品爲天下第二，故名第二泉，又名陸子泉。源出石中。」慧、惠，古時通用，故慧山即惠山。

③青山：指惠山。

④成秋苑：出自唐·李賀詩：「梨花落盡成秋苑。」並非一些注家認爲出自姜白石詞。白石《淡黃柳》：「怕梨花落盡成秋色。」

⑤吳娃點黛：唐·王勃《採蓮賦》：「吳娃越豔。」漢·揚雄《方言》謂吳人呼美女爲娃。北魏·酈道元《水經注》：「青霞翠髮，望同點黛。」黛，青黑色。此句形容遠處山色。

⑥江妃擁髻：漢·劉向《列仙傳》：「江妃二女遊於水濱。」漢·伶玄《趙飛燕外傳》：「樊通德與伶玄談及趙飛燕姊妹故事，輒擁髻而啼。」此句形容遠山景緻。

⑦空濛：迷茫之狀。

⑧峭雲一片：峭雲，指惠山，言惠山於空濛中突出，狀如一片高峭之雲。

⑨輕鷗素約：輕鷗，輕飛之白鷗。素約，舊約也。

⑩霜絲：指色白如霜之頭髮。

⑪龍吻春霏玉濺：龍吻，指惠山泉出口處石刻成龍吻狀。春霏，如春天之雨雪。玉濺，如碎玉片片迸射出來。

⑫羊腸車轉：形容煮茶之聲。宋・黃山谷《茶》詩：「煎成車聲繞羊腸。」

⑬浣：洗淨也。

⑭鴻漸：後晉・劉昫《唐書・文藝列傳》：「陸羽，字鴻漸，……嗜茶，著《茶經》三篇。」

⑮華表：用遼陽東門華表上丁令威化鶴歸來的故事。晉・陶潛《搜神後記》：「丁令威，本遼東人，學道於靈虛山，後化鶴歸遼，集城門華表柱。時有少年舉弓欲射之，鶴乃飛，徘徊空中而言曰：『有鳥有鳥丁令威，去家千年今始歸。城郭如故人民非，何不學仙冢累累。』遂高上沖天。」

⑯露零：露水之零落。

⑰棹：划水行船謂之棹。

語譯

水龍吟

嬌豔的陽光從來射不進此青山。積聚已久之陰暗，加上寒冷之翠綠色將此山變成肅殺如秋的苑囿。點點遠山如吳娃的青黑色鬢髮，又像江妃的雲髻。但却被一片迷茫遮斷，看不清楚。惠山樹林茂密，溪流隱蔽，草木深暗，市鎮都迷。但，它却突出空濛，如一片高峭的雲朵。這是二十年前的舊事了，如夢似煙！如今我重踐輕鷗的舊約，可惜如霜白之鬢髮已凌亂不堪，朱顏亦已經改變，衰老了。

泉水從龍吻狀的石刻噴發出來，如春天之雨雪紛飛，又如片片碎玉迸射而出。茶在銀瓶裏烹煮，發出的聲音如車聲繞羊腸般。我走到泉邊看我自己的倒影，頓覺一股清寒之氣沁入骨髓，頃刻間作客之塵都被洗淨了。我這個陸羽此次重來舊地，正如丁令威在深夜化鶴歸來，站立在城門華表之上，身在零落露水之中，感慨怨嘆不已。我唯有把閑愁抛却，而換取樓前之晚間景色，細聽滄波上的划船之聲，漸漸地愈離愈遠了。

解語花 高平調①

梅花②

門橫皺碧③，路入蒼煙，春近江南岸。暮寒如剪④。臨溪影、一一半斜清淺⑤。飛霙⑥弄晚。蕩⑦千里、暗香⑧平遠。端正看、瓊樹⑨三枝，總似蘭昌見⑩。

酥瑩雲容⑪夜暖。伴蘭翹⑫清瘦，簫鳳⑬柔婉。冷雲荒翠⑭，幽棲久、無語暗申春怨。東風半面⑮。料準擬⑯、何郎詞卷⑰。歡未闌⑱、煙雨青黃⑲，宜晝陰庭館。

① 高平調：爲林鍾羽之俗名，唐宋時流行之二十八調中羽七調之一，其聲情「條暢滉漾」。參《渡江雲三犯》注②。

② 梅花：爲詞題。楊氏《箋釋》解爲「冶遊之作」。劉永濟《微睇室說詞》認爲「似託意於才人落拓」，可能是「夢窗自寫照」。余以爲劉氏之言較可取。

③ 皺碧：形容水態及其色澤。

④暮寒如剪：歲暮之寒氣如剪刀鋒利。

⑤半斜清淺：出自宋·林逋《詠梅》詩：「疏影橫斜水清淺，暗香浮動月黃昏。」

⑥飛霙：飄揚之雪花。

⑦蕩：動搖也。此處引伸爲散發之義。

⑧暗香：原自林逋《詠梅》詩。參注⑤。

⑨瓊樹：玉之美者曰瓊。瓊樹即精美如玉之樹。此處指梅樹。

⑩蘭昌見：用唐人薛昭於蘭昌宮見張雲容、劉蘭翹、蕭鳳臺三美女事。見唐·裴鉶《傳奇》（收入《太平廣記》卷六十九及羅燁《醉翁談錄》）。昭詩有「自疑飛到蓬山上，瓊樹三枝半夜春。」蘭昌宮在福昌縣西，見後晉·劉昫《唐書·地理志》。

⑪酥瑩雲容：酥，軟膩也。瑩，玉色美石，此處指如玉石之美者。雲容，美人名，見前注。「酥瑩」二字形容其體態。

⑫蘭翹：美人名，見注⑩。

⑬簫鳳：應爲「蕭鳳」，美人名，見注⑩。夢窗有意改爲「簫鳳」，以作爲物態加以形容，目的是用來渲染梅花。

⑭荒翠：翠，原指翠綠色之植物，此處特指翠綠色之院子。荒翠，即荒蕪的院子。

⑮東風半面：據唐·李延壽《南史》，梁元帝眇一目，徐妃每作半面粧以俟，蓋諷之也。宋祁有《落花》詩，云：「已落猶成半面粧。」此句進一步寫梅花。

⑯ 準擬：想念、懸想之意。

⑰ 何郎詞卷：何郎即何遜，南朝梁代詩人。在揚州時有《詠早梅》詩。所以杜甫《和裴廸登蜀州東亭送客，逢早梅，相憶見寄》詩中有「東閣官梅動詩興，還如何遜在揚州」語。「詞卷」即詩卷。

⑱ 歡未闌：歡娛未盡之意。

⑲ 煙雨青黃：指黃梅雨。據南北朝・宗懍《歲時記》，五月謂之黃梅雨天。

語譯

解語花

門前橫着一片碧綠色的流水，漣漪如皺紋一般細小，而路徑則沒入蒼煙之間。春天眞的已迫近江南岸了！歲暮之寒氣如剪刀一般鋒利。我來到溪邊看倒影，注意到所有的梅花都斜斜地伸出，映照在清淺的溪水上。雪花在晚間飄揚，賣弄其風姿。梅花散發出來的幽香，在平遠的地勢上飄蕩千里。我認眞地細看，如瓊玉般的梅樹有三枝，他們絕似在蘭昌宮所見的三位美女那麼豔麗。

一枝溫軟潤膩，美如玉石，如張雲容的體態，在夜間不時散出暖氣。旁邊的一枝清瘦絕俗，如劉蘭翹的容貌。另外一枝溫柔婉順，如蕭鳳臺的性情。他們在寒雲荒院的環境中幽居得太久了，以致欲偷偷地申訴在春天的哀怨心情亦說不出話來！在東風之中，他們凋落了，只剩得半面梅花。我預料，這般情況一定令人想起南朝詩人何遜的《詠早梅》詩篇。歡娛還未盡啊，但在此淒煙苦雨的黃梅雨季節中——梅子成熟的時候，最宜在白天躲在庭館的陰蔽處，不出門了。

宴清都

連理海棠①

繡幄鴛鴦柱②。紅情密③、膩雲低護秦樹④。芳根兼倚⑤，花梢鈿合⑥，錦屏人妒⑦。東風睡足交枝⑧，正夢枕、瑤釵燕股⑨。障灩蠟⑩、滿照歡叢⑪，嫠蟾冷落羞度⑫。

人間萬感幽單⑬，華清慣浴⑭，春盎風露⑮。連鬟并暖⑯，同心共結⑰，向承恩處⑱。憑誰為歌《長恨》⑲？暗殿鎖、秋燈夜語⑳。敘舊期㉑、不負春盟㉒，紅朝翠暮㉓。

① 連理海棠：其枝或幹連生為一的海棠樹。此篇為詠物詞——詠連理海棠。

② 繡幄鴛鴦柱：繡幄，即繡幕，用以籠花。柱，指海棠之樹幹。因為樹幹成雙，故以鴛鴦為比喻。

③ 紅情密：紅情，指紅花。密，密集之意。

④ 膩雲低護秦樹：膩，肥潤也。膩雲，指花。「膩雲」乃形容肥潤密集如雲的花朵。

秦樹，指連理海棠樹。明·張所望《閱耕餘錄》：「宋淳熙間，秦中有雙株海棠，其高數丈。」

⑤ 芳根兼倚：芳美的樹根互相交倚。

⑥ 花梢鈿合：花梢，指長着花朵的樹梢。鈿合，本是鑲嵌金花的合子，有上下兩扇。此處作動詞用，意謂如鈿合的上下兩扇彼此拼合。原意出自唐·白居易《長恨歌》：「釵留一股合一扇，釵擘黃金合分鈿。」

⑦ 錦屏人妒：錦屏人，指居在深閨的人。妒，嫉妒也。

⑧ 東風睡足交枝：交枝，謂枝柯相交。此句本宋·樂史《太眞外傳》所記：「明皇登沉香亭，召太眞。時太眞卯酒未醒，命力士扶掖而至。上曰：『此海棠花未睡足耳！』」

⑨ 瑤釵燕股：瑤釵，美玉製成之頭釵。燕股，指釵有兩股如燕尾形狀。

⑩ 障灩蠟：障，遮蔽。灩蠟，本指蠟燭上溶化動蕩（瀲灩）的油蠟，此處指燃燒着的蠟燭。

⑪ 歡叢：合歡之花叢。「障灩蠟、滿照歡叢」句暗用蘇東坡《海棠》詩：「只恐夜深花睡去，高燒銀燭照紅粧。」

⑫ 嫠蟾冷落羞度：嫠，指寡婦。蟾，指月中的蟾蜍。嫠蟾，指月中孤獨無夫的嫦娥。這裏代指月亮。冷落，無心情之意。羞度，羞於轉度也。

⑬ 幽單：幽冷孤單之意。

⑭華清慣浴：華清，指華清池，在今陝西臨潼縣城南驪山西北麓，唐楊貴妃慣常在此沐浴。唐·白居易《長恨歌》有「春寒賜浴華清池，溫泉水滑洗凝脂」句。

⑮春盎風露：盎，盛滿盈溢也。此句言楊貴妃沐浴華清時情態：滿溢着春風雨露。

⑯連鬟并暖：連鬟，古代女子所梳雙髻。女子出嫁後將雙髻合梳爲一，故曰「并暖」。

⑰同心共結：同心結，指古代女子出嫁後將羅帶綰結成一種特殊形狀，名「同心結」。以上兩句形容楊貴妃對唐玄宗恩愛忠貞。

⑱向承恩處：向承受恩澤之處——長生殿。此句用白居易《長恨歌》「此是新承恩澤時」詩句。

⑲歌《長恨》：即唱《長恨歌》意。

⑳暗殿鎖、秋燈夜語：暗用《長恨歌》句：「七月七日長生殿，夜半無人私語時。在天願作比翼鳥，在地願爲連理枝。」

㉑敘舊期：敘，敘述也，講述也。舊期，昔日的佳期。指楊李兩人七月七日在長生殿盟誓的日子。

㉒不負春盟：春，此處指愛情。句謂不辜負愛情的盟約。

㉓紅朝翠暮：紅色的早晨或綠色的晚上。意謂溫暖的白天或寒冷的晚上。即無論何時也。

語譯

宴清都

繡幕籠罩着如鴛鴦交頸的連理海棠樹。紅花情意綿綿地密集在一起，如肥潤的雲朵低垂，維護着樹幹。芳美的樹根互相交倚。樹梢的花朵雙雙如鈿合的上下兩扇，彼此拼合。這般情形令到深閨的人兒頓起嫉妒之心！海棠樹枝柯相交地在東風裏酣睡着。看她正在夢鄉中，而枕壓着如燕尾形狀的玉釵。以手半遮着高燒的蠟燭，滿滿地照着合歡之花叢。這使到孤單的月亮心情頓喪，對自己的轉度照耀感覺羞愧。

在人世間幽居孤獨地生活，眞是令人感慨萬千啊！想到唐代的楊貴妃習慣在華清池沐浴的時刻：當時的情況滿溢着春風雨露呢！她爲了唐玄宗，將雙髻合梳爲一，兩人共結同心，一起地進入承受恩澤之處——長生殿。但此刻憑誰爲他們唱《長恨》之歌？試想：當時寂靜地在幽暗的長生殿裏，於秋燈之下兩人夜間私語綿綿的開心日子！說到往日的佳期，彼此誓言不負愛情的盟約，無論何時何地都不會改變，不論是紅色的早晨，或綠色的晚上！

齊天樂

與馮深居①登禹陵②

三千年事③殘鴉外，無言倦憑秋樹。逝水移川④，高陵變谷，那識當時神禹⑤？幽雲怪雨。翠萍濕空梁，夜深飛去⑥。雁起青天，數行書似舊藏處⑦。

寂寥西窗久坐，故人慳⑧會遇，同剪燈語⑨。積蘚殘碑⑩，零圭斷璧⑪，重拂人間塵土⑫。霜紅⑬罷舞。漫⑭山色青青，霧朝煙暮。岸鎖春船⑮，畫旗喧賽鼓⑯。

① 馮深居：清·查為仁、厲鶚《絕妙好詞箋》：「馮去非，字可遷，號深居。」元·脫脫等《宋史·列傳》：「馮去非，字可遷，南康都昌人，淳祐元年進士，幹辦淮東轉運司。寶祐元年，召為宗學諭。」

② 禹陵：夏禹的陵墓。清·和珅《一統志》：「禹陵在會稽山禹廟側。」漢·袁康、吳平輯錄《越絕書》：「禹巡狩於越，死葬會稽。」

③三千年事：夏禹大概爲公元前二十一世紀時人，而吳夢窗則活動於公元十三世紀，故自夏禹之世至夢窗之時實已有三千多年之久，此處言「三千年」，約數而已。

④逝水移川：逝水，逝去之水。川，指河流。移川，指遷移河道。

⑤神禹：禹，因爲其治水之偉大功績，被後世人視爲神，故稱「神禹」。《書·大禹謨》：「乃聖乃神。」

⑥翠蓱濕空梁，夜深飛去：翠蓱，綠色水草。空梁，懸於高空之梁木。明·李賢《大明一統志·紹興府志》：「梅梁，在禹廟。梁時修廟，忽風雨飄一梁至，乃梁梅也。」宋·張津等《四明圖經》：「大梅山在鄞縣東七十里，……山頂有梅木，上則伐爲會稽禹廟之梁，下則爲它山堰之梁。禹廟之梁，張僧繇畫龍其上，夜或風雨，飛入鏡湖與龍鬥。後人見梁上水淋漓而蓱藻滿焉，始駭異之，以鐵鏈鎖於柱。」宋·施宿輯《嘉泰會稽志》卷六《禹廟》：「夜或大雷雨，梁輒失去，比復歸，水草被其上，人以爲神。」可見此兩句乃化用禹廟「梅梁」的神異傳說。

⑦數行書似舊藏處：數行書，指雁陣排列成數行字。舊藏處，明·李賢《大明一統志·紹興府志》：「石匱山，在府城東南一十五里，山形如匱。相傳禹治水畢，藏書於此。」清·穆章阿、潘錫恩等《大清一統志·紹興府志》：「宛委山，在會稽縣東南十五里，會稽山東三里。上有石匱，壁立干雲，升者累梯而上。《十道志》：『石匱山，一名宛委，一名玉笋，一名天柱，昔禹得金簡玉字於此。』」所謂「舊藏處」

當指會稽之石匱山。無論是禹「藏書於此」或「得金簡玉字於此」，總之此地傳有藏書。

⑧ 慳：欠缺、短少之意。此處作「難得」解。

⑨ 同剪燈語：共同剪燈談話。剪燈，將燈捻剪短，使燈更光亮。

⑩ 積蘚殘碑：蘚，苔蘚。殘碑，殘缺之石碑。清·王昶《金石萃編》引《圖經》云：「禹葬會稽，取石爲窆石。石本無字，高五尺，形如秤錘，蓋禹葬時下棺之丰碑。」明·李賢《大明一統志·紹興府志》載：「窆石，在禹陵。舊經云：禹葬會稽山，取此石爲窆，上有古隸，不可讀，今以亭顯之。」所謂「殘碑」便是指禹陵之窆石。

⑪ 零圭斷壁：零落的圭和斷裂的壁。圭和壁都是古代的玉器。方頭的是圭，圓形的是壁。清·穆章阿、潘錫恩《大清一統志》：「宛委之神奏玉匱書十二卷，禹開之，得赤珪如日，碧珪如月。」明·李賢《大明一統志》：「宋紹興間，廟前一夕忽光焰閃爍，即其處劚之，得古珪壁佩環藏於廟。」「零圭斷壁」所言的便是這些玉器。

⑫ 重拂人間塵土：拂，拂拭也。全句意謂把塵土拂去，使之重現於人間。

⑬ 霜紅：經過霜雪而變成紅色的樹葉。

⑭ 漫：滿也。

⑮ 岸鎖春船：河岸被春遊的船隻困鎖着。即沿岸滿佈船隻之意。

⑯ 畫旗喧賽鼓：賽，指祀禹之祭神賽會。而賽會中例有五彩之旗幟飄揚及擊鼓雜戲等

之表演。「喧」，當指賽鼓之喧嘩。全句形容賽會之繽紛熱鬧。清・穆章阿、潘錫恩《大清一統志・紹興府志・大禹廟》云：「宋元以來，皆祀禹於此。」可見祀禹的風俗宋時已經流行。

語譯

齊天樂

望着遠處的殘鴉，我想到比殘鴉更遙遠的三千年以前的事。疲倦地我倚着秋樹，默默無言。流逝的水已移動了川河，將它們改道。高聳的山丘已變成峽谷。此刻還有誰認識當時如神明一般的大禹？如幽靈般的黑雲，如鬼怪般的豪雨啊！翠綠色的水草纏住懸於高空的橫梁，把它弄得濕漉漉地，因爲它曾經在深夜飛入湖裏與神龍搏鬥。雁從青天飛起，它們排列的陣勢如數行書，甚似以前大禹藏書處書籍裏的文字。

我孤單地坐在西窗前太久了！難得與老朋友相逢。我們一起坐在燈下，促膝談心。那些積聚了苔蘚的殘碑，零落的圭器和斷裂的璧器，因其塵土爲人所拂去，又重現於人間！因霜降而變紅的樹葉不再飛舞了。滿山都是青綠的顏色，清晨爲霧所籠罩，而傍晚爲煙所遮蔽。河的兩岸佈滿遊春的船隻。它們都彩旗高掛，喧嘩地擊着鑼鼓。它們都正在參與祭祀大禹的賽會呢！

齊天樂

齊雲樓①

凌朝一片陽臺影②，飛來太空不去③。棟與參橫④，簾鉤斗曲⑤，西北城高幾許⑥？天聲似語⑦。便閶闔輕排⑧，虹河平溯⑨。問幾陰晴⑩，霸吳平地漫今古⑪。

西山橫黛瞰碧⑫，眼明應不到⑬，煙際沉鷺⑭。臥笛長吟⑮，層霾乍裂⑯，寒月溟濛千里⑰。憑虛醉舞⑱。夢凝白闌干⑲，化爲飛霧⑳。淨洗青紅㉑，驟飛滄海雨㉒。

① 齊雲樓：朱彊村《夢窗詞集小箋》說：「盧熊《蘇州府志》：『齊雲樓在郡治後子城上，相傳即古月華樓也。』《吳地記》云：『唐曹恭王所造。』白公詩亦云改號齊雲樓，蓋取『西北有高樓，上與浮雲齊』之義。又據此，則自樂天始也。……按，此詞疑史宅之重修時作。」

② 凌朝句：此句活用戰國・宋玉《高唐賦》句：「妾在巫山之陽，高丘之阻，旦爲朝

雲，暮爲行雨，朝朝暮暮，陽臺之下。」凌朝，即旦也。故陽臺影指陽臺下之雲影。此處暗指齊雲樓。

③ 飛來句：意謂：自太空飛來，停留不去。

④ 棟與參橫：棟，屋之中梁也。參，參宿也。二十八宿之一，白虎七宿之末宿，有星七，均屬獵戶座。漢・司馬遷《史記・天官書》說：「參爲白虎。」全句意謂：齊雲樓之中梁與參星同高，一起橫臥。

⑤ 簾鈎斗曲：斗，即斗宿。二十八宿之一，玄武七宿之首宿，有星六，均屬人馬座。亦稱北斗，又名南斗。句意謂：帳簾鈎掛在斗星之上，隨星之形狀而彎曲。此句與上句切「齊雲」之「齊」字。

⑥ 西北句：西北，活用古詩「西北有高樓」意。又因樓建在蘇州郡治後子城上，故曰「城高幾許」。

⑦ 天聲似語：天聲，天之聲響也。即莊子所言之天籟。似語，好似語言一般。

⑧ 便閶闔句：閶闔，天門也。輕排，輕易平排也。便，便可也，就可也。

⑨ 虹河平溯：虹河，即天河。溯，逆流而上也，平溯，即並行之意。

⑩ 幾陰晴：即幾時，幾許變遷，經若干年代之意。

⑪ 霸吳平地句：因吳國曾稱霸一時，故曰霸吳。平地，是平白地之省文。猶言無端地、輕易地。漫，便也。今古，即成爲歷史事迹之意。

⑫ 西山橫黛瞰碧：黛，本爲青黑色之顏料，因古時婦女用以畫眉，故稱婦女之眉曰黛。橫黛，形容西山橫臥，如婦女之黛眉一般。瞰，遠望也。碧，此處應指碧海。西山，指「西北有高樓」之山。

⑬ 眼明應不到：眼明，正如楊氏《箋釋》說：「屬山，非屬人。」句意謂：就算西山眼好，望得很遠，亦應看不到。

⑭ 煙際沉鷺：指陷沒於煙霧間之飛鷺。

⑮ 臥笛長吟：臥笛，橫笛也。長吟，長鳴也。或說吹出悠長之聲響也。

⑯ 層霾乍裂：層霾，堆積成層之陰霾也。乍裂，忽然破裂也。

⑰ 寒月句：寒月，冷月也。溟濛，幽暗不明也。千里，廣遠之意。句意謂：一輪冷月從幽暗之天空湧現出來，遍照千里。

⑱ 憑虛醉舞：虛，指太虛。因樓高聳，如在太虛，故曰憑虛。醉舞，指帶醉而舞。

⑲ 夢凝句：夢，幻想也。闌干本非白色，但因樓高入雲，故幻想變爲白色。凝白，因雲凝結而變作白色也。據朱《箋》，治平中（1064—1067）裴煜建爲飛雲閣。此句之意或出於此。

⑳ 化爲飛霧：指凝白之闌干化爲輕飛之煙霧。

㉑ 淨洗青紅：即將青紅洗淨也。青紅，指人世之塵事。人事複雜繽紛，故曰青紅。

㉒ 驟飛句：驟飛，急促飛來也。滄海雨，從大海吹來之雨也。

語譯

齊天樂

清晨之際出現陽臺之下一片雲影——齊雲樓。它本自太空飛來而停留在那裏。樓中之棟梁與參星同高，橫在天空。其簾幕則如掛在斗星之上，形狀彎彎曲曲。這座建築於西北城上之高樓有多高呢？在那裏可以聽到天的聲音，如人的言語一般。它輕易地便可與天門平排，又可與天河並列。試問經過多少個陰晴的日子？曾經一度稱霸的吳國無端地便成爲歷史的陳迹了！

西山橫臥，青黑色，如婦女的蛾眉。它遠望着碧海。它的眼睛雖然明亮，但亦應該看不到隱沒於煙波之間的鷗鷺。橫笛吹出悠長的聲響，堆積成層的陰霾忽然裂開，一輪寒月從迷濛之天際湧出，遍照千里山河。我依着太虛，帶醉而舞。幻想着雲霞凝結成白色的闌干，化爲輕飛之煙霧。驟然間從滄海吹來一陣大雨，將塵世間紛擾的事情，一一清洗得淨盡。

齊天樂①

新煙初試花如夢②，疑收楚峰殘雨③。茂苑④人歸，秦樓燕宿⑤，同惜天涯爲旅⑥。遊情最苦。早柔綠迷津⑦，亂莎荒圃⑧。數樹梨花，晚風吹墮半汀鷺⑨。流紅⑩江上去遠，翠尊⑪曾共醉，雲外別墅⑫。澹月鞦韆，幽香巷陌⑬，愁結傷春深處。聽歌看舞。駐不得⑭當時，柳蠻櫻素⑮。睡起懨懨⑯，洞簫誰院宇？

①齊天樂：楊氏《箋釋》以爲「是憶姬之作」，可信。

②花如夢：因爲花被新煙迷鎖，看不清，恍如在飄緲之夢中。

③楚峰殘雨：楚峰，謂巫山。此句用宋玉《高唐賦》言楚王與神女事。賦云：「旦爲朝雲，暮爲行雨。」殘雨，指餘歡。

④茂苑：戰國時《穆天子傳》：「癸丑，天子乃遂西征。丙辰，至於若山西膜之所茂

苑。」晉·左思《蜀都賦》：「帶朝夕之濬池，佩長洲之茂苑。」茂苑，花木繁盛之苑囿，象徵富貴人家。

⑤ 秦樓燕宿：秦樓者，夫婦所居之處也。宋·李昉《太平廣記》卷四引《神仙傳拾遺》：「（蕭史）善吹簫，作鸞鳳之響，……秦穆公有女弄玉，善吹簫。公以弄玉妻之。遂教弄玉作鳳鳴。居十數年，吹簫似鳳聲。鳳凰來止其屋。公為作鳳臺。夫婦止其上，不飲不食，不下數年。一旦弄玉乘鳳，蕭史乘龍，升天而去。」鳳臺後稱秦樓。燕宿，燕子棲宿其中之意。因為人去樓空，故為雀鳥所佔也。

⑥ 同惜天涯為旅：惜，憐也。句謂共同憐惜作為天涯之寄旅。旅者，作客也。

⑦ 津：渡水處也。所謂津渡也。

⑧ 亂莎荒圃：莎，莎草也，多生於原野沙地。荒，作動詞用，即使荒蕪之意。圃，園也。全句意謂雜亂之莎草令園圃荒蕪。

⑨ 晚風吹墮半汀鷺：鷺，白鷺也。汀，水中小洲也。句謂晚風將數樹之梨花吹落，使之墮於水中小洲上，視之，如半洲棲宿着白鷺。

⑩ 流紅：隨水流走之紅花。此處之「紅」實指姬人而言。

⑪ 翠尊：「尊」即古「樽」字，亦作「罇」，盛酒器。「翠尊」即「翠樽」，泛指飲酒。

⑫ 別墅：楊氏《箋釋》認為「當指西園」，可通。

⑬幽香巷陌：巷陌，街道也。因曾爲姬人經行之地，所以用「幽香」二字形容之。

⑭駐不得：駐，停留也。「駐不得」即留不住也。

⑮柳蠻櫻素：唐·白居易詩：「櫻桃樊素口，楊柳小蠻腰。」樊素、小蠻俱爲白氏侍姬。白氏晚年修道，兩侍姬俱在議遣之列，故前句曰「駐不得」，即留不住之意。

⑯懨懨：精神不振貌。

語譯

齊天樂

新生的煙霧剛剛升起，將花叢遮蔽着，迷迷濛濛，如在夢中所見。我想，這應該是巫山餘歡終結的時候了。她已經歸去茂苑——那富貴人家的地方啊！秦樓，因人去樓空，已爲燕子所棲宿佔據。人和燕兩者都爲天涯作客，因而互相憐惜。遊子之心情最苦！柔軟之綠草早已迷鎖津渡，而莎草亦早已令園圃荒蕪。晚風突然興起，將數樹之梨花吹落，墮於水中之半個小洲上，遠望如點點白鷺棲宿其中。

流逝的紅花已隨着江水離去很遠了。我倆曾經一起歡叙，在那遠離塵世的地方，暢飲而醉。記得她在淡淡月色之下蕩鞦韆，在街道上漫步，而留下身上之幽香。如今春已深，我感慨傷心無限，愁腸百結。當時我們一起聽歌伎唱歌，看她們舞蹈。但這都留不住她——擁有着如小蠻的柳腰和樊素的櫻桃小嘴的她！一覺醒來，但仍精神不振，我聽到洞簫的悠揚聲音，它從那戶人家傳出來的呢？

齊天樂

毗陵陪兩別駕宴丁園①

竹深不放斜陽度②，橫披淡墨林沼③。斷莽平煙④，殘莎賸水⑤，宜得秋深纔好⑥。荒亭旋掃⑦。正着酒寒輕⑧，弄花春小⑨。障錦西風⑩，半圍歌袖半吟草⑪。

獨遊清興易懶⑫，景饒人未勝⑬，樂事長少⑭。柳下交車⑮，尊前岸幘⑯，同撫雲根⑰一笑。秋香未老⑱。漸風雨西城⑲，暗欹客帽⑳。背月移舟㉑，亂鴉溪樹曉㉒。

①詞題：毗陵，朱彊村《夢窗詞集小箋》說：「《漢書·地理志》：『會稽郡縣毗陵。』注：『季札所居，舊延陵，漢改之。』《宋史·地理志》：『兩浙路，常州望毗陵郡。』」今在江蘇武進縣治。別駕，官名。始於漢。宋置諸州通判，即舊別駕之職，後世因沿稱通判爲別駕。丁園，不可考。

②竹深句：深，兼含密意，即深密也。不放，不釋也。度，通「渡」，過也。全句意

謂：竹林深密，不讓斜陽透進來。

③ 橫披淡墨林沼：橫披，是畫的形式，即橫幅。淡墨，本爲畫之技法，此處形容竹深日翳，景象陰沉，如以淡墨寫之。林，指竹林。沼，池也。晉・孟昶《韻會》曰：「圓曰池，曲曰沼。」故沼即曲形之池。

④ 斷莽平煙：斷莽，斷折的草莽。平煙，橫煙也。煙，此處指煙霞。平煙，即橫浮於天際的煙霞。

⑤ 殘莎賸水：莎，莎草也。生原野沙地，多年生草本。殘莎，即凋殘之莎草。賸，同「剩」，餘下也。賸水，餘下之水也。

⑥ 宜得句：宜，合適也，相稱也。句意謂：眼前景象與深秋相稱，眞是最好不過了。

⑦ 荒亭旋掃：荒亭，荒置的亭子也。旋掃，頃刻便打掃乾淨之意。

⑧ 正着酒句：着酒，飲酒也。寒輕，因深秋天氣已入寒，故曰「寒輕」。正，正當也，正是也。

⑨ 弄花春小：弄花，賞花也。春小，因南方十月爲小春，故曰「春小」。明・胡文煥輯《歲時事要》云：「十月天時和暖似春，花木重花，故曰小春。」《爾雅・釋天》云：「十月爲陽」，因又曰「小陽春」。

⑩ 障錦西風：障錦，即錦障也。句意謂：如錦繡般屏障或圍着西風。

⑪ 半圍句：歌袖，指歌伎。吟草，指詩人。句意謂：一半（西風）被歌伎圍着，一半

被詩人圍着。此句連同上句，意謂：西風被歌伎和詩人如錦繡般包圍着。歌伎之聲色和詩人之文章一如錦繡，故曰「障錦」。其實，意思是說歌伎和文人在西風裏興會和雅集。

⑫獨遊句：清興，即清雅之興。易懶，容易懈怠也。全句意謂：獨自遊玩，容易對清興懈怠。即無興趣或生厭也。

⑬景饒句：景饒，風景眾多也。勝，指勝遊，即快意的遊覽。人未勝，意謂：人未能快意地遊覽也。

⑭長少：長期少也。

⑮柳下交車：柳下，即柳樹之下。交車，眾車交錯也。形容同遊者眾多，以致車輛交錯。

⑯尊前岸幘：尊，與「樽」同，酒器也。尊前，即酒樽之前。指飲酒。岸幘，幘本覆額，露其額曰岸幘。此辭出自唐·房喬《晉書·謝奕傳》：「〔奕〕辟爲安西司馬，猶推布衣好。在溫座，岸幘笑詠，無異常日。」意思是說無拘無束地飲酒也。

⑰雲根：指石言。明·胡震亨《唐音癸籤》說：「詩人多以雲根名石，以雲觸石而生也。六朝人先用之。」

⑱秋香未老：秋香，指菊花之香。未老，猶言菊花仍然盛開而未凋謝也。

⑲漸風雨句：西城，此處指毗陵。漸風雨，描寫重陽將近之天氣。潘大臨有「滿城風

雨近重陽」詩句。重陽節前後多風雨，故曰「漸風雨」。

⑳暗欹客帽：此句活用晉代孟嘉九月九日龍山落帽事以切上句。唐・房喬《晉書・孟嘉傳》：「〔孟嘉〕後爲征西桓溫參軍，溫甚重之。九月九日，溫宴龍山，僚佐畢集。時佐吏并着戎服。有風至，吹嘉帽墮地，嘉不覺之。溫使左右勿言，欲觀其舉止。嘉良久如廁，溫令取還之。命孫盛作文嘲嘉，着嘉坐處。嘉還見，即答之，其文甚美，四坐嗟嘆。」作者用此事典以描寫時近重陽之文人雅會。

㉑背月移舟：背月，指放棄欣賞眼前之景色。移舟，指移船歸去。此句寫宴罷回歸。

㉒亂鴉溪樹曉：曉，指天曉。句意謂：亂鴉鳴於溪邊之樹上，因天已亮了。此句寫園宴竟夕。鄭文焯校記謂「曉字韻當作繞」，亦有道理，然不及「曉」字有詩意，今從原本。

語譯

齊天樂

竹林深密，不讓斜陽透進來，使到這裏的竹林和池沼陰陰暗暗，望之宛若一幅淡墨寫成的橫披圖畫。斷折的莽草，襯着橫陳於天際的煙霞，加上凋殘的莎草和賸餘的池水，與深秋打成一片，甚爲相稱，眞是最適宜了，最好不過了。荒置的亭子頃刻間便打掃乾淨。天氣輕寒，這正是暢飲的時候。而且又是「小陽春」的季節，最宜賞花。如錦繡一般圍着西風的，一半是載歌載舞的歌伎，一半是舞文弄墨的文人。

以前獨自遊賞，對清興容易生厭。景緻雖豐美，但人總不覺得快意，故此快樂的事情常常都是很少的。此刻同遊者衆，柳樹之下車輛交錯，對飲亦無拘無束，共同撫着巖石，相視而笑。秋天裏散發着香氣的花朵仍未凋謝。重陽又迫近西城了，風雨漸多。遊客的小帽亦不知不覺地被風雨吹得東歪西斜。我們的遊興此刻已盡，不繼續欣賞眼前的月色了，故乘船歸去。在歸途中，我們聽到溪邊樹上烏鴉亂啼，原來天已亮了！

齊天樂①

煙波桃葉西陵路②，十年斷魂潮尾③。古柳重攀，輕鷗聚別④，陳迹危亭⑤獨倚。涼颸乍起⑥。渺煙磧⑦飛帆，暮山橫翠。但有江花，共臨秋鏡⑧照憔悴。

華堂燭暗送客⑨，眼波回盼處，芳豔流水。素骨凝冰⑩，柔葱蘸雪⑪，猶憶分瓜⑫深意。清尊⑬未洗。夢不濕行雲⑭，漫沾⑮殘淚。可惜秋宵⑯，亂蛩⑰疏雨裏。

① 齊天樂：陳洵《海綃說詞》：「此與《鶯啼序》蓋同一年作，彼云『十載』，此云『十年』也。」楊氏《箋釋》：「此爲重遊得姬故地，感舊之作。」信不誤也。

② 煙波桃葉西陵路：桃葉，本爲晉王獻之愛妾名，後爲渡口名——桃葉渡。明·陳仁錫輯《潛確類書》載：「桃葉渡在上元秦淮河。王獻之愛妾名桃葉，嘗渡此。獻之送之曰：『桃葉復桃葉，渡江不用楫，但渡無所苦，我自迎接汝。』」西陵，亦渡

口名，在浙江蕭山西，與杭州隔江相對。古樂府《蘇小小歌》：「何處結同心，西陵松柏下。」白居易《答微之西陵驛見寄》：「煙波盡處一點白，應是西陵古驛臺。」桃葉、西陵俱爲送別之地，亦是「結同心」之處，此句之函義可謂深矣。

③ 十年斷魂潮尾：據夏承燾《吳夢窗繫年》，夢窗於紹定五年（1232）爲蘇州倉臺幕僚，至淳祐四年（1244）冬始去吳寓越，在吳共十年左右。夢窗在蘇州與其妾同居即在此十年內。句云「十年」即指此十年。唐·袁矐（？）《錢塘候潮圖》云：「潮至每月二十四五漸減。」所謂「潮尾」即潮減之時。

④ 輕鷗聚別：輕鷗，指輕快之海鷗。聚別，既聚合又分別也。

⑤ 危亭：位於高處之亭也。

⑥ 涼颸乍起：涼風忽然吹起。

⑦ 磧：水中之沙石堆。

⑧ 秋鏡：指秋水。上句言「江花」，故「秋鏡」當指秋江之水。鏡者，言其水清明如鏡也。

⑨ 華堂燭暗送客：此句活用戰國淳于髡事典。漢·司馬遷《史記·滑稽列傳》：「日暮酒闌，合尊促坐，男女同席，履舄交錯，杯盤狼藉，堂上燭滅，主人留髡而送客，羅襦襟解，微聞薌澤。」實寫美人送走同遊宴之友人而獨留作者自己。蓋夢窗以淳于髡自比也。陳洵《海綃說詞》以爲送客即「送妾」，似非是。

⑩素骨凝冰：素骨，指手言，即素白色之手。凝冰，是形容手之白如凝結之冰霜一般。

⑪柔葱蘸雪：柔葱，謂手指柔軟如葱。蘸，浸入也。蘸雪者，如鋪着一層雪一般，即顏色潔白如雪之意。

⑫分瓜：剖瓜同喫也。

⑬清尊：尊，見《齊天樂》「新煙初試花如夢」注⑪。清尊者，清雅之尊也，非清潔之尊。

⑭夢不濕行雲：行雲，男女交歡也。用宋玉《高唐賦》楚王夢會巫山神女事。此句意謂夢中未有歡叙也。

⑮漫沾：徒然沾濕也。

⑯可惜秋宵：宵，夜也。句謂可憐在秋夜中。

⑰亂蛩：蛩，蟋蟀也。亂蛩者，指錯雜之蟋蟀叫聲。

語譯

齊天樂

走在煙波迷茫，一如昔日桃葉渡的西陵渡口的路途上。此刻正是潮退之時，我想起十年來的情事，心傷魂斷！舊日的楊柳我再次攀折。深感人如輕快的海鷗一般，驟聚驟別。我獨自倚憑着已成爲陳迹的高亭。涼風忽然吹起。看見飛帆穿梭在遙遠的煙水沙洲之間，襯着橫臥在暮色之中的蒼翠山巒。此際只有江上的紅花陪我共臨如鏡的秋水，自照憔悴的顏容。

回想當日她在華堂之中燈光昏暗之下送客時，眼睛回望着我，散發着美麗得如流水般的豔光。她的素手潔白得如凝結之冰霜；而手指則柔軟如葱，色白如鋪上一層薄雪。時至今日，我仍然記得她爲我剖瓜同喫的深意。那時我們只顧飲酒，清雅的酒樽還無閒清洗。可是並沒有交歡，就算在夢中也沒有。只有徒然沾滿了殘留的淚水！最可憐的是，在此秋夜疏雨裏，我只聽到散亂的蟋蟀叫聲！

掃花遊

送春古江村①

水園沁碧②，驟夜雨飄紅③，竟空林島。豔春過了。有塵香墜鈿④，尚遺芳草。步繞新陰⑤，漸覺交枝⑥徑小。醉深窈⑦。愛綠葉翠圓，勝看花好⑧。

芳架雪未掃。怪翠被佳人⑨，困迷清曉。柳絲繫棹⑩。問閶門⑪自古，送春多少。倦蝶慵飛⑫，故撲簪花破帽。酹殘照⑬。掩重城⑭、暮鐘不到。

① 古江村：清・馮桂芬《蘇州府志》：「西園在閶門西，洛人趙思別業也。張孝祥大書其扁曰『古江村』，中有足娛堂。」故古江村即西園。

② 水園沁碧：楊氏《箋釋》：「西園有荷池，故曰水園。」沁碧，沁透着碧綠色。

③ 飄紅：紅，指花言。飄紅者，花落之意。

④ 鈿：本意金花。在古代文學中多指婦人首飾，如花鈿、金鈿。

⑤新陰：陰者，陰濃也。因初入夏，故曰「新陰」。

⑥交枝：枝幹交雜而生。

⑦醉深窈：陶醉於深沉幽靜之中。

⑧勝看花好：勝於看花很多。

⑨翠被佳人：佳人者，婦人之美稱，此處大抵指夢窗之姬或花而言。翠被，翠綠色的被子。中國古典文學中往往用「翠被」一詞，如元·王實甫《西廂記》第四本第三折「哭宴」云：「昨宵個繡衾香暖留春住，今夜個翠被生寒有夢知。」

⑩繫棹：把舟綁着。

⑪閶門：今江蘇吳縣城西北門也。漢·趙曄《吳越春秋》：「閶門者，以象天門通閶闔風也。闔閭欲破楚，楚在西北，故立閶門以通天氣。復名破楚門。」

⑫慵飛：懶飛也。

⑬酹殘照：酹者，以酒灑地表示祭奠也。殘照者，殘陽也。酹殘照者，對殘陽而以酒灑地也。

⑭重城：指城之重門而言。

語譯

掃花遊

以池水著名的西園沁透出一片碧綠色。夜雨驟至，紅花亂飄，竟然將這一塊四面環水的小地方的花林一掃而空！豔麗的春天已經過去了。但脂塵的香氣和墜下的釵鈿仍然遺留在芳草叢中。我繞着新生的樹陰漫步，注意到樹枝交雜叢生，漸漸覺得路徑也因而窄小起來了。我陶醉於深沉幽靜之中，我愛賞翠綠而圓潤的樹葉，覺得勝過看花很多。

美架上的積雪還未掃去。我怪責佳人仍臥在翠綠色的被窩裏，爲睡所困，迷迷惘惘，不知清曉已經來臨。楊柳絲把要離去的船隻綁住。試問，在閶門這個地方，自古以來有多少次送走過春天？疲倦的蝴蝶也懶得遠飛了，所以撲去破帽上的簪花，以求棲息。對着落日餘暉，我持杯獨飲。縣城的重門都已關閉了，日暮的鐘聲也聽不到呢！

過秦樓

黃鍾商①

芙蓉②

藻國淒迷③，麴塵澄映④，怨入粉煙藍霧⑤。香籠麝水⑥，膩漲紅波⑦，一鏡萬粧爭妒⑧。湘女歸魂⑨，佩環⑩玉冷無聲，凝情誰愬⑪？又江空月墮⑫，凌波塵起⑬，彩鸞愁舞⑭。　還暗憶、鈿合蘭橈⑮，絲牽瓊腕⑯，見的更憐心苦⑰。玲瓏翠屋⑱，輕薄冰綃⑲，穩稱錦雲留住⑳。生怕哀蟬㉑，暗驚秋被紅衰㉒，啼珠零露㉓。能西風老盡㉔，羞趁東風嫁與㉕。

① 黃鍾商：唐宋時流行的二十八調中商七調之一，俗名大石調。其聲情「風流醞藉」。

② 芙蓉：即荷花。江東人呼荷花爲芙蓉。

③ 藻國淒迷：藻，水草的總稱。藻國，即水草生處。因荷花水生，故稱其生處爲藻國。淒迷，淒冷迷惘也。此句寫荷花所生之處，水氣絪緼。

④ 麴塵澄映：麴，是酒母。麴塵，指麴上所生菌，色淡黃如塵。澄映，言水色清靜明

朗。句意謂：水色清朗，一點塵埃——就算淡黃色的塵埃也沒有。

⑤ 怨入句：粉煙，描寫荷花。藍霧，描寫荷葉。俱言其多，如煙如霧也。怨入，指面對眾多之荷花荷葉而哀怨頓生也。

⑥ 香籠麝水：香，指荷香。水爲荷香所籠罩，而成爲「麝水」——麝香之水。

⑦ 膩漲紅波：膩，形容荷花之肥美。紅波，指水波爲荷色（紅色）所染，變爲紅色。此句寫紅色的水波因荷花之豐美而使人覺其漲大。

⑧ 一鏡萬粧爭妒：一鏡，指水面，即荷塘。萬粧，形容荷花眾多。爭妒，猶言彼此爭妍鬥麗也。

⑨ 湘女歸魂：湘女，指湘妃或湘夫人。女爲帝舜妃，溺於湘水，爲湘夫人。歸魂，言湘妃死後，其魂魄歸來也。

⑩ 佩環：佩，玉佩也。環，亦是玉。佩和環俱是玉器。

⑪ 凝情誰愬：愬，同「訴」，告也。凝，凝結也。引伸其義作「埋藏」解。句意謂：藏於心中之情向誰傾訴也。

⑫ 月墮：月落也。形容天曉之際。

⑬ 凌波塵起：凌波，形容女性走路時步履輕盈。塵起，沙塵揚起也。語出三國時曹植《洛神賦》：「凌波微步，羅韈生塵。」此句寫荷花美態。

⑭ 彩鸞愁舞：鸞，爲鳳凰之類的神鳥。彩鸞，即五彩的鸞鳥也。愁舞，愁於起舞或因

要起舞而發愁也。此句寫荷花凌波而行，態度姸麗，使彩鸞亦愁於起舞也。意謂彩鸞因比不上荷花之美態而生愁也。

⑮ 鈿合蘭橈：鈿，是金花。一般指婦人之首飾，如花鈿、金鈿。此處指荷花——如金花一般美麗之荷花。合，是動詞，嵌合之意。蘭橈，是以蘭木製造之船槳。全句意謂：荷花接觸蘭木之船槳。此句寫划船時船槳接觸到荷花之景象，如荷花嵌合船槳一般。

⑯ 絲牽瓊腕：絲，藕絲也。瓊腕，玉手也。此處指採荷之人。此句寫採荷之事。

⑰ 見的句：的，是「菂」字省寫。菂，是蓮實。蓮實之心味苦，故有此語。

⑱ 玲瓏翠屋：玲瓏，空明貌。翠屋，寫荷葉。

⑲ 輕薄冰綃：綃，是生絲織成的薄紗、薄絹。此句寫荷花之花瓣。

⑳ 穩稱句：穩稱，猶言適度，適合。錦雲，美麗如錦繡的雲朵。留住，留下來也。有維護之意。

㉑ 生怕哀蟬：生怕，只怕也。哀蟬，哀鳴之蟬也。

㉒ 暗驚句：暗驚，不知不覺地驚怕也。秋被，指荷葉。紅衰，指荷花凋敗。

㉓ 啼珠零露：啼珠，指荷葉上之水珠。零露，零碎之露珠也。句意謂：荷葉上之零露如啼哭之淚珠一般掉下來。

㉔ 能西風句：能，作者自注：「去聲。」寧可也。句意謂：寧可在西風之中老死也。

㉕羞趁句：羞，羞恥也。趁，乘便、乘勢也。東風嫁與，即嫁與東風也。東風是春日之風，而荷花並非春花，故有此語。全句意謂：以乘便嫁與東風爲羞恥也。

語譯

過秦樓

盛產荷花的水鄉一片淒冷，令人迷惘。那裏水色清朗，一塵不染，連淡黃色的塵埃也沒有。面對着如抹上脂粉的荷花和綠到如藍色的荷葉，彌漫池塘，如煙如霧，使我哀愁頓生。荷香籠罩水面，令到池水也散發出香氣；紅色的水波，因荷花之豐美而使人覺得它漲大。萬朵荷花在明淨如鏡的池塘上爭妍鬥麗。原來荷花是湘妃的化身！她此刻魂魄歸來，雖帶着佩環的首飾，却冷寞無聲。她心中凝結了的感情向誰傾訴？又是江水空明、月落天曉的時候了。她走過荷塘，步履輕盈，翻起一點點微塵，姿態美妙，就算彩鸞也自愧不如，愁於起舞呢！

我仍然暗暗地記得當日我們在荷塘蕩着蘭舟的情況：當船槳接觸到荷花

時，荷花如嵌合船槳一般，以及她伸出如瓊般的玉手採蓮的優美姿態。我見到蓮實，便想到她的內心更苦！荷葉玲瓏剔透，如翠屋一般；荷花輕盈單薄，如冰霜如紗絹。這情況最適合令到美如錦繡的雲朵留下來了。我怕的是，當哀蟬看見如秋被的荷葉和荷花凋謝，而零露如啼哭的淚珠一般從他們滾下來之際而暗暗吃驚。實際上，荷花寧可在西風之中老死，亦羞於乘便嫁與可以作威作福的東風！

法曲獻仙音

放琴客①，和宏庵韻②

落葉霞翻，敗窗風咽③，暮色淒涼深院。瘦不關秋，淚緣④輕別，情消鬢霜千點⑤。悵翠冷搔頭燕⑥。那能語恩怨？　紫簫遠⑦。記桃枝⑧、向隨春渡，愁未洗、鉛水⑨又將恨染。粉縞澀離箱⑩，忍重拈⑪、燈夜裁剪。望極藍橋⑫，彩雲飛、羅扇歌斷⑬。料鶯籠玉鎖⑭，夢裏隔花時見。

① 放琴客：琴客，朱彊村《夢窗詞集小箋》云：「按：琴客爲柳渾侍兒。唐・顧況有《宜城放琴客歌》。此則假以稱人妾也。」放琴客，即遣放妾侍之意。

② 和宏庵韻：清・查爲仁、厲鶚《絕妙好詞箋》載：「丁宥，字基仲，號宏庵。」可知宏庵即丁宥。和韻，和他人詩詞，仍用原韻，叫和韻。和，唱和也。

③ 敗窗風咽：敗窗，破窗也。風咽，風悲鳴也，或說風發出悲鳴之聲也。

④ 淚緣：流淚緣於……，流淚因爲……。

⑤情消鬢霜千點：消，消耗也。全句意謂，爲愛情所耗損，以致滿頭鬢髮斑白如霜。

⑥翠冷搔頭燕：搔頭燕，指其一端作燕形之玉簪。晉·葛洪《西京雜記》載：「武帝過李夫人，就取玉簪搔頭。自此後，宮人搔頭皆用之。」此句之辭序應爲「冷搔頭翠燕」，即冷落了搔頭之翡翠燕形玉簪。

⑦紫簫遠：用唐·杜牧《杜秋娘》詩：「閒捻紫簫吹。」本事謂秋娘初得寵於唐憲宗，及穆宗即位，命爲皇子漳王傅姆。漳王得罪，秋娘亦遣歸故鄉。夢窗用此事典以比放妾。紫簫遠者，猶言放妾遠去也。

⑧桃枝：朱彊村以爲「枝」疑「根」訛。晉·王獻之有《桃葉歌》三首，其一云：「桃葉復桃葉，桃樹連桃根。相憐兩樂事，獨使我殷勤。」唐·李義山詩：「當時歡向掌中銷，桃葉桃根雙姊妹。」可知桃根爲桃葉之妹。此言「桃根」實指放妾。

⑨鉛水：唐·李賀詩：「憶君清淚如鉛水。」鉛水者，指淚水如鉛般重也。

⑩粉縞澀離箱：粉，白色。縞，細白之生絹。澀，同「澀」，或作「澁」，亦作「濇」，苦澀，不潤滑也，引伸其義，即陳舊之意。離箱，離別時（指放妾）之衣箱。全句意謂離別時箱中載着舊時之衣物。

⑪忍重拈：怎忍（或不忍）重拈也。拈，用手指取物也。

⑫望極藍橋：藍橋，用唐·裴鉶《傳奇》所載裴航乞漿遇雲翹事。事謂裴航遇雲翹夫人，與詩曰：「一飲瓊漿百感生，玄霜擣盡見雲英。藍橋便是神仙窟，何必崎嶇上

玉清。」後裴過藍橋，渴，一舍有老嫗，裴揖求漿。嫗令雲英以一甌漿與之。裴求娶英，遂與俱仙。

⑬彩雲飛、羅扇歌斷：彩雲飛，用唐・李白詩：「祇愁歌舞散，化作彩雲飛。」宋・張邦基《墨莊漫錄》載：「李后主嘗於黃羅扇上書，賜宮人。」故羅扇代指宮人，暗指放妾。全句意謂放妾已如彩雲飛散，不再爲主人歌唱。

⑭鶯籠玉鎖：意謂鶯鎖在玉籠中。鶯，指放後之妾。玉籠，指妾以後之歸宿。

語譯

法曲獻仙音

落葉在晚霞中翻飛。風從破窗吹進來，發出悲鳴之聲。深院裏的暮色淒涼透了！我身軀消瘦，不關係秋天已經來臨。傷心流淚，乃緣於輕易離別。人爲離情所耗損，以致鬢髮斑白如霜雪千點。我已冷落了用來搔頭之燕形翡翠玉簪而惆悵不已，那又怎能再提及以往的恩恩怨怨呢？

擅吹紫簫的人兒已離開很遠了。記得桃根昔日隨着春天渡江而來，可是哀愁仍未澆却，離恨已生，如鉛重的淚水又流下來了！想到她離別時箱中載着陳舊之白絹衣物，此刻又怎忍將她夜間燈下裁剪之遺物重拿出來？我步上藍橋，極目而望，但她已如彩雲遠飛，不再拿着羅扇爲主人歌唱了。料想，如黃鶯般的人兒以後將爲玉籠所困，此後相見唯有在朦朧的夢裏，而且還隔着花叢呢？

西河 中呂商，俗名小石①

陪鶴林登袁園②

春乍霽③。清漣畫舫融洩④。螺雲萬疊暗凝愁⑤，黛蛾照水⑥。漫將西子比西湖⑦，溪邊人更多麗⑧。

步危徑⑨，攀豔蕊⑩。掬霞到手紅碎⑪。青蛇細折小回廊⑫，去天半咫⑬。畫闌⑭日暮起東風，棋聲吹下人世。

海棠藉雨半繡地⑮。正殘寒、初御羅綺⑯。除酒消春何計⑰？向沙頭⑱更續、殘陽一醉。雙玉杯和流花洗⑲。

① 中呂商：唐宋時流行的二十八調中商七調之一，俗名小石調。其聲情「旖旎嫵媚」。

② 詞題：鶴林，朱彊村《夢窗詞集小箋》引清·厲鶚《宋詩紀事》云：「吴泳，字叔永，號鶴林，潼州人，嘉定元年（1208）進士。理宗朝，仕至起居舍人，兼直學士院，權刑部尚書，終寶章閣學士，知泉州，有《鶴林集》。」袁園，楊氏《箋釋》據宋·袁燮《絜齋集》，疑即袁正獻公宅之是亦樓。

③春乍霽：霽，雨止也。句意謂：春雨忽然停止了。
④清漣句：清漣，清澈的水面微波。畫舫，裝飾華麗的遊船。融洩，搖蕩貌。
⑤螺雲句：螺雲，寫山。其狀如螺殼，又如雲髻。萬疊者，重重疊疊也。暗凝愁，靜靜地將哀愁凝聚起來也。此句寫山之靜，如人愁結心中。
⑥黛蛾照水：黛蛾，青黑色之蛾眉也。此詞亦寫山，其狀如蛾眉。照水，形容山倒映水中也。
⑦漫將句：漫，隨便也。西子，即越國之美女西施。西湖，在今之杭州。語出宋·蘇軾詩：「欲把西湖比西子，淡粧濃抹總相宜。」
⑧溪邊句：即溪邊更多麗人也。此句活用唐·杜甫詩：「長安水邊多麗人。」
⑨危徑：險徑也。
⑩豔蕊：美麗之花也。
⑪掬霞句：掬，雙手捧取也。霞，彩雲也。此處指花朵——如雲狀之花朵。全句意謂：雙手捧取紅花，可惜竟將紅花弄碎了！
⑫青蛇句：青蛇，形容園中山徑蜿蜒如青蛇。細折，寫山徑細小曲折。小回廊，回旋之小走廊也。
⑬去天半咫：咫，周尺八寸。句意謂：距離天只有半咫。即很近之意。此句形容山徑之高。

⑭畫闌：以畫爲裝飾或畫有花紋的闌干也。引伸其義，即華美之建築物。

⑮海棠句：藉，因也，借也。海棠藉雨的意思是：海棠花因雨水的濕潤也。「繡」是動詞。半繡地，是說海棠盛開，遮蓋地面的一半，正如將它繡上花紋一樣。

⑯正殘寒句：正，正是也，正藉也。殘寒，寒將盡也。此處指春盡。初御羅綺，初進羅綺之時。羅，綺屬。綺，是素地織紋起花的絲織物。羅綺所造之衣服，適合夏天，故有此語。

⑰除酒句：除却以飲酒去排遣春日還有何計謀之意。

⑱沙頭：沙嘴也，沙邊也。

⑲雙玉杯句：流花，飄流於水上之落花也。洗，滌也。句意謂：一對玉杯與流花一同爲水所洗也。此句將洗酒杯事雅化：洗酒杯如洗落花也。

語譯

西河

春雨忽然停止了。我們的畫舫在清澈的漣漪中搖蕩着。如螺殼又如雲髻的春山，千重萬疊，暗地裏將哀愁凝結起來。它們倒映在水中，遠望去，如青黑色的蛾眉。人們隨便將西子比西湖，此際溪邊的遊人不少，而且比西子更加美麗！

我們步上險徑，意圖攀折豔麗的山花。當雙手捧取到美如朝霞的紅花時，竟將它們弄碎了！園中的細小走廊，曲曲折折，蜿蜒如青蛇。它們隨山勢而高進，距離天空只有半咫那麼遠！憑着畫有花紋的闌干我們靜看日暮的來臨，靜聽東風吹起。不期然聽到下棋之聲，不知道從那裏吹到人世間。

海棠花藉着雨水的濕潤而盛開，遮蓋着地面的一半，好像將它繡上花紋一般。這正是殘寒而初進羅綺之時——即殘春而將夏之時。除却飲酒以排遣春光，還有什麼辦法呢？趁着殘陽未盡之時，我們繼續在沙頭一醉！一雙玉杯都丟到水中去了，和流花一同爲溪水所沖洗呢！

解蹀躞①

夷則商，俗名商調②

醉雲又兼醒雨③，楚夢④時來往。倦蜂剛着梨花、惹遊蕩⑤。還做一段相思，冷波葉舞愁紅⑥，送人雙槳⑦。　暗凝想⑧。情共天涯秋黯⑨，朱橋鎖深巷⑩。會稀投得輕分⑪、頓惆悵。此去幽曲⑫誰來？可憐殘照⑬西風，半粧⑭樓上。

①　解蹀躞：此篇陳洵《海綃說詞》認爲「此蓋其人去後過其舊居而作也。」可信。「其人」，大抵指夢窗新眷之妓。

②　商調：乃唐宋時常用之二十八調中商七調之一，其聲情「悽愴怨慕」。參《渡江雲三犯》注②。

③　雲雨：指男女歡愛事。用戰國・宋玉《高唐賦》楚王夢遇巫山神女事典。

④　楚夢：楚王之夢也。即指其夢遇神女事。參前注。

⑤ 倦蜂剛着梨花、惹遊蕩：意謂倦蜂剛剛棲息着梨花，又惹起它遊蕩。「梨花」暗用「梨花雲」典，亦夢也。唐・王建有《夢看梨花雲歌》：「落落漠漠路不分，夢中喚作梨花雲。瑤池水光蓬萊月，青葉白花相次發。」

⑥ 愁紅：紅代指花。愁紅者，殘紅也，殘花也。

⑦ 送人雙槳：雙槳，指舟言。句謂其人已由小舟送走。

⑧ 暗凝想：不作聲聚精會神地思索也。

⑨ 情共天涯秋黯：情，指別情。黯，黯淡也，陰沉也。句謂離別之情跟天邊的秋色一般黯淡。

⑩ 朱橋鎖深巷：化用唐・劉禹錫詩：「朱雀橋邊野草花，烏衣巷口夕陽斜。」此句想像其人去後之現況。

⑪ 會稀投得輕分：會稀，會面稀少。投得，到得、贏得之意。輕分，輕易分別也。

⑫ 幽曲：幽靜之坊曲也。坊曲爲宋時娼妓所聚處。

⑬ 殘照：夕陽之餘暉也。

⑭ 半粧：殘粧也，不完整之粧扮也。

語譯

解蹀躞

醉時爲雲，醒時爲雨，兩者兼而有之。我們時常歡叙，如來往於楚王遇見巫山神女的夢中。疲累的蜜蜂剛剛棲止在梨花上，又被外界環境所影響，再一次遊蕩了。已經造就了一段相思之情，可惜她又爲小舟所送走。當時正是煙波寒冷，黃葉翻飛，敗紅飄落之際。

我暗地裏凝神思念往事。此刻離情跟天邊之秋色一般黯淡。想到她已被困鎖在朱橋旁邊深巷之中。叙會稀少只贏得輕易分離，這使我頓感惆悵！她離去之後，那幽靜之坊曲還有誰會重來呢？可憐的是，在夕陽殘照之下，西風勁吹之中，她在小樓上無心粧扮，只勉強完成其半粧而已。

花犯

郭希道送水仙索賦

小娉婷①，清鉛素靨②，蜂黃暗偷暈③。翠翹欹鬢④。昨夜冷中庭⑤，月下相認。睡濃更苦淒風緊。驚回心未穩⑥。送曉色、一壺葱蒨⑦，纔知花夢準⑧。　湘娥化作此幽芳⑨，凌波路⑩，古岸雲沙遺恨⑪。臨砌影⑫，寒香亂、凍梅藏韻⑬。熏爐畔⑭、旋移傍枕⑮，還又見、玉人垂紺鬒⑯。料喚賞、清華池館⑰，臺杯須滿引⑱。

①娉婷：姿態美好之意。

②清鉛素靨：清鉛，白色的鉛粉。靨，是頰輔上之微渦。素靨，純潔之頰渦也。此句形容水仙花瓣。

③蜂黃暗偷暈：蜂黃，如蜂之黃色。暈，本意爲日月周圍之光圈。此處取其形狀以形容水仙花中心之金盞（心蕊所在處）。全句意謂蜂黃色暗中偷取如光圈形狀之花中

金盞據爲己有。即是說，金盞乃蜂黃色。「偷」字用得妙不可言！

④翠翹欹鬢：翠綠色的鳥尾之長羽毛和傾斜的鬢髮。此句形容水仙的長長的綠葉。

⑤中庭：中央的庭院。

⑥驚回心未穩：驚醒後心仍未定也。

⑦送曉色、一壺葱蒨：曉色，指水仙花。葱蒨，草木青翠而茂盛貌。因爲水仙花葉皆從一壺狀體生出，故曰「一壺葱蒨」。

⑧花夢準：花夢，見到水仙花的夢。準，準確、靈驗之意。

⑨湘娥化作此幽芳：湘娥，湘水女神，指帝舜二妃。全句謂湘水女神化身爲這清幽的水仙花。芳者，香草也。此處指水仙花。

⑩凌波路：波浪起伏的路途上。凌波，亦可形容婦女走路時步履輕盈的樣子。

⑪古岸雲沙遺恨：古岸雲沙，指湘妃來時在道路上的情況。所謂「遺恨」指帝舜南巡不返，湘妃望之久，哀傷而絕，化爲水神的恨事。

⑫臨砌影：到達臺階之陰暗處。

⑬寒香亂、凍梅藏韻：寒香，此處指梅花之清香。亂，混亂也，攪亂也，不能辨別是水仙之香抑或梅花之香。凍梅藏韻，意謂寒梅也要收斂它的風韻，即寒梅也要失色之意。

⑭熏爐畔：熏爐，熏香之爐，亦以稱取暖之爐。全句謂將水仙花放置在熏爐之旁邊。

⑮ 旋移傍枕：頃刻間將它移在枕旁。

⑯ 玉人垂紺鬒：玉人，如玉般美之人兒。此處指水仙。紺，帛深青而揚赤色。鬒，髮黑而稠美。紺鬒者，深青黑色的美髮也。此句描寫水仙素美的風姿。

⑰ 料喚賞、清華池館：「清華」爲郭希道之號，朱彊村已有此說。楊氏《箋釋》認爲清華池館乃郭氏園名，似無可疑。全句意謂預料當我請清華池館主人欣賞的時候。

⑱ 臺杯須滿引：杯以大小十個相套者名「臺杯」。此處泛指酒杯。全句意謂定然（須）會引取滿斟之酒杯而飲之。「臺杯」一詞實雙關水仙花之形狀與賞花之酒杯。明・彭大翼《山堂肆考》云：「世以水仙爲金盞銀臺。蓋單葉者，其中似一酒盞，深黃而金色；千葉者，花片捲皺，上淡白而下輕黃，亦作杯狀。」故此，此句言酒杯亦同時涉及水仙花也。

語譯

花犯

嬌小而美麗的人兒啊！她的樸素的面頰，色白如鉛粉。中心部份的金盞如偷取了光環，發出蜂黃的悅目顏色。她的綠葉如翠鳥的長羽毛，又如傾斜的美人鬢髮。我們是昨夜在寒冷的中庭和月色之下相識的。看她睡得多濃啊，但淒風吹得更緊呢，多苦啊！她被驚醒，午夜夢回，心緒還未穩定。花開了，如將天曉之色送進來。她整個壺狀的身體青翠而茂盛。這個時候，我才知道水仙花開的夢是靈驗的。

原來此幽香的花是湘娥的化身！她在波浪起伏的路途上，經過古岸、雲沙，遺留下不少恨事。最後她到達臺階的陰暗處。寒香頓時混亂起來了，寒梅也要收斂起它的風韻呢，因爲它的香氣比不上水仙啊！把她放置在熏爐的旁邊，頃刻間又將她移放在枕旁。更見到她如玉人一般垂着深青黑色的美髮，自然而秀麗。料想，如果喚請清華池館的主人來欣賞這水仙花，一定會引取滿斟之酒杯而盡飲之！

蝶戀花

題華山道女扇

北斗秋橫①雲髻影。鶯羽②衣輕，腰減青絲賸③。一曲遊仙聞玉磬④。月華深院人初定⑤。　十二闌干和笑憑。風露生寒，人在蓮花頂⑥。睡重不知殘酒醒⑦。紅簾幾度啼鴉暝⑧。

① 北斗秋橫：北斗，指道女簪在髻上黃色紙符之北斗星圖案。「北斗秋橫」，即「北斗橫秋」。

② 鶯羽：鶯之羽毛也。鶯羽色黃，形容其衣之顏色。

③ 腰減青絲賸：青絲，青色之腰帶。全句意謂因其腰圍瘦減，所以其腰帶有剩餘也。

④ 一曲遊仙聞玉磬：遊仙，指遊仙詩，一種以描繪仙人仙境來寄寓作者思想感情的詩歌。東晉．郭璞有《遊仙詩》十四首，是中國文學史上典型的遊仙詩。玉磬，是玉石製成的樂器，形狀如矩。

⑤人初定：人開始入定之時。即言其修道之時。

⑥蓮花頂：蓮花峰之頂。據明·陶宗儀《華山記》，華山頂有池，生千葉蓮花，服之羽化，因名蓮花峰。

⑦睡重不知殘酒醒：即因殘酒睡重而不知醒也。睡重者，睡得濃也。

⑧紅簾幾度啼鴉暝：度，是量詞。暝，天黑、日暮之意。全句意謂道女睡在幾度紅簾深閉之內，夜色降臨了，鴉聲隨之四起。

語譯

蝶戀花

畫着北斗星圖案的黃色紙符簪在她的如雲狀的髻髮的背後，如北斗橫秋。她穿着輕盈的衣服，色黃如鶯羽。腰肢瘦減，以致其青色的腰帶亦有寬餘。我聽到遊仙曲的歌聲，同時也聽到玉磬的聲響。這正是月華高掛，人在深院開始入定的時候。

她帶着笑容倚着迂迴曲折的闌干。凄風冷露，寒氣頓生，她此際正站立在蓮花峰之頂上！雖然酒已殘，但她睡得很濃，不知醒來。臥在幾度紅簾之後，不知不覺天已黑了，鴉聲處處可聞呢！

浣溪沙①

門隔花深夢舊遊②。夕陽無語燕歸愁③。玉纖④香動小簾鉤。　落絮⑤無聲春墮淚，行雲⑥有影月含羞。東風臨夜冷于秋⑦。

①浣溪沙：夏承燾《夢窗詞集後箋》說：「凡清明、西湖、傷春詞，皆悼杭州亡妾之作。」此乃傷春之詞，故當爲悼亡之作。楊氏《箋釋》認爲是「以冶遊托諸夢境之詞」，言之泛泛而已。

②門隔花深夢舊遊：門隔花深，謂門户阻隔，花叢深密。舊遊，指其昔日與亡妾之遊踪。

③燕歸愁：燕，指其亡妾。歸愁者，謂夢見其亡妾歸來之時愁緒滿懷或愁容滿面也。

④玉纖：纖纖玉手也。

⑤落絮：飄落之花絮也。

⑥ 行雲：浮動之雲彩也。

⑦ 東風臨夜冷于秋：東風，春天之風也。臨夜冷于秋者，謂到了晚上比秋寒更冷也。

語譯

浣溪沙

門戶阻隔，花叢深邃——我夢見舊日的遊踪。在夕陽西下，默默無聲之中，燕子歸來了，但滿臉愁容。她的纖纖玉手搴動着小簾鈎，散發出一絲絲香氣。飄落的花絮，一點聲音也沒有，是春在墮淚啊！浮動的雲彩的影子使到月亮半明半暗，如少女含羞答答。本來溫暖的東風，到了夜晚，比秋寒還要冷呢！

浣溪沙

波面銅花冷不收①。玉人垂釣理纖鉤②。月明池閣夜來秋③。江燕話歸成曉別④，水花紅減似春休⑤。西風梧井葉先愁⑥。

①波面句：波面，水面也。銅花，銅荷也。銅荷本爲承燭之盤，以形似荷葉故稱。此處實指一般之荷花。楊氏《箋釋》認爲「此言西園荷池」，值得參考。冷不收，猶言天氣雖寒冷而仍不收斂也。

②玉人句：玉人，指作者去姬。垂釣理纖鉤者，乃追憶往事。楊氏以爲此詞「爲重到西園憶姬作」，大抵可信。垂釣，即釣魚。理纖鉤，整理細小之釣鉤也。

③月明句：池閣，即荷池與樓閣。夜來秋，猶言夜間之寒意如秋之來臨也。

④江燕句：江燕，江上之燕子也。此處暗指其去姬，即上文之玉人。話歸，猶言說要離去也。指其分手事。成曉別，即引致天亮時離別也。

⑤水花句：水花，指水邊之花。紅減，紅色褪減之意。似春休，似春盡也。此句意思

是說，因愛姬離去，鮮花亦失其光彩也。

⑥西風句：西風，秋天之風也。梧井，旁邊種植梧桐樹之井也。葉先愁，即梧葉先發愁也。全句意謂：西風來到，井邊之梧桐葉首先發愁，因爲很快便要凋殘飄落了。

語譯

浣溪沙

水波上面的荷花，在寒冷的天氣中依然盛開，沒有收斂。如玉般美的人兒在荷池上垂釣，整理着纖細的魚鈎。黑夜來臨了，明月照遍池塘和樓閣，天氣如秋天般寒冷。

江上的燕子說要歸去了，結果天曉時我們便要離別。水邊的紅花，其顏色也因此而褪減了，好似春天已經到了盡頭。此刻眞如西風已經吹到，故井邊之梧桐樹爲它的即將凋落的樹葉而預先發愁啊！

玉樓春

京市舞女①

茸茸貍帽遮梅額②。金蟬羅剪胡衫窄③。乘肩爭看小腰身④，倦態強隨閑鼓笛⑤。　問稱家住城東陌⑥。欲買千金應不惜⑦。歸來困頓殢春眠⑧，猶夢婆娑斜趁拍⑨。

①　京市舞女：京市，指杭州。宋·周密《武林舊事》〈元夕〉條：「都市自舊歲孟冬駕回，已有乘肩小女、鼓吹舞綰者數十隊，以供貴邸豪家幕次之玩。」舞女者，即指乘肩小女而言。

②　茸茸貍帽遮梅額：茸茸，形容獸毛細嫩貌。貍帽，貍皮帽子。梅額，指梅花粧。梁·沈約《宋書》載：「武帝女壽陽公主臥含章殿簷下，梅花落額上，成五出花。拂之不去，皇后留之。自後有梅花粧。」

③　金蟬羅剪胡衫窄：金蟬羅，是一種薄如蟬翼的絲綢。胡衫，胡人（古代西北民族）

的服裝。衫要窄者，以顯示跳舞時舞女之苗條體態。

④ 乘肩爭看小腰身：辭序應爲「爭看乘肩小腰身」，指市人爭看也。乘肩，指騎在大人肩上的小舞女。參注①。清·劉廷璣《在園雜志》謂：「小曲有《節節高》一種。《節節高》本曲牌名，取接接高之意，自宋時有之。《武林舊事》所載元宵乘肩小女是也。今則小童立大人肩上，唱各種小曲，做連像，所馱之人，以下應上，當旋即旋，當轉即轉，時其緩急而節奏之。」小腰身者，指乘肩舞女之細腰身裁。

⑤ 閑鼓笛：悠閑之鼓笛聲，即緩慢之音樂聲也。

⑥ 問稱家住城東陌：問，是指市人問乘肩舞女。稱，自稱之意。「家住城東陌」是舞女的回答。東陌，東街也。

⑦ 欲買千金應不惜：指有些市人想買下舞女而花費千金亦不吝惜。

⑧ 困頓殢春眠：困頓，疲倦無氣力之意。殢春眠，貪戀春睡也。

⑨ 婆娑斜趁拍：婆娑，舞蹈貌。斜趁拍，指傾斜着身體踏着音樂的節拍也。

語譯

玉樓春

茸茸的貍皮帽子遮着她的梅花粧打扮的前額。她穿着窄窄的用薄如蟬翼的絲綢製造的胡衣。市人都爭看這個乘肩小舞女的細腰身裁。她雖倦態畢露，但仍然勉強跟隨悠閑的鼓笛聲起舞。

市人問她家居何處，她自稱家住在城市的東街。有些市人欲以千金把她買回來也應該不會吝惜。回家後她困倦極了，倒頭就睡，貪戀春眠。就算睡着了，她仍然夢見自己舞態婆娑，傾斜着身軀，趁着音樂的節拍，蹁躚起舞。

點絳脣①

時霎②清明，載花不過西園路③。嫩陰綠樹。正是春留處④。燕子重來⑤，往事⑥東流去。征衫貯⑦。舊寒⑧一縷。淚濕風簾絮⑨。

①點絳脣：陳洵《海綃說詞》：「此亦思去姬而作。」楊氏《箋釋》：「此爲西園清明憶姬之作。」看法正同，應無可疑。

②時霎：即霎時也，片刻也。時間短速之意。

③載花不過西園路：不過者，不忍過也。西園，爲夢窗與去姬之舊居。不忍過者，是因爲人去園空也。

④正是春留處：意謂暮春清明之際正是春天要爭取留下來的時候，但可惜的是，春留人不留——姬人已去！

⑤燕子重來：燕子，是夢窗自指。意謂自己重來的時候。

⑥往事：即與去姬共同生活之舊事。

⑦ 征衫貯：征衫，即行役之衫。貯者，收藏起來之意。全句意謂自己已倦遊了。

⑧ 舊寒：表面指昔日之寒氣，內裏却說往日傷心之情。

⑨ 淚濕風簾絮：絮者，花絮也。句謂傷心之淚水將風簾前之花絮也霑濕了。

語譯

點絳脣

霎時間清明節又到了。我簪載着鮮花，但是不忍走過西園路！新嫩的花陰和翠綠的樹叢，正是春天應該留下來的地方。

我如燕子一般重來舊地，可是往事已如逝水東流，一去不復返了。我把征衣收藏起來，不再行役了。絲絲寒意，與舊日無異，但此際我傷心透了，滴下來的淚水竟將風簾前之飛絮也霑濕了。

點絳脣

試燈夜①初晴

輦路④

捲盡愁雲，素娥②臨夜新梳洗。暗塵不起。酥潤凌波地③。

重來，仿佛燈前事⑤。情如水。小樓熏被⑥。春夢笙歌裏⑦。

① 試燈夜：古時慣例以正月（一月）十三爲試燈夜。

② 素娥：月裏嫦娥也。

③ 酥潤凌波地：酥，酥軟也。潤，濕潤也。凌波，指水言。此處形容月色着地如水，故曰「凌波地」。全句謂月色着地如水，酥軟濕潤。

④ 輦路：天子車駕常經之道路。此處指杭京大道。

⑤ 仿佛燈前事：往日之事好像是燈前所見一般，此句寫對舊事往情的懷念。

⑥ 熏被：熏香被窩。

⑦ 春夢笙歌裏：猶言歡樂事如在春夢之中。即「笙歌春夢裏」。

語譯

點絳脣

愁雲盡去，如被捲走一般。月裏的嫦娥到了晚上新梳洗一番，容光煥發。一點微塵都吹不起。月光瀉在地上，如水一般酥軟濕潤。

我重來到杭京的大街。往日所發生之事彷彿是燈前所見一樣。恩情如逝水。我躲在小樓中熏香的被窩裏，回憶以前的笙歌漫舞的歡娛生活，好似春夢一般，一點都不眞實呢！

醉桃源

贈盧長笛①

沙河塘②上舊遊嬉。盧郎③年少時。一聲長笛月中吹④。和雲和雁飛⑤。
驚物換⑥，嘆星移⑦。相看兩鬢絲⑧。斷腸吳苑⑨草凄凄。倚樓人未歸⑩。

①盧長笛：即詞中之盧郎。朱彊村《夢窗詞集小箋》「《繞佛閣》」條疑盧長笛即盧樓之主人。
②沙河塘：乃杭州街名，在餘杭門內，以其門外爲裏沙河堰，因以沙河名街。
③參注①。
④月中吹：月色中吹奏也。
⑤和雲和雁飛：指笛聲飄揚，與雲雁兩者一起飛上天空。
⑥驚物換：因事物的變遷而心驚。
⑦嘆星移：因時間的流逝而感嘆。

⑧相看兩鬢絲：相看者，指夢窗與盧長笛相看也。兩鬢絲者，指二人已步入老年也。

⑨吳苑：據明・李賢《大明一統志》，吳苑在今蘇州太湖北岸。夢窗於此突然說到吳苑，原因是吳苑是其去姬家所在。楊氏《箋釋》說：「末二語仍是憶姬之詞。」頗有道理。

⑩倚樓人未歸：倚樓者是夢窗；「人未歸」之人是其去姬。

語譯

醉桃源

在沙河塘這條街道上充滿着舊日遊玩嬉戲的踪迹。盧郎年少的時候便是這樣。他當日在月色之下吹着長笛，樂韻飄揚，隨着浮雲和鴻雁一起飛上天空。

我驚嘆物換星移的時空轉變。和盧郎相看，發覺大家都已鬢髮如絲白，年紀老了。想到吳苑芳草淒淒，眞是心傷腸斷！我倚樓待望，但是心中的人兒仍未歸來！

祝英臺近①

春日客龜溪②遊廢園③

采幽香④，巡古苑⑤，竹冷翠微路⑥。鬥草溪根⑦，沙印小蓮步⑧。自憐兩鬢清霜⑨，一年寒食⑩，又身在、雲山深處。晝閑度⑪。因甚天也慳春⑫？輕陰便成雨。綠暗長亭，歸夢趁風絮⑬。有情花影闌干，鶯聲門徑，解留我⑭、霎時凝佇⑮。

①祝英臺近：楊氏《箋釋》云：「此爲晚年作，且爲因遊園而憶姬之詞。」可備一說。

②龜溪：在今浙江省德清縣。吳蠠皋等修《德清縣志》載：「龜溪，古名孔愉澤，即餘不溪之上流也。昔孔愉微時，常經溪上，見漁者籠一白龜，買而放之中流，龜左顧數四而沒。」

③廢園：荒廢之園也。「廢園」並非一名詞。

④采幽香：「采」即「採」。幽香是對花而言，是花之代詞，即滲出清幽香氣之花。

⑤古苑：即詞題說之廢園。

⑥翠微路：翠微，指山而言。參《霜葉飛》注㉑。翠微路，即山路。

⑦鬥草溪根：鬥草是古時之遊戲：搜集百草以比賽多寡好劣之一種遊戲。唐・韓鄂《歲華紀麗》載：「端午鬥百草。昔吳王與西施嘗爲鬥草之戲。」溪根，指溪之上游，即龜溪，因爲龜溪爲餘不溪之上游。

⑧沙印小蓮步：蓮步，指蓮花步。唐・李延壽《南史》云：「宋東昏侯鑿金爲蓮花，以貼地，令潘妃行其上，曰：『此步步生蓮花也。』」全句意謂溪邊沙上印着女子的細小腳步。

⑨兩鬢清霜：兩鬢，是兩邊靠近耳朵的頭髮。清霜，清白如霜雪之意。兩鬢清霜者，意謂年紀已老矣。

⑩寒食：即寒食節，在農曆清明前一日或二日。相傳春秋時晉國介之推輔佐重耳（晉文公）回國後，隱於山中，重耳燒山逼他出來，之推抱樹而死。文公爲悼念他，禁止在之推死日生火煮食，只吃冷食。以後相沿成俗，叫做「寒食禁火」，成爲一個節日。

⑪晝閑度：晝，白晝也；暗指春日。句意謂任得春日等閑度過。

⑫因甚天也慳春：慳者，慳吝也。全句意謂爲甚麼天公也慳吝春光。

⑬歸夢趁風絮：趁者，乘便、乘勢之意。風絮者，隨風飄揚之花絮也，此處指柳絮。

⑭ 解留我：了解挽留我之意。

⑮ 霎時凝佇：霎時者，片刻也。凝佇，凝神佇立之意。

語譯

祝英臺近

爲了採摘幽香的花草，我們巡視古舊的園圃。山路上長滿了翠竹，環境頗爲清冷。我們在溪水的上游——龜溪採集百草，作爲比賽。沙粒上印着細小的蓮花步。自憐兩邊鬢髮已經花白如霜雪。一年之中已到了寒食節，而自己又身在雲山的深處。

白晝等閑地度過。爲甚麼天公也如此慳吝春光？稍爲陰暗便下起雨來。長亭四周草木茂盛，一片暗綠色。她歸來之夢應該趁着柳絮飄飛。花影印在闌干上，情深款款；而鶯啼之聲充滿了門徑，悅耳動人。它們懂得挽留我，使到我霎時間心神凝定，佇立不動，嗒焉若失！

祝英臺近

除夜立春①

剪紅情，裁綠意②，花信上釵股③。殘日東風，不放歲華④去。有人添燭西窗，不眠侵曉⑤，笑聲轉、新年鶯語⑥。　舊尊俎⑦。玉纖曾擘⑧黃柑，柔香繫幽素⑨。歸夢湖邊，還迷鏡中路⑩。可憐千點吳霜⑪，寒消不盡，又相對、落梅⑫如雨。

① 除夜立春：除夜，即除夕，農曆年最後之一夕。立春，節候名，通常在陽曆二月四日、五日。吳文英寫此詞時立春正逢除夕。楊氏《箋釋》說：「此是除夕憶姬之作。」可信。

② 剪紅情，裁綠意：紅，指花；綠，指葉。剪紅、裁綠，指立春日剪綵爲紅花綠葉等物作爲頭飾，如春勝、春旛之類。「情」、「意」兩字用以襯托人們喜氣迎春的神

情。唐·趙彥昭《立春日應制》詩云：「剪綵迎初候，攀條寫故眞。花隨紅意發，葉就綠情新。」

③花信上釵股：花信，指開花的訊息，猶花期。宋·程大昌《演繁露》：「三月花開時風，名花信風。」明·葉秉敬《書肆說鈴》：「自小寒起至穀雨，合八氣，得四個月。每氣管十五日，每五日一候，計八氣得二十四候。每候以一花之風信應之：梅花、山茶、……」釵股者，釵腳也。

④歲華：歲之韶華也。即歲之美好時光也。

⑤侵曉：拂曉也，天剛亮也。

⑥鶯語：黃鶯之叫聲。此處指人聲如鶯語，形容一遍歡樂之聲。

⑦舊尊俎：尊，盛酒器。俎，砧板。尊俎，猶言宴飲。舊尊俎，即昔日之宴飲也。

⑧玉纖曾擘：玉纖，如玉般潔白之纖細之手。曾擘，曾經剖分也。

⑨柔香繫幽素：柔香，指黃柑所發出的柔和香氣。繫，拴縛也，縈繞也。幽素，幽情素心也，猶言心頭。

⑩鏡中路：鏡，言湖水平滑如鏡。鏡中路，猶言湖中路也。

⑪千點吳霜：曰「吳」者，因爲當時作者在吳地。霜，形容白色。「千點吳霜」四字是形容鬢白如霜，指年老。

⑫落梅：飄落之梅花。

語譯

祝英臺近

帶着濃情厚意，人們剪裁紅紅綠綠的綵勝，這樣便將「花信」繫上釵腳。殘餘日子的東風，不放走年中最美好的時光，繼續在吹送。有人在西窗之下添點銀燭，終宵不眠，直到天亮。在笑聲裏轉換了新的一年，充滿着如鶯語般的歡笑聲。

我記起舊日的宴飲。當時纖纖玉手曾破黃柑，柔和的香氣至今仍繞心頭。歸去的夢飛到湖邊，但是在湖中迷路，去而不返。可憐我白髮斑斑，如吳霜千點。就算寒冷消失亦不曾斷絕。在這個時候，又要面對飄落的梅花，如雨般灑下來！

西子粧慢①

湖上清明薄遊②

流水麴塵③，豔陽醅酒④。畫舸遊情如霧⑤。笑拈芳草不知名，□凌波⑥、斷橋西堍⑦。垂楊漫舞⑧。總不解、將春⑨繫住。燕歸來，問彩繩纖手⑩，如今何許。

歡盟誤。一箭流光，又趁寒食⑪去。不堪衰鬢着飛花⑫，傍綠陰⑬、冷煙深樹⑭。玄都秀句⑮。記前度、劉郎曾賦⑯。最傷心、一片孤山⑰細雨。

①西子粧慢：朱彊村《夢窗詞集小箋》據張炎《山中白雲·西子粧慢·序》認爲乃吳夢窗自製曲。似無可疑。

②湖上清明薄遊：清明，農曆二十四節氣之一。舊稱爲三月節，在陽曆四月五日或六日。薄遊，小遊也。楊氏《箋釋》曰：「此爲遊湖憶姬之詞。」大抵可信。

③流水麴塵：麴，是酒母，釀酒或製醬用之發酵物。亦作「麯」。麴塵，麴上所生菌，

色淡黃如塵，故稱「麴塵」。句意謂流水淡黃，色如麴塵。

④ 豔陽酷酒：酷酒，酒味濃厚之酒。句意謂豔麗之陽光如味道濃厚之酒。

⑤ 畫舸遊情如霧：畫舸，畫船也。遊情如霧，指昔日之遊情如霧如煙，記憶不清也。此句從今日之遊想到以前之遊。

⑥ □凌波：楊氏《箋釋》曰：「『凌』上空格，擬補『步』字。」但明・胡宗憲等修《浙江通志・藝文門》收此詞作「乍」字。今依《彊村叢書》本《夢窗詞集》。凌波，形容女性走路時步履輕盈；亦可解作起伏的波浪。

⑦ 斷橋西堍：斷橋，據明・田汝成《西湖遊覽志》，斷橋本名寶祐橋，自唐時呼爲斷橋。堍，橋畔也。西堍者，橋之西畔也。

⑧ 漫舞：放縱地、放任地飛舞。

⑨ 春：指春光，亦同時比喻去姬。

⑩ 彩繩纖手：彩繩，指鞦韆之繩索。纖手，纖細之手也。此處指去姬。

⑪ 寒食：節令名。在農曆清明前一日或二日。參《祝英臺近》「采幽香」注⑩。

⑫ 不堪衰鬢着飛花：不堪，不能忍受也。衰鬢，衰朽之鬢，即殘鬢。此處夢窗自指。着，附着也。飛花，喻去姬，如花已飛去也。

⑬ 傍綠陰：傍，依附之意。綠陰，形容樹木陰翳。

⑭ 冷煙深樹：冷煙，楊氏《箋釋》解爲「禁煙節」（寒食），恐非。此處大抵描寫暮

春時之濕寒煙霧而已。深樹，指樹之濃密。

⑮玄都秀句：玄都，指玄都觀，在陝西長安縣。秀句，指唐劉禹錫所賦之看花詩。

⑯記前度、劉郎曾賦：劉郎，即劉禹錫。宋·王得臣《麈史》記：「玄都觀舊無桃花，貞元末有道士植桃滿觀如紅霞。劉禹錫因題詩曰：『紫陌紅塵拂面來，無人不道看花回。玄都觀裏桃千樹，盡是劉郎去後栽。』太和初，禹錫重至京師，已蕩然無一枝，惟兔葵燕麥，動搖東風耳。再題詩曰：『百畝庭中半是苔，桃花淨盡菜花開。種桃道士歸何處，前度劉郎今又來。』」

⑰孤山：孤山在杭州西湖，位於裏、外二湖之間，亦曰孤嶼。

語譯

西子粧慢

流水淡黃，色如麴塵。豔陽熾熱，一如酷酒。當日畫舫遊湖的情況如煙如霧，記憶不清了。她開懷地拿着不知名的芳草，步履輕盈，不知不覺地便到了斷橋的西畔。垂下來的楊柳縱情地飄舞，但總不明白要將春光綁住！燕子回來了。它問當日鞦韆的彩繩和佳人的纖纖玉手如今可在何處。

歡叙的盟約耽誤了！流光如飛箭一般，又趁着寒食節消逝。我不能忍受自己的衰殘之鬢髮附着飛走的嬌花，寧願留下來傍着綠葉成陰和冷煙環繞的濃密的樹木。記得從前劉禹錫曾經賦詠過有關玄都觀的佳句。現在我遊湖的心情跟他相似。最傷心的是，遠望孤山時，眼前一片濛濛細雨。

霜花腴①

無射商②

重陽③前一日泛石湖④

翠微⑤路窄，醉晚風，憑誰爲整欹冠⑥？霜飽花腴⑦，燭消人瘦，秋光做也都難⑧。病懷強寬。恨雁聲、偏落歌前。記年時⑨、舊宿淒涼，暮煙秋雨野橋⑩寒。

粧靨鬢英⑪爭豔，度清商一曲⑫，暗墜金蟬⑬。芳節⑭多陰，蘭情稀會⑮，晴暉稱拂吟箋⑯。更移畫船。引佩環⑰、邀下嬋娟⑱。算⑲明朝、未了⑳重陽，紫萸應耐看㉑。

①霜花腴：此調爲吳夢窗自度曲。夢窗亦以此調名其詞集，曰《霜花腴詞集》或《霜花腴卷》，足見此詞乃其得意之作。

②無射商：爲唐宋時流行之二十八調中商七調之一，俗名越調。其聲情「陶寫冷笑」。

③重陽：即農曆九月九日。古時以九爲陽數，九月而又九日，故稱「重陽」。

④石湖：在蘇州西南，與太湖近。

⑤翠微：指山。

⑥憑誰爲整欹冠：欹冠，欹斜之帽也。唐・杜甫《九日宴藍田崔氏莊》詩：「羞將短髮還吹帽，笑倩傍人爲整冠。」

⑦霜飽花腴：霜滿花胖也。花腴，形容花開得燦爛。此花當爲菊花，蓋菊花於秋天最爲盛開。

⑧秋光做也都難：做，作也。句意謂秋光——重陽非人做得來的，完全是自然的。

⑨記年時：記往年這個時候。

⑩野橋：大抵指楓橋。唐・杜牧《楓橋》詩謂：「暮煙秋雨過楓橋。」夢窗似用杜詩。

⑪粧靨鬢英：靨，頰輔上之微渦。此處作臉解。粧靨者，粧扮後之臉也。指歌妓。鬢英，插在鬢上之花也。指菊花。

⑫度清商一曲：製曲曰度。清商曲，樂府之一種。南北朝時，中原舊曲及江南吳歌、荊楚西聲，統稱清商曲。

⑬暗墜金蟬：金蟬，指鬢言。句意謂鬟鬢暗自低墜。

⑭芳節：美好之時節。此處指重陽。

⑮蘭情稀會：蘭，良也，佳也。蘭情者，好事也。稀會，少遇上之意。

⑯晴暉稱拂吟箋：晴朗之陽光稱意地灑在詩箋上。

⑰ 引佩環：佩環，此處指佩帶玉環之人，大抵指歌妓。引佩環者，猶言牽引歌妓也。

⑱ 嬋娟：本指體態美好之女子。此處指月亮。

⑲ 算：計算也，揣測也。

⑳ 未了：未了結，未完結，未過去之意。因此詞乃寫於重陽前一日，明朝始爲重陽，故曰「未了」。

㉑ 紫萸應耐看：萸者，茱萸也。此句暗用唐·杜甫《九日……》詩：「明年此會知誰健，醉把茱萸仔細看。」

語譯

霜花腴

山路狹窄。我陶醉於晚風之中。但是憑誰爲我整頓欹斜之帽子？霜雪飽滿，黃花肥美；銀燭消殘，身軀瘦損。這些秋天的現象是很自然的，不是人做得來的。患病的情懷得到勉強寬解。只恨悲哀的雁聲偏偏落在歡樂的歌聲面前！記得往年這個時候，舊日宿留之處，環境淒涼，一片暮煙秋雨，野外的楓橋寒冷得可憐。

歌妓之粉臉與她鬢髮上之黃花爭妍鬥麗。我自製清商樂一曲。她聽得入迷了，竟然暗地裏墜下雲鬢而不知。佳節往往遭逢到陰天，而好事却很少遇上。此刻晴朗的陽光正稱意地照在詩箋上。我更划動畫船，手牽着佩帶玉環之人兒，邀請明月下來。我想，到了明朝，重陽節還未過去，紫色的茱萸應該仍耐觀看，不致凋謝的。

澡蘭香　林鍾羽①

淮南重午②

盤絲繫腕③，巧篆垂簪④，玉隱紺紗睡覺⑤。銀瓶露井⑥，彩箑雲窗⑦，往事少年依約⑧。爲當時、曾寫榴裙⑨，傷心紅綃褪萼⑩。黍夢⑪光陰漸老，汀洲煙蒻⑫。

莫唱江南⑬古調，怨抑難招，楚江沉魄⑭。薰風燕乳⑮，暗雨梅黃⑯，午鏡澡蘭簾幕⑰。念秦樓⑱、也擬人歸，應翦菖蒲⑲自酌。但悵望、一縷新蟾⑳，隨人天角㉑。

① 林鍾羽：爲唐宋時流行之二十八調中羽七調之一，俗名高平調。其聲情「條暢滉漾」。

② 淮南：據元．脫脫等修《宋史．地理志》，淮南東路，南渡後分九州：揚、楚、海、泰、泗、滁、淮安、眞、通。紹定元年（1228），升山陽縣爲淮安軍。端平元年（1234），改軍爲淮安州。今屬江蘇。「淮南」有版本作「淮安」。重午，即農曆

③ 五月初五；亦作「端五」、「重五」。俗稱「端午節」。楊氏《箋釋》認爲此詞乃「在淮安逢端午憶故伎之作」，細讀之，似無誤。

④ 盤絲繫腕：盤捲的五色絲線繫於手腕上。明·周處《風土記》載：「端午造百索繫臂，謂之續命縷。」宋時民間習俗以爲此舉可以驅鬼祛邪。

⑤ 巧篆垂簪：巧篆，指寫有咒語的小符。垂簪者，謂小符懸於釵而下垂。南北朝·宗懍《荊楚歲時記》曰：「即今釵頭符也。」宋習俗認爲佩帶釵頭符可以避開兵氣。

⑥ 玉隱紺紗睡覺：玉，指玉人，美人。紺紗，天青色之紗櫥。全句謂玉人隱於天青色之紗櫥睡覺。

⑦ 銀瓶露井：銀瓶本指銀製的盛酒器，此處指宴飲。露井，指露水沾濕之天井或天階。此處指宴飲處。

⑧ 彩箑雲窗：彩箑，即彩扇，此處指歌舞。雲窗，雲紋之窗，即花窗。

⑨ 依約：隱約也，彷彿也。

⑩ 寫榴裙：梁·沈約《宋書》載羊欣着白練裙晝寢，書法家王獻之詣之，書其裙數幅而去。此處易「白練裙」爲「榴裙」，以切午日，亦以喻紅裙。

⑪ 紅綃褪萼：紅綃，紅色生絲織成的薄紗、薄絹。此處指紅裙。褪萼，謂花萼殘褪也。夢窗所「傷心」者，傷其「褪萼」也。即已故之喻。

⑫ 黍夢：借唐傳奇沈既濟《枕中記》邯鄲黃粱一夢事。作者換一「黍」字，與角黍映

合，切重午。

⑫汀洲煙蒻：汀洲，水中小洲。蒻，草名，即嫩香蒲。煙蒻者，如煙一般柔軟的香蒲草。

⑬江南：泛指長江以南之地區。

⑭楚江沉魄：指戰國之屈原。屈與楚同姓，仕於懷王，爲三閭大夫，同列上官大夫及用事臣靳尚妬害其能，共譖毀之，王疏屈原。原乃作《離騷》，不忍以清白久居濁世，遂赴汨羅之淵，自沉而死。詳見《離騷序》。後宋玉作《招魂》哀悼之，欲以復其魂魄。《招魂》有「魂兮歸來，哀江南」句。上句云「江南古調」即指《招魂》賦也。

⑮熏風燕乳：熏風，即和風，指東南風或南風。秦·呂不韋《呂氏春秋·有始》：「東南曰熏風。」燕乳，即乳燕，小燕也。

⑯暗雨梅黃：指細雨梅子黃落之時。此時有「黃梅雨」之稱。

⑰午鏡澡蘭簾幕：午鏡，按古代習俗，每到端午節的「午」時，用「午」時所鑄造的鏡子最有驅邪避鬼之功效。澡蘭，也是古代端午節的習俗，當日午時人們都要用蘭湯沐浴，以闢邪垢。簾幕，指沐浴時低垂之簾幕。

⑱秦樓：秦穆公女弄玉與蕭史吹簫引鳳，穆公爲築鳳臺，後遂傳爲秦樓。見漢·劉向《列仙傳》。此處「秦樓」暗指其愛姬。

⑲ 菖蒲：草名。生於水邊。有香氣，可作藥用。菖蒲葉可浸製成藥酒。傳說服之可避瘟氣。詞云「剪菖蒲自酌」，大概「自酌」的是指菖蒲酒而言。
⑳ 新蟾：新月也。傳說月中有蟾蜍，故「蟾」往往代指月亮。
㉑ 天角：天邊也。此處指淮安，即詞人當時所在之地。

語譯

澡蘭香

盤捲的五色絲纏在手腕上。小巧的符篆從頭釵垂下來。玉人隱於天青色之紗櫥睡覺。在沾濕露水之井旁拿着銀瓶而飲宴，在花窗之前搖動着彩扇而歌舞。我依稀記得少年的往事。爲了當時曾經寫過色如石榴的紅裙，如今我看見紅綃如花一般殘褪而感到傷心。光陰逝去，如炊黍一夢。我漸漸步入老境。水中小洲的香蒲草如煙一般的柔軟。

不要唱江南古調啊！就算如何哀怨，如何抑鬱，也難把沉於楚江的魂魄招回來。小燕在暖風中飛舞，梅子在細雨中黃熟。人們在這個時候都用午時所鑄造的鏡子自照和在簾幕之後用蘭湯沐浴。我想，在秦樓的人兒也擬度她心中的愛人會歸去。但可惜她只落得自酌菖蒲酒而已。我只有惆悵地遙望着一灣新月，它隨着我天涯海角，到處流浪！

惜紅衣

余從姜石帚①遊苕霅②間三十五年矣，重來傷今感昔，聊③以詠懷

鷺老秋絲④，蘋愁暮雪⑤，鬢那不白？倒柳⑥移栽，如今暗溪碧。烏衣細語⑦，傷絆惹、茸紅曾約⑧。南陌⑨。前度劉郎⑩，尋流花踪迹。朱樓水側。雪面波光，汀蓮沁顏色⑪。當時醉近繡箔⑫，夜吟寂⑬。三十六磯⑭重到，清夢冷雲南北。買釣舟⑮溪上，應有煙蓑相識⑯。

①　姜石帚：前以爲即南宋大詞人姜白石，但梁啓超等已表示懷疑，惜未得確證。夏承燾則歷指各證，以明其爲二人。後楊鐵夫又得數證。時至今日，姜石帚並非姜白石已成定論，絕無可疑。

②　苕霅：即苕溪（或苕水）與霅溪（亦稱霅川），在今浙江吳興境內。

③　聊：姑且也。

④　鷺老秋絲：鷺鳥因年老而其絲已變得白色——秋天肅殺之色。

⑤ 蘋愁暮雪：蘋花因哀愁而其色已變得如日暮之白雪一般。

⑥ 倒柳：柳樹有強大之生命力，橫植之生，倒植之亦生。

⑦ 烏衣細語：烏衣，指燕子。宋·劉斧《青瑣高議》別集載：王榭，金陵人，航海遇風，抵一州。其王以女妻之。女曰：「此烏衣國也。」後榭思歸，王命取飛車送之。至家，見梁上雙燕呢喃，乃悟所止燕子國也。

⑧ 傷絆惹、茸紅曾約：用唐·李延壽《南史》王整之姊事。書載：襄陽霸城王整之姊嫁爲衛敬瑜妻，年十六而敬瑜亡。父母舅姑咸欲嫁之。住戶有燕窠，常雙飛來去，後忽孤飛。女感其偏棲，乃以縷繫足爲記。後歲，燕果復更來，猶帶前縷。絆者，繫也。惹者，招引也，牽引也。茸紅，指絲縷。以上兩事典皆用以形容「重來」。

⑨ 南陌：南邊之街道。

⑩ 前度劉郎：此劉郎乃與阮肇入天臺山採藥之劉晨，非玄都觀之劉郎——劉禹錫。據南朝·宋·劉義慶《幽明錄》，劉晨、阮肇共入天臺，迷不得返，糧盡，得山上數桃，啖之遂不飢。溪邊有二女，資質妙絕，邀還家，停入半年而歸。

⑪ 汀蓮沁顏色：汀者，汀洲也。蓮，指蓮花。沁顏色，猶言沁露出美麗之色澤。

⑫ 繡箔：華麗之簾帳。

⑬ 夜吟寂：午夜之際在寂靜中吟哦。

⑭ 三十六磯：即三十六陂。三十六，言其多也，是虛數。陂，水鄉也。宋·王安石《題

西太乙宮壁》詩：「三十六陂煙水，白頭想見江南。」

⑮ 釣舟：釣魚船也。

⑯ 應有煙蓑相識：煙蓑者，漁翁也。全句意謂，應有相識之漁翁。言下之意謂昔時之人已無存識者。

語譯

惜紅衣

白鷺衰老，其絲已如秋白；蘋花哀愁，其色亦已如日暮之白雪。那麼，人的鬢髮那會不白？被移植栽種之倒柳此刻已成陰，遮蔽着碧綠色的溪水，將它變得陰暗。我們曾經如烏衣國的燕子，雙雙呢喃細語。以紅縷繫燕足，曾經相約重逢的事，引起我無限傷感。我在南面的街道上漫步。如前度劉郎——劉晨一般，追尋隨水流去的落花的踪迹。

朱紅色的樓臺在溪水的旁邊。水面波光閃閃，如雪一般白。汀洲的蓮花呈露出美麗的顏色。當時我曾帶醉走近過她的華麗的簾帳，在晚上岑寂之中吟詠詩句。現在重到三十六陂。可惜其感覺如在清夢中的寒冷浮雲，從一處飄到另一處，毫無歸屬感。我相信，如果我買漁舟歸隱溪上，應該仍有相識的漁翁吧。

風入松①

聽風聽雨過清明②。愁草瘞花銘③。樓前綠暗分攜路④，一絲柳、一寸柔情。料峭春寒中酒⑤，交加⑥曉夢啼鶯。

西園日日掃林亭。依舊賞新晴⑦。黃蜂頻撲鞦韆索，有當時、纖手香凝⑧。惆悵雙鴛⑨不到，幽階一夜苔生⑩。

①風入松：楊氏《箋釋》認爲此詞「爲西園清明憶姬之作」，今細味詞意，當屬不誤。

②清明：農曆二十四節氣之一。舊稱爲三月節，在陽曆之四月五日或六日。此日舊有踏青掃墓的習俗。

③愁草瘞花銘：草，起草也，草寫也。《瘞花銘》，南北朝時庾信曾有此作。此處可作「葬花詞」解。瘞，埋葬之意。

④分攜路：分手之路。

⑤料峭春寒中酒：料峭，風寒着肌戰慄貌。多形容春寒。中酒，酒酣沉醉之意。

⑥交加：紛多雜亂貌。此形容鶯聲。

⑦新晴：晴者，雨止無雲，天氣清朗也。新晴者，指新的清朗天氣。

⑧纖手香凝：纖手，指女子柔美細小之手。香凝者，謂香氣凝結也。

⑨雙鴛：本指女子的繡鞋。此處兼指女子本人。

⑩幽階一夜苔生：幽階，幽靜的石階。苔生，長滿了綠苔之意。

語譯

風入松

聽着風吹，聽着雨打，我渡過清明節。愁緒滿懷，我草寫庾子山的《瘞花銘》。樓前綠樹成陰的地方便是我們當日分手之處！一絲楊柳代表着她對我的一寸柔情。在春寒料峭之中我沉醉於酒。但清曉的美夢却被紛亂的鶯聲驚醒！

我天天在西園裏打掃林木和亭園，像往時一樣仍舊欣賞新臨的晴朗天氣。

不少黃蜂頻頻撲去鞦韆之繩索，因爲繩索之上有當時她的纖纖玉手所留下的香氣。現在她——那穿着鴛鴦花鞋的女子啊，不再到來了，我頗爲惆悵。幽靜的石階也因此一夜之間便長滿了綠苔！

鶯啼序①

殘寒正欺病酒②，掩沉香繡戶③。燕來晚、飛入西城④，似說春事遲暮⑤。畫船⑥載、清明⑦過却，晴煙冉冉吳宮樹⑧。念羈情遊蕩⑨，隨風化爲輕絮⑩。

十載西湖⑪，傍柳繫馬，趁嬌塵軟霧⑫。遡紅漸、招入仙溪⑬，錦兒偷寄幽素⑭。倚銀屏⑮、春寬夢窄⑯，斷紅濕、歌紈金縷⑰。暝堤空⑱，輕把斜陽，總還鷗鷺⑲。

幽蘭漸老⑳，杜若還生㉑，水鄉尚寄旅㉒。別後訪、六橋無信㉓，事往花委㉔，瘞玉埋香㉕，幾番風雨㉖。長波妒盼㉗，遙山羞黛㉘，漁燈分影春江宿㉙，記當時、短楫桃根渡㉚。青樓彷彿㉛，臨分敗壁題詩㉜，淚墨慘澹塵土㉝。

危亭㉞望極，草色天涯㉟，嘆鬢侵半苧㊱。暗點檢、離痕歡唾㊲，尚染鮫綃㊳，嚲鳳迷歸㊴，破鸞慵舞㊵。殷勤待寫㊶，書中㊷長恨，藍霞遼海沉過雁㊸，漫相思、彈入哀箏柱㊹。傷心千里江南，怨曲㊺重招，斷魂在否？

①鶯啼序：爲現時所知最長之詞調，共二百四十字。世人以爲吳夢窗最先塡此調，惟金初全眞教祖師王重陽之《全眞集》早已有此調，遠在夢窗之前。至於是否爲王氏所創，則有待進一步之研究。楊氏《箋釋》云：「此爲憶去姬及故伎之詞。」大抵可信。一本題爲「春晚感懷」。

②正欺病酒：正欺負病酒之人——即作者自己。

③沉香繡户：沉香，即沉木香。繡户，指華美的門户，爲閨房、居室的美稱。

④西城：即城西。城指杭州。

⑤遲暮：到了晚景。

⑥畫船：裝飾華美之船。指遊船。

⑦清明：農曆二十四節氣之一。舊稱爲三月節，在陽曆之四月五日或六日。此日舊有踏青掃墓的習俗。

⑧晴煙冉冉吳宮樹：晴煙，清朗天氣之煙霞。冉冉，輕柔漸進的樣子。吳宮，春秋時吳國的宮殿在蘇州。相傳吳王築館娃宮在蘇州靈岩山上。或指臨安的宮殿，因五代吳越王建都於此。又或指南宋的宮苑，因南宋的都城臨安舊屬吳地。此處不必坐實。總之，指吳地，不必指宮室言。

⑨羇情遊蕩：羇情，羇旅之情也。遊蕩，飄忽不定也。

⑩輕絮：輕飄之花絮。

⑪西湖：此處指浙江杭州之西湖。因在城之西，故名。一名錢塘湖，亦名上湖，又稱西子湖。有外湖裏湖後湖之別。風光明媚，爲中國歷來之名勝地。

⑫趁嬌塵軟霧：趁，追逐、尋求之意。塵霧，指西湖上的塵霧。嬌塵軟霧，形容嬌柔、美麗的西湖景色。

⑬遡紅漸、招入仙溪：遡，逆流而上。紅，指花。仙溪，指仙境。全句意謂逆流而上，沿着花溪逐漸走入仙境之中。此暗用南朝·劉義慶《幽明錄》載劉晨、阮肇入天臺山遇見仙女的故事。

⑭錦兒偷寄幽素：錦兒，南宋錢塘名妓楊愛愛的侍婢。這裏用來代表夢窗之愛姬或愛伎的侍婢。宋·洪遂《侍兒小名錄》記：「愛愛姓楊氏，本錢塘倡家。泛舟西湖，爲張逞所調。後三年，追念不置，感疾死。其婢錦兒出其繡巾、香囊諸物，郁然如新。」幽素，即幽情。素同愫。

⑮銀屏：鑲銀的屏風。

⑯春寬夢窄：猶說春長夢短。表示歡聚的時間很少。

⑰斷江濕、歌紈金縷：斷紅，指流下來的眼淚。言紅者乃因淚中帶血，或淚染胭脂。歌紈，是歌唱時用的紈扇。金縷，是金線繡的舞衣。

⑱暝堤空：暝，暝色，即昏暗的天色。堤，指堤岸。空，言遊人散去，空無一人。

⑲總還鷗鷺：都歸還海鷗和白鷺。

⑳幽蘭漸老：幽蘭，即蘭花。春天開花。漸老，漸漸地凋謝。

㉑杜若還生：杜若，香草名。還，復也，又之意。全句意謂，杜若又生長了。

㉒水鄉尚寄旅：水鄉，指江南，今江蘇南部及浙江一帶。尚，猶也，且也。寄旅，即作客之意。

㉓六橋無信：六橋，指西湖外湖的六橋：映波、鎖瀾、望山、壓堤、東浦、跨虹，爲北宋時蘇軾所建。無信，無音訊也。

㉔事往花委：事情已經過去，花朵亦已凋謝。

㉕瘞玉埋香：玉和香均指美人。此處暗指作者之姬及伎。瘞，埋葬也。

㉖幾番風雨：經過多次的風吹雨打。指經過了一段頗長的時間。

㉗長波妒盼：盼，形容眼睛的美麗。全句意思是說，水波妒忌她眼睛的美麗。

㉘遙山羞黛：黛，指黛眉（青黑色的眉）。全句意思謂，遠山羞於和她的蛾眉相比，即是說，不及她的蛾眉美麗。

㉙漁燈分影春江宿：漁燈，漁船之燈火。分影，指漁火零散地投影於水上。宿者，棲宿也。此處指出作者與所思之姬或伎的共同生活。

㉚短楫桃根渡：楫，划船的用具。晉·王獻之《桃葉歌》：「桃葉復桃葉，渡江不用楫。但渡無所苦，我自迎接汝。」又：「桃葉復桃葉，桃樹連桃根。相憐兩樂事，獨使我殷勤。」宋·郭茂倩《樂府詩集》引《古今樂錄》：「《桃葉歌》者，晉王

子敬之所作也。桃葉，子敬妾名。緣於篤愛，所以歌之。」子敬，為王獻之字。相傳桃根是桃葉的妹妹，這裏借指愛人。而桃根渡借指送別愛人的地方。渡，渡頭也，津渡也。

㉛ 青樓彷彿：青樓，妓女、歌舞女住的地方。彷彿，大概相似也。

㉜ 臨分敗壁題詩：臨分，臨別之際。敗壁，殘破之牆壁也。題詩，指在敗壁寫上之詩句。

㉝ 淚墨慘澹塵土：淚墨，混和淚水之墨汁。慘澹塵土，指題壁之詩句蒙上一層塵土，呈現出淒涼暗澹，毫無光彩的樣子。

㉞ 危亭：高處的亭子。

㉟ 草色天涯：綠草遠接天邊。

㊱ 嘆鬢侵半苧：嘆鬢，嗟嘆鬢髮。苧，白色的苧蔴。侵半苧，猶言一半鬢髮為白色所侵略，即頭髮已半白。

㊲ 暗點檢、離痕歡唾：暗點檢，暗自反省檢查之意。點檢，即檢點。離痕歡唾，離別時之淚痕和歡愛時之唾沫。此四字指過去的悲歡情事。

㊳ 尚染鮫綃：尚染，仍然沾染也。鮫綃，傳說中鮫人所織之綃。這裏指絲綢製的手帕。

㊴ 嚲鳳迷歸：嚲鳳，垂下翅膀之鳳。形容無精打彩。迷歸，不知歸路也。

㊵ 破鸞慵舞：破鸞者，破鏡之鸞鳥也。南朝·宋·范泰《鸞鳥詩序》：「昔罽賓王結

罝峻卯之山，獲一鸞鳥。王甚愛之，欲其鳴而不致也。乃飾以金樊，饗以珍羞。對之俞戚，三年不鳴。其夫人曰：『嘗聞鳥見其類而後鳴，何不懸鏡以映之？』王從其意。鸞覩形悲鳴，哀響沖霄，一奮而絕。」慵舞，懶得起舞。此句隱含「破鏡難圓」之意。

㊶ 殷勤待寫：殷勤，也作「慇懃」，指親切的情意。待寫，待我書寫。

㊷ 書中：書信之中。

㊸ 藍霞遼海沉過雁：藍霞，指藍天。遼海，遼濶之海。沉過雁，將傳書的雁兒也沉埋了。即是說，傳書的雁兒也飛不過，以致音信傳不出去。

㊹ 漫相思、彈入哀箏柱：漫，隨意也。柱，在樂器中用來繫絃的部份。箏柱，猶言箏樂。因箏的音調哀怨，古人稱爲「哀箏」。全句意謂隨意將相思之情融入哀怨的箏樂中。

㊺ 怨曲：哀怨之曲。此借用《楚辭·招魂》詞句。相傳宋玉爲招屈原的魂魄而作《招魂》一章。中有「目極千里兮傷春心，魂兮歸來哀江南。」兩句。詞中「傷心千里江南」三句實從《招魂》化出。然所「重招」之「斷魂」自然爲作者之去姬及故伎之魂魄。

語譯

鶯啼序

正是殘寒折磨病酒之人的時候，我關鎖着沉木香造成的華麗的門戶。燕子來得較晚。它飛入杭州城的西邊，好像告訴我們春天已經到了盡頭。裝飾華美的船隻載着我們。就這樣清明節便過去了。晴朗天氣的煙霞輕柔地飄過吳宮的樹林。我想到羇旅之情，飄遊動蕩，隨風吹逐，化爲輕飛之花絮。

在西湖一帶，我渡過了十載。往往在柳邊繫馬，追逐那裏的嬌柔美麗的景色。我沿着花溪逆流而上，漸漸爲美景所吸引，走入仙境之中。結果令到心上人的侍婢爲她偷偷地將她的幽情告訴我。她倚憑着銀製的屏風，感覺到春長夢短，現實與理想有很大的距離。她滴下胭脂染過的紅淚，把歌扇與金線刺繡的舞衣都弄濕了。天色昏暗的堤岸已是空無一人，無可奈何我們將斜暉通通歸還給海鷗和白鷺！

幽蘭已逐漸衰老，而杜若又生長了，但我仍在江南水鄉寄居作客。分別之後，我到處尋訪她。我找遍了六橋一帶，可惜全無她的音訊！事情已成過去，花朵已經委謝，玉石和香氣亦已經被埋葬了，而且經過了多番風雨。她真的很美啊！她令到悠長的水波都妒忌她眼睛的美麗，遙遠的山巒也因她的蛾眉而自覺羞慚。我倆在春江棲宿的時候，漁火零散地投影於水面上，多詩意啊！我仍記得當時在桃根渡與她話別，把她送上船兒的情況。我隱約記得在青樓到了分別之時，我曾經在破壁題詩。我的淚水滲進了墨汁，使到後者淒慘暗淡，毫無光澤，宛似蒙上了一層塵土。

我登上高處的亭子，極目而望。看見綠草的顏色遠接天邊。我慨嘆鬢髮已經變得半白，如被白色的苧蔴所侵佔。我暗自反省回顧。離別時的淚痕和歡愛時的唾沫，仍然沾染在絲綢的手帕上。此刻我好像一隻垂下翅膀之鳳鳥，無精打彩，不知歸路；又好像一隻破鏡之鸞鳥，懶洋洋不願意起舞。待我殷勤書寫，將綿長的恨事寫進書中。可惜藍天闊海竟將飛過的鴻雁埋沒了，以致書信送不到她那裏去。我隨意地將相思之情彈入哀箏之音樂中。遠在千里外的江南，我心傷到極。以哀怨之曲把她重招回來，但不知她的斷腸之魂魄是否還在人世呢？

鶯啼序

荷（和趙修全韻）

橫塘棹穿豔錦①，引鴛鴦弄水②。斷霞晚、笑折花歸③，紺紗低護燈蕊④。潤玉瘦、冰輕倦浴⑤，斜拕鳳股盤雲墜⑥。聽銀牀聲細⑦。梧桐漸攪涼思⑧。窗隙流光⑨，冉冉迅羽⑩，訴空梁燕子⑪。誤驚起、風竹敲門，故人⑫還又不至。記琅玕、新詩細掐⑬，早陳迹、香痕纖指⑭。怕因循⑮，羅扇恩疏⑯，又生秋意⑰。

西湖舊日，畫舸頻移⑱，嘆幾縈夢寐⑲。霞佩冷、疊瀾不定⑳，麝靄飛雨㉑，乍濕鮫綃㉒，暗盛紅淚㉓。綀單夜共㉔，波心宿處㉕，瓊簫吹月《霓裳舞》㉖，向明朝、未覺花容悴㉗。嫣香易落㉘，回頭澹碧消煙㉙，鏡空畫羅屏裏㉚。

殘蟬度曲㉛，唱徹西園㉜，也感紅怨翠㉝。念省慣、吳宮幽憩㉞。暗柳追涼㉟，曉岸參斜㊱，露零漚起㊲。絲縈寸藕㊳，留連歡事㊴。桃笙平展湘浪影㊵，有昭華、穠李冰相倚㊶。如今鬢點淒霜㊷，半篋秋詞㊸，恨盈蠹紙㊹。

①橫塘句：橫塘，在江蘇吳縣西南十里，爲經貫南北之大塘。南極鷢塘，北抵楓橋，分流東出，故名橫塘。旁有橫塘鎮，在縣西南十三里。明・王鏊《姑蘇志》載有橫塘橋，上有亭，額曰：「橫塘古渡」，風景特勝。棹，櫂或字，檝也。爲舟旁撥水之具。即船槳。棹穿，意謂划船穿過也。豔錦，指荷花衆多，佈滿橫塘，美豔如一片錦繡。

②弄水：戲水也。

③斷霞句：斷，斷絕也，盡也。霞，雲霞也。晚，猶言入夜。笑折花歸，開心地折取荷花而歸也。

④紺紗句：紺紗，天青色之絹紗也。低護，低垂維護也。意謂：低垂地籠罩着。燈蕊，燈花也。燈花爲燈心的餘燼，爆成花形，故名。此處燈蕊指荷花。

⑤潤玉瘦句：潤玉瘦，如玉般溫潤而清瘦。冰輕，潔白如冰且輕盈。倦浴，倦於浴也。即沐浴完結意。此句寫荷花插在花瓶之美態，如美人剛出浴之後。

⑥斜拕鳳股句：拕，拖也。鳳股，鳳釵股也。盤，盤紆也。雲，指雲髻——如雲樣之髻髮。墜，垂下來。此句仍寫瓶中之荷花。句意謂：荷花傾斜地插在瓶中，如鳳釵股斜拖着；又如迴屈之雲髻低垂。

⑦聽銀牀句：銀牀，銀飾之井欄也。即裝飾華美之井欄，不一定是銀飾。銀牀聲細，指梧葉落在井欄發出之聲音。此句應與下句串讀。

⑧ 梧桐句：攬，引取也，招引也。涼思，寒涼之情思也。

⑨ 窗隙流光：隙，裂縫也。窗隙，即窗之裂縫或罅隙。流光，如流水般容易消逝之光陰。

⑩ 冉冉迅羽：冉冉，行動貌，謂漸進也。羽，羽毛也。指鳥類。迅羽者，疾飛之鳥也。

⑪ 訴空梁句：梁，屋梁也。句意謂：聽空梁燕子訴說。即是說：只聽到空梁燕子的叫聲。

⑫ 故人：此處指作者之去姬。楊氏《箋釋》說：「此爲憶姬之詞。」似不誤。去姬於此詞中第一次「正式」出現。

⑬ 記琅玕句：琅玕，竹也。掐，用指甲刺入之意。「新詩細掐」的意思是：用指甲細意地刻上新詩。

⑭ 早陳迹句：全句意謂：細小的指頭留下的香痕早已變爲陳迹了。

⑮ 怕因循：恐怕守舊而不加變化之意。此處指恐怕去久而無改變。

⑯ 羅扇恩疏：此處用漢·班婕妤「紈扇秋捐」之事典，班婕妤有《怨歌行》，曰：「新裂齊紈素，皎潔如霜雪。裁爲合歡扇，團團似明月。出入君懷袖，動搖微風發。常恐秋節至，涼風奪炎熱。棄捐篋笥中，恩情中道絕。」故「羅扇恩疏」指情人之信物被捐棄遺忘之意。

⑰ 又生秋意：語出班婕妤《怨歌行》之「常恐秋節至，涼風奪炎熱。」兩句。意謂：

又生變卦也。秋意亦含不吉利或悲哀的意思。

⑱ 畫舸頻移：畫舸，指裝飾華美之船隻。頻移，即時常泛舟之意。

⑲ 幾縈夢寐：幾縈，多次旋繞也。夢寐，睡夢也。

⑳ 霞佩冷：霞，本爲彩雲。此處用以形容荷花。佩，玉佩也。亦是形容荷花，因其形似佩，其美亦如佩也。冷，因荷花生於水，而環境濕冷，故曰冷。疊瀾，本意爲重重疊疊之大波浪。此處形容荷花荷葉之搖動姿態如波浪般。不定，不固定也。

㉑ 麝靄飛雨：麝，麝香的簡稱。此處指荷香。靄，楊氏《箋釋》疑「藹」誤。可通。藹，油潤貌。麝藹是形容荷花之香與貌。飛雨，灑雨也。此句言雨灑之際，荷花發出陣陣香氣，覺其特別油潤可愛。

㉒ 乍濕鮫綃：乍濕，忽然弄濕也。鮫綃，傳說中鮫人所織的薄紗。此處指手帕。

㉓ 暗盛紅淚：此用錦城官妓灼灼典。宋·張君房《麗情集》載：灼灼以軟紅綃多聚淚，寄河東情人。暗，暗地裏，不讓人知也。盛，透聚也，透濕也。紅淚，指胭脂淚或血淚。

㉔ 練單夜共：即夜共練單。練，粗絲織成的布。單，指被單，練單，即粗絲製成的被單。此句言二人夜晚同牀共被。

㉕ 波心宿處：波心，指西湖。此明言二人晚上共宿西湖。此句連同上句寫二人夜遊西湖歡事。

㉖瓊簫句：瓊簫，玉簫也。吹月，即在月下吹簫。《霓裳舞》，即《霓裳羽衣曲》。因此曲爲舞曲，故曰《霓裳舞》。唐樂曲名。本傳自西涼，名《婆羅門》，開元中河西節度使楊敬述獻，經唐玄宗潤色，於天寶十三年（754）改爲《霓裳羽衣曲》。

㉗花容悴：花容憔悴也。花，指人。即作者愛姬。

㉘嫣香易落：嫣，美也。句意謂：美貌與香氣容易衰敗凋落。

㉙回頭句：句意謂：回過頭來，只見淡淡碧空和即將消逝的煙霧。

㉚鏡空句：鏡，指水面。此處指橫塘的水面。空，空明也。畫，畫圖也。羅，是質地輕軟的絲織品。屏，是畫屏或屏風。此句連同上句的意思是：回頭顧望，只見淡淡的碧空和即將消逝的煙霧倒映在空明的水面上，美如繪畫在絲製的屏風的畫圖一般。

㉛殘蟬度曲：度曲，作曲也。此處則作唱曲解。

㉜唱徹西園：徹，透也。此處指歌聲充滿之意。西園，爲作者與其去姬之舊居，在杭州。

㉝感紅怨翠：紅，指花。翠，指葉。此處指荷花、荷葉。句意謂：對着荷花而生感慨和哀怨。

㉞念省慣句：省，反省也。慣，習慣也。吳宮，春秋時吳國的宮殿，在蘇州。幽，清靜也。憩，休息也。

㉟暗柳追涼：暗柳，指晚間柳下。追涼，追逐涼風也。指納涼。

㊱曉岸參斜：曉，天亮也。岸，水邊也。參，指參宿，星座名。二十八宿之一，西方白虎七宿的末一宿。即獵户座的七顆亮星。斜，傾斜也。指横斜在天。此句言天曉時參星之位置。

㊲露零漚起：露，露水也。零，楊氏說：「疑當作靈。《說文》：『霝，雨零也。』『零』本作『霝』，後奪木旁作『霝』，尚是同音假借，後又誤作『零』。」故零，即雨零之意。零，落也。露零，即露落的意思。「漚」與「鷗」同。漚起者，即沙鷗飛起也。

㊳絲縈寸藕：絲，指藕絲。「藕」，取「偶」意。縈，拘牽也。句意謂：兩人拘牽在一起，如藕爲絲所連。

㊴留連歡事：留連，捨不得離開之意。歡事，歡愉之事。此處指男女歡愛之事。

㊵桃笙句：桃笙，桃枝竹所編的蓆子。晉·左思《吳都賦》云：「桃笙象簟，韜於筒中。」劉淵林注：「桃笙，桃枝簟也。吳人謂簟爲笙。」湘浪，指湘水。湘水爲湖南省最大的河流，盛產竹，名湘竹，即斑竹。此竹斑細而色淡，有暈，中一點紫，與蘆葉上斑點相似。可作簫管簟席。湘浪影，指湘竹之倒影。全句意謂：把竹簟攤平展開，如見湘竹枝倒映於湘水中。

㊶有昭華句：昭華、穠李，宋·黃山谷詩云：「穠李四弦風掃席，昭華三弄月侵牀。」

據注，穠李、昭華爲富貴人家兩奴婢名。冰，冰雪聰明也。此以形容兩婢。相倚，互相倚傍也。作者借昭華、穠李二人以言其杭妾。如楊氏所言，「『相倚』者，蓋此時杭妾尚未故也。」

㊷鬢點淒霜：鬢，鬢髮也。點，點染之意。淒霜，淒冷之霜雪。句意謂：鬢髮斑白，如被淒冷之霜雪所點染。

㊸半篋秋詞：半篋，半箱也。大曰箱，小曰篋。秋詞，帶有秋意之詞篇也。秋意，指哀傷之心情。

㊹恨盈蠹紙：蠹，蛀蟲也。蠹紙者，蟲所蛀蝕之紙張也。句意謂：怨恨充滿蟲蛀之紙張。蠹紙，即敗紙，不一定指蟲蛀之紙。

語譯

鶯啼序

在橫塘划船，穿過美豔如錦繡的荷花叢，引起了鴛鴦戲水。雲霞消失了，黑夜隨之而來。我開懷地折取荷花回家，以青天色的絹紗低垂地籠罩着她——

那美如燈花的花朵啊！她如美玉般溫潤清瘦，又潔白如冰，輕盈可愛，如剛剛出浴後之美人。看她傾斜地插在花瓶中，如鳳釵股斜拖着，又如迴屈之雲髻低墜。聽那裝飾華美之井欄發出細細的聲響，原來是梧桐樹被寒風吹動，漸漸招惹起人們的涼思！

流逝的光陰快如越過窗隙，其行動又如疾飛之鳥。此際我只聽到空梁間燕子的叫聲。我被驚起，原來是風動翠竹，敲擊門戶。這只是一場誤會。故人仍然又是沒有來呢！我記得，她曾用指甲在竹枝上細意地刻上新詩，但這些纖細指頭留下的香痕早已變爲陳迹了。我恐怕情況沒有改變，以致往日贈羅扇的恩情漸漸疏遠，而秋天的寒意又來臨了。

昔日在西湖，我們常常一起乘畫船遊覽。現時只能慨嘆這些事情多次縈繞我的睡夢而已！荷花如彩雲，如玉佩，帶着寒意；荷葉如波浪重疊，搖動不定。雨灑下來了，荷花發出陣陣香氣，樣子潤膩可愛。雨點忽然弄濕了薄紗的手帕，如暗地裏被紅淚所濕透。我們曾雙宿雙棲，夜共練單，在西湖波心棲宿處，於月色之下，以玉簫吹出《霓裳羽衣曲》。到了翌日清晨，仍未覺她的顏容憔悴。可惜美貌和香氣容易衰敗凋落，回過頭來，只見淡淡的碧空和即將消逝的煙霧倒映在空明如鏡的水面上，美如繪畫在絲製的屛風的圖畫而已。

殘蟬自製新曲，歌聲充滿了西園。對着紅花綠葉而生感慨和哀怨。我回顧，我們習慣在舊日的吳宮所在地清靜地休息。晚間在柳樹下納涼，清晨在岸邊看橫斜的參星，享受露落，觀看沙鷗飛翔。我倆縈牽在一起，如藕爲絲所繫，往往留連歡愉之事。我把竹簟攤平展開，就如看見湘竹倒映在湘水中一樣。所幸者有如昭華、穠李一般冰雪聰明的侍婢互相倚傍在我的身邊。如今我的鬢髮已經斑白，如點點淒冷的霜雪。只剩下半篋秋意濃厚之詞作，怨恨充滿了蟲蛀的紙張。

玉漏遲

夷則商①

瓜涇②度中秋③夕賦

雁邊風訊小④，飛瓊望杳⑤，碧雲先晚⑥。露冷闌干，定怯藕絲冰腕⑦。淨洗浮空片玉⑧，勝花⑨影、春燈相亂⑩。秦鏡滿⑪。素娥⑫未肯，分秋一半。

每圓處⑬、即良宵⑭，甚此夕偏饒⑮，對歌臨怨⑯？萬里嬋娟⑰，幾許霧屏雲幔⑱。孤兔⑲淒涼照水，曉風起、銀河西轉⑳。摩淚眼。瑤臺㉑夢回人遠。

①夷則商：唐宋時流行之二十八調中商七調之一，俗名商調。其聲情「悽愴怨慕」。

②瓜涇：明·王鏊《姑蘇志》：「長洲縣，村一百四，瓜涇在三十一都。」清·馮桂芬《蘇州府志》：「瓜涇港在吳江縣北九里，分太湖支流，東北出夾浦，會吳淞江。」

③中秋：指中秋節，即農曆八月十五日。因此日居秋季三月（七、八、九三月）之中，故名。又，楊氏《箋釋》云：「此詞作於姬去之後，夢窗追踪來吳，先寓盤門，過

重午；繼寓瓜涇，過中秋。」可作參考。

④雁邊風訊小：雁，此處指傳書之雁。風訊，即應時而至之風。小者，不強也。全句意思是說，傳書之雁，因應時之風不強勁，故去姬杳無音訊。

⑤飛瓊望杳：飛瓊，仙女名。漢·班固《漢武內傳》載：「王母（按，指西王母）乃命侍女許飛瓊鼓震靈之簧。」在古詩詞中，常以飛瓊喻雪；而「飛瓊」二字，也令人聯想到雪。此處「飛瓊」亦指雪。望杳者，遙望之杳無踪迹也。

⑥碧雲先晚：碧雲，綠雲也。先晚，指雲層先於夜晚來臨，天地暗然也。

⑦定怯藕絲冰腕：怯，畏縮、害怕也。藕絲，如藕絲一般地纖弱。冰腕，如冰雪般潔白之手也。

⑧片玉：指月亮。

⑨勝花：勝，婦女首飾，通常指玉，所謂「玉勝」。勝花，是指花形之玉勝。

⑩春燈相亂：相亂，指勝花之影與春燈之光相交亂。

⑪秦鏡滿：唐·段成式《酉陽雜俎》：「儛溪古岸石窟有方鏡，徑丈餘，照人五臟，秦皇世號爲『照骨寶』。」秦鏡，此處指月亮。

⑫蛾：古代傳說中仙女嫦娥的別稱。南朝·宋·謝莊《月賦》：「引玄兔于帝臺，集素娥于后庭。」

⑬圓處：團圓的地方。圓者，可指月，可指人，亦可兼指。

⑭ 良宵：美好的夜晚。

⑮ 甚此夕偏饒：甚，爲甚麼，爲何也。偏，助詞，出乎尋常或意外之意。饒，多餘也，豐足也。

⑯ 對歌臨怨：謂對臨月光而興歌怨嘆。

⑰ 嬋娟：此處指月言。唐・孟郊《嬋娟篇》：「花嬋娟，泛春泉；竹嬋娟，籠曉煙；伎嬋娟，不長妍；月嬋娟，眞可憐。」可憐，即可愛之意。

⑱ 霧屏雲幔：霧爲屏，雲爲幔也。猶言月爲雲霧所遮蔽。

⑲ 孤兔：孤單之玉兔。玉兔，指月亮。古代神話謂月中有玉兔，遂以指代月亮。

⑳ 銀河西轉：銀河，晴夜所見環繞天空呈灰白色的光帶，由大量恒星構成。古謂之雲漢，又名天河、天漢、天杭、銀漢……等等。西轉，指銀河已轉向天之西邊，猶言天曉也。

㉑ 瑤臺：神話中爲神仙所居之地，美玉砌成，極其華麗。

語譯

玉漏遲

雁邊的應時而至的風太弱了，盼望飛雪來臨實在杳茫！碧綠的雲層先於夜晚湧至，天地爲之暗然。露水使闌干冰冷，這樣一定令到纖弱如藕絲、潔白如冰雪的玉手怯怕。片刻間，浮動於天空中的一如片玉的月亮被洗滌清淨。心上人戴着的花形玉勝的影子與春燈之光交雜相亂。皎潔如秦鏡的月亮很圓滿啊！月中的仙女嫦娥不願意與他人平分一半秋色呢！

每逢月圓的時候，便是美好的夜晚。爲甚麼今夕的月亮出乎尋常地豐滿，以令到我對臨着它而唱歌怨嘆？美麗的月亮遍照萬里，但它却經過多少次被雲霧所遮蔽！形單影隻的玉兔凄涼地臨水自照。天曉時清風吹起，銀河亦向西方轉移。我以手擦擦流着淚水的眼睛，夢醒了，知道所思念的人兒遠在神仙居住的地方。

金箋子

吳城①連日賞桂，一夕風雨，悉已零落②。獨寓窗晚花方作小蕾③，未及見開，有新邑之役④。揭來⑤西館，籬落間嫣然⑥一枝可愛，見似人而喜，為賦此解⑦。

賞月梧園⑧，恨廣寒宮樹⑨，曉風搖落。莓砌掃珠塵⑩，空腸斷，熏爐燼消殘萼⑪。殿秋⑫尚有餘花，鎖煙窗雲幄⑬。新雁⑭又、無端送人江上，短亭初泊⑮。

籬角⑯。夢依約⑰。人一笑、惺松翠袖薄⑱。悠然⑲醉魂喚醒，幽叢畔⑳、凄香霧雨漠漠㉑。晚吹乍顫秋聲㉒，早屏空金雀㉓。明朝想、猶有數點蜂黃㉔，伴我斟酌㉕。

① 吳城：今江蘇吳縣治。
② 悉已零落：悉，全也，都也。零落，凋謝也。
③ 獨寓窗晚花方作小蕾：寓窗，寓所窗旁或窗前。晚花，晚開之花。蕾，含苞未放之

花。

④新邑之役：楊氏《箋釋》云：「按：《宋史·地理志》，接近蘇、杭之縣有『新』字者，一紹興府新昌，一臨安府新城。此言『新邑』，當是新城。考新城淳化五年由南新場升縣。有『新邑之役』者，蓋爲倉幕時捧檄查倉而往，如陳少逸之巡部然。」

⑤揭來：即去來。常偏義使用。此偏在來義，即來到也。

⑥籬落閒嫣然：籬落，即籬笆。嫣然，形容長美之貌。

⑦爲賦此解：賦，詠也。解，樂章也。

⑧梧園：楊氏《箋釋》認爲「當指西園」。大抵可信。

⑨廣寒宮樹：據唐·柳宗元《龍城錄·明皇夢遊廣寒宮》，開元六年唐明皇與申天師、道士鴻都客同遊月中，過一大門，在玉光中飛浮宮殿，往來無定，寒氣逼人，露濡衣袖皆濕。頃見一大宮府，榜曰：「廣寒清虛之府」。廣寒宮即月宮。樹，此處指桂樹，因古代神話傳說中月宮種有桂樹。

⑩莓砌掃珠塵：莓，即莓苔，青苔。砌，臺階也。掃，抹也。珠塵，露珠與塵埃也。

⑪熏爐燼消殘萼：熏爐，用來熏香或取暖的爐子。燼，是物體燃燒後剩下的部份。殘萼，即殘花。此處指凋謝的桂花。古人愛收集桂花而曝乾之，入爐以取香氣。

⑫殿秋：殿，殿後也。殿秋，即秋天之末。

⑬煙窗雲幄：煙雲形容窗幄之嬌美。幄，是篷帳、帷幕。

⑭ 新雁：新來之雁。
⑮ 短亭初泊：短亭，乃古時於大路邊爲行人所設之休憩場所。相傳每隔五里一短亭，十里一長亭。泊，停船靠岸也。
⑯ 籬角：籬笆的角落。
⑰ 夢依約：依約，隱約也。夢依約，謂隱約如夢中。
⑱ 惺忪翠袖薄：惺忪，蘇醒也。翠袖薄，指代佳人。唐・杜甫《佳人》詩：「天寒翠袖薄，日暮倚修竹。」
⑲ 悠然：閒適貌。
⑳ 幽叢畔：幽暗繁雜草木之側邊。
㉑ 漠漠：寂靜、無聲之意。
㉒ 晚吹乍顫秋聲：晚吹，指晚風。乍顫，忽然顫動、發抖。秋聲，秋天之聲響。
㉓ 早屏空金雀：屏，指屏風。金雀，此處指金孔雀。杜甫詩：「屏開金孔雀。」金雀，指代桂花。屏空，指代搖落。全句意謂早已桂花搖落。
㉔ 數點蜂黃：蜂黃，即黃蜂。數點，數隻也。
㉕ 斟酌：酌酒也。

語譯

金錢子

在梧園賞月。我怨恨月宮的桂樹被曉風搖動，吹落了。生滿莓苔的臺階抹上一層沾着塵埃的露珠。心傷腸斷只是枉然，惟有把凋謝的桂花放進熏爐燃燒，以取其香氣，直至片片變爲餘燼。秋末仍有剩餘的桂花，圍着輕煙裊裊的窗戶和美如雲彩的帷帳。新雁又一次無端地將人送到江水之上。我的行舟首先停泊在岸邊的短亭附近。

籬角間我見到她，好像夢中一般地隱約。她穿着薄羅裳，翠袖迎風，惺忪睡眼，向我嫣然一笑。我的醉魂安閒地被喚醒了。站在幽暗的草叢旁邊，我靜靜地享受桂花的淒冷香氣和欣賞如霧一般的細雨。晚風忽然吹起，送出陣陣秋聲。桂花早就凋落了，如屏風空無金孔雀一般。我想，到了明朝，只有數隻黃蜂伴我飲酒而已！

絳都春

為李篔房量珠賀①

情黏舞線②。悵駐馬灞橋③，天寒人遠。旋剪露痕④，移得春嬌栽瓊苑⑤。流鶯常語煙中怨⑥。恨三月、飛花零亂⑦。豔陽歸後⑧，紅藏翠掩，小坊幽院⑨。

誰見？新腔按徹⑩，背燈暗、共倚篔屏葱蒨⑪。繡被夢輕，金屋粧深沉香換⑫。梅花⑬重洗春風面。正溪上、參横月轉⑭。竝禽飛上金沙⑮，瑞香⑯霧暖。

①為李篔房量珠賀：李篔房，據清·沈雄《古今詞話》，李彭老，字商隱，有《篔房詞》。可知篔房爲李彭老之號。宋·周應合《景定建康志》載：彭老，淳祐中詔江制置司屬官。量珠，即買妾。見唐·劉恂《嶺表錄異》：「綠珠井在白州雙角山下。昔梁氏之女有容貌，石季倫爲交趾採訪使，以圓珠三斛買之。後人遂稱買妾爲量珠。」此詞是爲祝賀李篔房買妾而作。

②情黏舞線：黏，膠附也，貼合也。舞線，飄舞之柳線或柳絲，即柳。此處以柳喻伎。

③灞橋：五代·王仁裕《開元天寶遺事》卷下云：「長安東灞陵有橋，來迎去送，皆至此橋爲離別之地。故人呼之銷魂橋也。」

④旋剪露痕：旋，頃刻也，不久也。露痕，此處指柳線，因露水易積聚其上故也。

⑤移得春嬌栽瓊苑：春嬌，指柳。栽，種也。瓊苑，華麗如美玉的園林。

⑥流鶯常語煙中怨：流鶯，指伎言。煙，煙花也，亦指伎。煙中怨者，謂身爲煙花中人之哀怨也。

⑦恨三月、飛花零亂：南朝·梁·丘遲《與陳伯之書》云：「暮春三月，江南草長，雜花生樹，群鶯亂飛。」此句言伎之淒涼生活。

⑧豔陽歸後：豔陽，本謂風景佳麗之春日。此處則指爲伎之「燦爛美好」時光。歸後者，猶言美好時光過後也。

⑨小坊幽院：坊，城市中街市里巷的通稱。小坊者，細小里巷也。幽院，幽靜的居處。

⑩新腔按徹：腔，指腔調，歌唱。按，擊也，言歌唱時擊鼓也。徹，結束，完結之意。全句意謂新歌唱完。

⑪共倚篔屏葱蒨：共者，指李篔房及其妾。篔，篔簹之簡稱。篔簹，竹名，皮薄，節長而竿高。篔屏，即篔簹製造之屏風。簡言之，即竹屏風。葱蒨，青翠貌。此形容篔屏。此句明用李篔房名字中「篔」字。楊氏《箋釋》認爲「『倚篔屏』，即倚檀

郎之譬」，似亦可通，蓋「葱蒨」可解作比喻才華橫溢。若然，則「共」字當作何解？

⑫ 金屋粧深沉香換：金屋，華屋也。漢·班固《漢武故事》載：漢武帝小時對姑母說：「若得阿嬌（後爲陳皇后）作婦，當作金屋貯之也。」粧深，濃粧也。沉香，香木一種。木材與樹脂可供細工用材及薰香料。其黑色芳香，脂膏凝結爲塊，入水能沉，故名沉香。其不沉不浮與水平者名棧香。此句與上句暗用名字中「房」字。

⑬ 梅花：此處指李簹房之妾言。

⑭ 參橫月轉：唐·柳宗元《龍城錄》：「東方已白，起視大梅樹下，月落參橫。」故今人詠梅，往往襲用此語。參者，參宿也。星座名。二十八宿之一，西方白虎七宿的末一宿。即獵戶座的七顆亮星。此句謂參星橫斜，月亮轉移，形容天曉。

⑮ 竝禽飛上金沙：竝禽，雙禽也。金沙，其色金黃之沙岸也。形容其環境美好。

⑯ 瑞香：花名。清·高士奇《天祿識餘》云：「瑞香，一名錦薰籠，一名錦被堆。」

語譯

絳都春

情早已黏着飄舞之柳線！往往在灞橋駐馬送別，天氣寒冷，人又遠去，以致心情極爲惆悵。不久，將易於積聚露水之柳線剪下，把這「春嬌」移種在華麗如美玉的園林中。流鶯常常訴說在煙花場中的哀怨。她怨恨在走紅時飛花零亂的淒涼不定的生活。燦爛美好的時光過後，偎紅倚翠的繽紛生活已埋藏掩蔽起來了，只退居在小巷的幽靜院子裏。

現在誰人還可以見到她呢？她唱罷新歌之後，他們倆便背着銀燈，靜靜地共同倚靠着青翠的竹屏風。雙雙蓋着繡被，跌進輕快的夢境。在華美的居所裏她盛粧打扮，也換過了不同的薰香料。她豔如梅花，從良後重洗美如春風的顏容。此刻正是溪上參星橫斜、月亮轉移的天曉時候。一對禽鳥雙雙飛上黃金色的沙灘，同宿在暖霧圍繞的瑞香花上。

惜秋華 夾鍾商①

重九②

細響殘蛩③，傍燈前、似說深秋懷抱。怕上翠微④，傷心亂煙殘照。西湖鏡掩塵沙⑤，翳曉影⑥、秦鬟雲擾⑦。新鴻⑧，喚淒涼⑨、漸入紅萸烏帽⑩。　江上故人⑪老。視東籬秀色⑫，依然娟好⑬。晚夢趁⑭、鄰杵斷⑮，乍將愁到⑯。秋娘⑰淚濕黃昏，又滿城、雨輕風小。閑了⑱。看芙蓉、畫船多少⑲。

①夾鍾商：唐宋時流行之二十八調中有夾鍾宮，而無夾鍾商，未知是否爲「夾鍾宮」之誤？夾鍾宮，俗名中呂宮，聲情「高下閃賺」。

②重九：舊稱陰曆九月初九爲重九，或稱重陽。楊氏《箋釋》認爲「此是逢重陽節憶姬之詞。」陳洵《海綃說詞》亦認爲是「思去姬而作」。大抵不誤。又，〈惜秋華〉爲夢窗自度曲。

③殘蛩：蛩，是蟋蟀。殘蛩，指將死之蟋蟀。

④翠微：山也。

⑤西湖鏡掩塵沙：西湖，在浙江省杭州市城西。鏡，指湖水平滑如鏡面。掩塵沙，爲塵沙所掩。

⑥翳曉影：曉影，指天曉時景物之投影。翳者，障蔽也。句意謂湖面爲曉影所遮蔽。

⑦秦鬟雲擾：唐·杜牧《阿房宮賦》：「綠雲擾擾，梳曉鬟也。」鬟，此處指雲言，蓋其形如鬟也。雲擾，言雲之紛紛也。

⑧新鴻：新來之雁也。

⑨喚淒涼：叫喚之聲淒涼也。

⑩紅萸烏帽：紅萸，即茱萸。生於川谷，其味香烈。古代風俗，重陽節佩戴茱萸，以祛邪避災。烏帽，黑色之帽，或說爲烏紗帽。即官帽。

⑪故人：指舊相識，老朋友。是對秋花而言。此處自指。

⑫秀色：美好之容色。此處形容秋花之美。

⑬娟好：美好也。此處暗指作者所憶之姬言。

⑭晚夢趁：趁，乘勢也，乘便也。晚夢趁，即「趁晚夢」，趁着晚夢也。

⑮鄰杵斷：杵，舂米、搥衣用的棒槌。全句謂晚夢被鄰家之杵聲所驚破。

⑯乍將愁到：乍，忽也。將，送也。全句意謂忽然把哀愁送到。

⑰ 秋娘：即杜秋娘，唐憲宗時美人。常用作歌妓的代稱。此處暗指所懷之姬妾。

⑱ 閑了：意謂拋開一切，不再思憶過去，將心情閑放着。

⑲ 看芙蓉、畫船多少：芙蓉，花木名。又稱地芙蓉、木芙蓉、木蓮。其花八九月始開，耐寒不落，故亦名拒霜。芙蓉，大概就是詞中所指的「東籬秀色」，亦是詞調名中的「秋華」。畫船，華美之船也。又稱畫舫。

語譯

惜秋華

靠近燈前，將死之蟋蟀發出陣陣微弱的叫聲，似乎向我訴說出它的深秋感受。我怕上高山，怕看見那紛亂的煙霞和殘餘的夕照，因爲它們會令我傷心。天曉之際，形狀如秦時鬟髻之浮雲紛紛擾擾。它們的影子遮蓋着西湖，使到平日如鏡的水面不再澄澈，如蒙上了一片塵沙。新來的鴻雁，叫喚凄涼，聲聲漸漸刺入我插上茱萸的烏紗帽。

江上我這個故人已垂老了。但看見東籬的秀色——秋花仍然美好呢！趁着我的晚夢被鄰近的杵聲驚破之時，忽然間哀愁又送到。黃昏時分，她如秋娘一樣，對景垂淚，何況滿城又是微風細雨！不再想了，且看江上的芙蓉花和經過的畫船有多少吧！

惜黃花慢

次吴江小泊①，夜飲僧窗惜別②。邦人③趙簿攜小伎侑尊④，連歌數闋⑤，皆清真⑥詞。酒盡，已四鼓⑦，賦此詞餞尹梅津⑧。

送客吳臯⑨。正試霜⑩夜冷，楓落長橋⑪。望天不盡，背城漸杳⑫，離亭黯黯⑬，恨水迢迢⑭。翠香零落紅衣老⑮，暮愁鎖、殘柳眉梢⑯。念瘦腰。沈郎⑰舊日，曾繫蘭橈⑱。　仙人鳳咽瓊簫⑲。悵斷魂送遠⑳，《九辯》難招㉑。醉鬟留盼㉒，小窗剪燭㉓，歌雲載恨㉔，飛上銀霄㉕。素秋不解隨船去㉖，敗紅趁、一葉寒濤㉗。夢翠翹㉘。怨鴻料過南譙㉙。

①　次吴江小泊：次，舍止也。吴江，即吴淞江，太湖支流之最大者。俗名蘇州河。泊，停船靠岸也。小泊，意謂停船靠岸一段短少時間。

②　僧窗惜別：僧窗，指和尚寺。惜別，不忍離別也，即俗謂話別。

③　邦人：當地（吴江）之人。

④ 小伎侑尊：小伎，指年輕歌伎。侑尊，勸酒也。即倍伴飲酒之意。

⑤ 闋：一首樂曲。

⑥ 清眞：即北宋大詞人周邦彥。周自號清眞居士。有《片玉詞》傳世。

⑦ 四鼓：鼓，古時夜間報更用鼓，故謂幾更爲幾鼓。四鼓，即四更，深夜之際也。

⑧ 餞尹梅津：餞，以酒食送行也。尹梅津，即尹煥。尹，嘉定十年（1217）進士，自畿漕除右司郎官，爲夢窗之好友。

⑨ 吳皋：皋，水邊地也。吳皋，即吳江畔。

⑩ 試霜：開始降霜之際也。

⑪ 楓落長橋：楓，楓樹也。長橋，即吳江垂虹橋。唐·崔信明有「楓落吳江冷」之詩句。

⑫ 漸杳：漸漸深遠幽暗。

⑬ 離亭黯黯：離亭，指夢窗與尹梅津離別之亭。黯黯，昏暗貌。

⑭ 恨水迢迢：恨水，即離恨之水，此處指吳江。迢迢，遙遠貌。

⑮ 翠香零落紅衣老：翠香，指荷葉。零落，凋零之意。紅衣，指荷花。老，敗也，凋謝也。

⑯ 暮愁鎖、殘柳眉梢：暮愁鎖，暮如愁緒一般困鎖着。殘柳，衰殘柳樹。眉梢，指柳樹的枝葉。因爲柳葉形狀如眉，故曰眉梢。

⑰沈郎：原指梁朝沈約，此處指尹梅津。沈約體質羸弱，腰圍瘐減，故前句謂「瘦腰」。
⑱蘭橈：橈，船槳也。泛指船。蘭橈，以蘭木製成之船。
⑲仙人鳳咽瓊簫：此句用秦穆公時蕭史、弄玉吹簫，其後夫婦成仙事。仙人即蕭史、弄玉二人也。此句描寫吹簫唱清眞詞的小伎，歌聲美妙，正如昔日弄玉吹瓊簫作鳳鳴一般。
⑳斷魂送遠：斷魂，指夢窗自己。送遠，是指送尹梅津遠去。因送客而悲痛欲絕，所以說「斷魂」。
㉑《九辯》難招：《九辯》爲戰國時宋玉所作。漢·王逸《九辯序》云：「宋玉者，屈原弟子也。閔其師忠而放逐，故作《九辯》以述其志。」宋玉有《招魂》一篇，以招屈原之魂，詞云「《九辯》」，借用而已。
㉒醉鬟留盼：鬟，總髮也，髻也。醉鬟，指唱清眞詞而半醉之小伎。留盼，即盼留，盼望尹梅津可以留下來也。
㉓小窗剪燭：用唐·李商隱詩：「君問歸期未有期，巴山夜雨漲秋池。何當共剪西窗燭，却話巴山夜雨時。」謂朋友久別重逢後在晚上剪燭話舊。此句意謂兩朋友（夢窗和尹梅津）在晚上剪燭談心。
㉔歌雲載恨：意謂載恨之歌聲化作朵朵浮雲。
㉕銀霄：銀色的天空，即白雲天。

㉖素秋不解隨船去：素秋，指慘淡之秋色。因在秋天霜夜離別，滿目淒涼，故曰「素秋」。隨船，隨尹梅津之船也。全句意謂慘淡之秋色不了解須跟隨尹氏之船離去，而偏要留下來！

㉗敗紅趁、一葉寒濤：敗紅，即殘紅，殘花。寒濤，寒冷的波濤。全句意謂連僅餘下來的殘花也隨着一片寒濤而飄走。

㉘夢翠翹：翠翹，是婦女釵飾，此處代指所思的情人。楊氏《箋釋》認爲「當指姬言」，值得參考。

㉙怨鴻料過南譙：怨鴻者，悲鴻也。此指信息言，因古時以鴻雁傳書。譙，樓之別名。南譙，即城之南樓。全句意謂料想傳書之悲鴻會飛過城之南樓，爲我帶來信息也。

語譯

惜黃花慢

我在吳江岸邊送客。這正是開始降霜，夜間寒冷，楓葉飄落長橋的時候。仰望天空，茫茫無盡；背着的城樓漸漸杳遠。供人話別的亭子昏昏暗暗，爲人載恨的江水遙遠綿長。發出香氣的綠葉已經零落，像紅衣一般的花朵亦已經衰老。暮色如愁，困鎖着殘柳的枝枝葉葉。柳的瘦腰使我想到往日的沈郎。他舊日也曾繫着木蘭舟，捨不得朋友離去。

攜來的歌伎吹簫唱曲，歌聲美妙，如昔日仙人弄玉吹瓊簫作鳳鳴無異。我魂已斷！此際送客遠去，就算我的才華高似曾寫《九辯》的宋玉也難把他招回來。半醉的丫鬟——歌伎希望挽留他；我和他在小窗下剪燭談心，也極力挽留他。小伎高歌，歌聲載恨，化作朵朵浮雲，飛上銀色的天空。慘淡的秋天不了解須隨着離人的船隻遠去，而偏要留下來！連僅餘下的殘花也趁着一片寒濤而飄走。我夢見戴着翠翹的心上人。料想哀怨的鴻雁會飛過城之南樓，爲我帶來她的消息。

醜奴兒慢

雙清樓①（錢塘門②外）

空濛乍斂③，波影簾花晴亂④。正西子、梳粧樓上⑤，鏡舞青鸞⑥。潤逼風襟⑦，滿湖山色入闌干⑧。天虛鳴籟⑨，雲多易雨⑩，長帶秋寒⑪。　遙望翠凹⑫，隔江時見⑬，越女低鬟⑭。算堪羨、煙沙白鷺⑮，暮往朝還⑯。歌管重城⑰，醉花春夢半香殘⑱。乘風邀月⑲，持杯對影⑳，雲海人間㉑。

①雙清樓：爲杭州西湖附近的樓閣。楊氏《箋釋》引宋・李祁詩「風月雙清瑤鏡秋」，認爲樓名所本。故雙清即風與月也。

②錢塘門：錢塘即舊時杭州。明・胡宗憲等修《浙江通志》謂宋以前之錢塘故城有四：一在靈隱山麓，一在錢塘門外，一在錢塘門內，一在紀家橋華嚴寺故址。可見錢塘門分內外，俱爲故城；而雙清樓則在錢塘門外之故城。錢塘門外最與西湖接近。

③空濛乍斂：空濛，混蒙迷茫之狀，多形容煙嵐、雨霧。乍斂，忽然收斂也。句意謂：

迷茫之雨霧忽然斂藏起來。

④ 波影句：波影，水波之影也。簾花，簾外之花也。晴亂，晴光撩亂也。意思是說：在晴光之中，簾花照水，波影蕩漾，互相交錯撩亂。

⑤ 正西子句：西子，即西施。宋·蘇東坡詩云：「欲把西湖比西子，濃粧淡抹總相宜。」作者直以西湖作西子看。樓上，即雙清樓上。

⑥ 鏡舞青鸞：即青鸞舞鏡。此寫西子以鸞鏡梳粧。鸞鏡事見南朝·宋·劉敬叔《異苑》：罽賓王蓄一鸞，三年不鳴。夫人曰：「物類見同類則鳴，何不懸鏡以試之？」鸞睹影悲鳴，沖霄一奮而絕。後人以鸞飾粧鏡，便起於此。鸞爲鳳凰一類之神鳥。

⑦ 潤逼風襟：濕潤之氣脅迫當風之衣襟。

⑧ 滿湖句：湖，此處指西湖。闌干，指雙清樓之闌干。入闌干者，即入雙清樓也。

⑨ 天虛鳴籟：天虛，天宇空曠也。籟，指天籟。即自然之音響。鳴籟，即自然音響發出鳴聲也。

⑩ 雲多易雨：雲，此處指陰雲。多，指其凝聚不散。易雨，言容易成雨也。

⑪ 長帶秋寒：長期帶有如秋天一般的寒冷。

⑫ 遙望翠凹：遙望，遙遠望見也。翠凹，翠綠色低下之地也。

⑬ 隔江時見：隔着江水常常看見也。江，指錢塘江，對岸是蕭山地。

⑭ 越女低鬟：越女，越地之女子也。低鬟，指低低的髮髻。鬟，此處指山巒——如髮

髻形狀之山巒。

⑮ 算堪羨句：算堪羨，計算起來可羨慕也。煙沙白鷺，出沒於煙雨沙洲之白鷺。

⑯ 暮往朝還：傍晚離去，日出歸還。

⑰ 歌管重城：歌管，歌唱管弦也。管指音樂。重城，即重疊之城。城，指杭州城（南宋建都杭州，升爲臨安府）。城內有子城（皇城），在鳳凰山東麓。

⑱ 醉花句：醉花，沉醉於花也。花，此處暗指婦女言。春夢，猶言如春天一般美好之夢境。半香殘，乃對「春夢」言。香殘，暗指天時將曉，香夢半殘也。

⑲ 乘風邀月：乘駕清風，邀請明月。

⑳ 持杯對影：拿着酒杯，與影成對。此句連同上句實從唐·李白詩：「舉杯邀明月，對影成三人。」衍化而來。

㉑ 雲海人間：雲海即在人間也。雲海，喻作者高朗的胸襟。人間，猶言塵世。句意謂：在塵世之中表現出高朗的襟抱。

語譯

醜奴兒慢

迷茫的雨霧忽然斂藏起來了。在晴光之中，簾花照水，波影蕩漾，互相交錯撩亂。此際正是西子在樓上梳粧，對着刻有青鸞起舞紋樣的鏡子，顧影自憐的時候。濕潤之空氣脅迫着當風之衣襟。滿湖山色通過闌干，盡入樓中！天宇空曠，發出陣陣自然音響。層雲密佈，容易成雨。天氣長期帶着秋天的寒意。

遠望翠綠色的低地，隔着江水，不時見到如越女髮髻形狀的低矮山巒。算來最堪羨慕的是，出沒於煙雨沙洲之白鷺。他們日暮時離去，日出時便飛回來。城樓重重疊疊，時常傳出歌聲和管弦之聲。沉醉於紅花粉香的春夢到了一半便被驚破了，消殘了！我乘駕清風，邀請明月；拿着酒杯，與影子成對。雖身在人間，而心如雲海，迥出塵表！

木蘭花慢

遊虎丘①（陪倉幕②，時魏益齋已被親擢③，陳芬窟、李方庵皆將滿秩④）

紫騮嘶凍草⑤，曉雲鎖、岫眉顰⑥。正蕙雪初消⑦，松腰玉瘦⑧，憔悴眞眞⑨。輕藤⑩。漸穿險磴⑪，步荒苔⑫、猶認瘞花痕⑬。千古興亡舊恨⑭，半丘⑮殘日孤雲。

開尊⑯。重吊吳魂⑰。嵐翠冷⑱、洗微醺⑲。問幾曾夜宿，月明起看，劍水星紋⑳。登臨。總成去客㉑，更軟紅㉒、先有探芳人㉓。回首滄波故苑㉔，落梅煙雨黃昏。

①虎丘：即江蘇省之虎丘山。據清·江之煒等《元和縣志》，虎丘山在吳縣西北八里，春秋時吳王闔閭葬於此。因白虎曾踞其上，故曰虎丘。

②倉幕：倉司幕僚也。宋時於各路置提舉常平倉官，謂之倉司，掌常平、義倉、免役、市易之法，視歲之豐歉而爲之斂散，以惠農民；視產高下，以平其役；商之滯貨，則官爲斂之，復售於民，以平物價。並掌按察官吏之事，爲一路之監司。

③親擢：楊氏《箋釋》謂：「親擢，即今之簡任。」即徹職之意。

④滿秩：秩，職也。滿秩，猶言任職滿期也。即現時所謂到退休之時也。

⑤紫騮句：騮，本爲馬之赤身黑鬣者，此處泛指馬言。紫騮者，紫色之馬也。嘶，馬鳴也。凍草，指明趁曉出遊之環境，當時地上之野草尚寒凍也。

⑥岫眉顰：岫，峰巒也。顰，眉蹙也。顰蹙，是憂愁不樂之狀。句意謂：如眉蹙形狀之峰巒。

⑦蕙雪初消：蕙雪，蕙質之雪也。蕙，是芳美的意思。初消，開始溶化之意。

⑧松腰玉瘦：此句是用以形容下句之眞眞。謂其腰瘦如松枝，但美麗如玉石。

⑨憔悴眞眞：眞眞，即眞娘。據宋·朱長文《吳郡圖經續記》，眞娘墓在虎丘寺側。眞娘，吳國之佳麗也。又，唐·白居易《眞娘墓》詩題下注云：「在虎丘寺之外。」憔悴，瘦病貌，憂貌。

⑩輕藤：藤，藟也。今總呼草蔓延如藟者。輕藤，即輕細之藤草也。作者述其遊虎丘時所見。

⑪漸穿險磴：磴，是石級。險磴，即險阻之石級。穿，穿過也。

⑫步荒苔：步，行也，踏也。荒苔，荒蕪之苔蘚。

⑬猶認句：猶認，尚且認得也。瘞花痕：埋葬花之痕迹。花，此處指眞娘言。形容其美豔如花也。

⑭千古句：千古，謂時代久遠也。興亡舊恨，指春秋時吳越相爭之事。
⑮丘：指虎丘。
⑯開尊：尊，酒器也。開尊，指飲酒。
⑰吳魂：應指吳王闔閭言。因闔閭葬於虎丘；而且上片結尾提到「興亡舊恨」之吳越相爭事。楊氏《箋釋》以爲「吳魂，指眞娘」，亦通。也有可能同時指闔閭與眞娘二者，因他們俱爲吳國人。
⑱嵐翠冷：嵐，山氣蒸潤也。翠冷，是形容山氣翠綠而寒冷。
⑲洗微醺：醺，醉也。句意謂：洗滌微醉也。即令微醉之人清醒之意。
⑳劍水星紋：劍水，指劍池。唐·陸廣微《吳地記》云：「秦始皇東巡至虎丘，求吳王寶劍，其虎當墳而踞。始皇以劍擊之，不及，誤中於石，遺迹尚存。劍無復獲，乃陷成池，古號劍池。」星紋，可能指劍上之星紋。李嶠《寶劍篇》說：「胸前點作七星文。」也可能指劍池水面上天星之倒影。
㉑去客：離去之人客也。此指將去吳之魏益齋、陳芬窟和李方庵三人。
㉒軟紅：即軟紅塵土。語出宋·蘇軾詩：「軟紅猶戀屬車塵。」自注云：「前輩戲言，西湖風月，不及東華軟紅塵土。」東華，是宋時東京一城門名。此處代指都城。「更軟紅」句言魏、陳、李三人將入都城軟紅塵土中。
㉓探芳人：芳，賢德美好也。此處指吳王闔閭及眞娘。探芳，指探其墳墓言。人，即

魏、陳、李三人。

㉔滄波故苑：滄波，青色的江水。故苑，指虎丘。因闔閭葬於此，故云。楊氏《箋釋》云：「虎丘前面田疇，古時皆爲江水浸潤地，故遊虎丘者，多以舟近。人考虎丘碎石多爲卵形，知是水成者。」大抵夢窗時實況如此，否則不會有此語。

語譯

木蘭花慢

我騎着紫色的駿馬在凍草上行走。它嘶叫頻頻。天曉的雲彩困鎖着如眉蹙形狀之峰巒。這正是美麗的積雪剛剛消溶的時候。我看見眞娘的肖像，容顏憔悴，腰瘦如松枝，但美如潔玉。我們經過輕細的藤蘿，漸漸穿過險峻的石級。踏步在荒蕪的苔蘚上，仍舊認得當日埋葬嬌花的痕迹。興亡之事早已成爲千古，變爲舊恨。如今只剩得殘日照着半個虎丘，孤雲也爲它作伴。

開尊飲酒吧！且讓我們重吊吳國的亡魂。此處山氣翠綠而寒冷，正好洗滌一下微醉之人的頭腦，令他清醒清醒。試問曾有多少次夜宿之時，在月明之下，起來看劍池水面上的天星倒影？我們登上虎丘。但總會成爲離去之人客，而且將要入都城軟紅塵土中。不過，之前我們首先作爲探芳人——探訪名勝古蹟的人。回首顧望虎丘的故苑，被青綠色的波水繞着前面。黃昏降臨了，正趁着飄落的梅花和漫天的煙雨。

喜遷鶯

福山蕭寺歲除①

江亭②年暮。趁飛雁又聽，數聲柔艣③。藍尾④杯單，膠牙餳⑤淡，重省舊時羈旅⑥。雪舞野梅籬落⑦，寒擁漁家門戶。晚風峭⑧，做初番花訊⑨，春還知否？　何處？圍豔治⑩，紅燭畫堂⑪，博簺良宵午⑫。誰念行人⑬，愁先芳草，輕送年華如羽⑭。自剔短檠⑮不睡，空索彩桃新句⑯。便歸好⑰，料鵝黃⑱已染，西池千縷⑲。

① 福山蕭寺歲除：福山，在今江蘇省。明・王鏊《姑蘇志》：「福山，在常熟縣治西北四十里，……本名覆釜，唐天寶六載（747）改爲金鳳，後梁乾化三年（913）又改今名。」蕭寺，本梁武帝命蕭子雲題其所建浮屠。因稱「蕭寺」，後人以爲凡佛廟之通稱。歲除，舊俗於臘歲前一日擊鼓驅疫，謂之逐儺、逐除。亦稱儺、大儺。故後以年終之日爲歲除。

②江亭：江水邊之亭子也。

③柔艣：艣，划船的工具。大曰艣，小曰楫。同「櫓」。柔艣，指划船的柔和聲響。

④藍尾：指藍尾酒。「藍尾」又作「婪尾」。古人除夕愛飲藍尾酒，年少者先飲，老者後飲。

⑤膠牙餳：膠，讀去聲。膠牙餳，取膠固義。餳，是糖質。

⑥羈旅：寄居作客。

⑦籬落：即籬笆。

⑧晚風峭：峭，峭寒也，嚴寒也。

⑨初番花訊：花訊，即花期。謂開花的消息。江南自春至初夏，自小寒至穀雨，五日一番風候。梅花風最早，楝花風最後，凡二十四番。故「初番花訊」即指梅花之花訊。

⑩豔冶：指豔麗的婦女。

⑪畫堂：堂名。在漢未央宮中，有畫飾，故稱。後泛指有畫飾的廳堂，或甚至有華美裝飾的廳堂。

⑫博簺良宵午：博簺，古代六博和格五等博戲，與弈棋相似。良宵，良夜也，景物佳美之夜也。午，午夜也，即夜半之意。

⑬行人：行旅之人。作者自喻。

⑭ 如羽：羽，指飛鳥。意謂如飛鳥一般迅速地過去。

⑮ 剔短檠：剔，挑也。古時點油燈，常要挑起燈蕊，剔除餘燼，使燈光加亮。檠，燈架。或泛指燈。短檠，指架短之燈。

⑯ 空索彩桃新句：空索，徒然尋找也。彩桃，指彩色的桃符。相傳東海度朔山有大桃樹，其下有神荼、鬱櫑二神，能食百鬼。故俗於農曆元旦，用桃木板畫二神於其上，懸於門户，以驅鬼辟邪。五代後蜀始於桃符板上書寫聯語，其後改書於紙，演爲後代的春聯。新句，指新的春聯詩句。

⑰ 便歸好：便，縱使也。歸好，猶言能好好地、平安地歸去也。

⑱ 鵝黃：如幼鵝毛色之黃嫩。

⑲ 西池千縷：西池，楊氏《箋釋》曰：「疑指西園。」千縷，指柳條繁多也。結合上句，意謂料想西園之柳條已萌芽，染作鵝黃之色了。

語譯

喜遷鶯

我站在江畔的亭子，正值歲暮的時候。飛雁來臨的同時，我又聽到幾聲划船的柔和聲響。我獨自握着酒杯，飲着藍尾酒；覺得本來是甜的膠牙餳味道很淡。這使我又一次回顧舊時寄居作客的生涯。雪片在長滿野梅的籬落面前飛舞，寒氣擁蓋着漁家的門戶。晚風嚴寒，這個時候作爲第一番花訊，溫暖的春天是否會知道呢？

那個地方會有如此情況？在燃點着紅燭的華美廳堂，圍着一群豔麗的婦女，玩着博簺的遊戲，直至良宵的午夜。誰人會想到我這個行役之人，哀愁比芳草還要先到，因爲我已輕輕送走快如飛鳥逝去的美好時光！我孤單地點着短檠燈，不能入睡，徒然思索春聯的新詩句。縱使我會平安地歸去，料想此刻西園池畔的千萬柳條，已變作幼鵝毛色一般的嫩黃了。

聲聲慢

陪幕中餞孫無懷於郭希道池亭①，閏重九②前一日

檀欒金碧③，婀娜蓬萊④，遊雲不蘸芳洲⑤。露柳霜蓮⑥，十分點綴成秋⑦。新彎畫眉未穩⑧，似含羞、低護牆頭。愁送遠，駐西臺車馬⑨，共惜臨流⑩。

知道池亭多宴，掩庭花、長是驚落秦謳⑪。膩粉⑫闌干，猶聞憑袖香留⑬。輸他翠漣拍甃⑭，瞰新粧、時浸明眸⑮。簾半卷、帶黃花、人在小樓。

①　陪幕中句：幕中，謂蘇州倉幕。蘇州有南北兩倉，轉運使主之。孫無懷與夢窗皆幕中同事。餞者，以酒食送行也。郭希道池亭，陳洵《海綃說詞》認爲「即華清池館，是覺翁常遊之地。孫無懷只以別筵暫駐。」夏承燾《夢窗詞集後箋》考證此詞爲「紹定五年壬辰（1232）之作。」

②　閏重九：農曆一年與地球公轉一周相比，約差十日有奇，每數年積所餘之時日爲閏，

而置閏月。所謂閏重九者，即閏九月初九也。

③ 檀欒金碧：檀欒，秀美貌。多形容修竹。詞出漢·枚乘《菟園賦》：「修竹檀欒。」金碧，形容樓臺之髹漆顏色。

④ 婀娜蓬萊：婀娜，柔美貌。楊柳之形容詞，詞出魏·曹丕《柳賦》：「柔條婀娜而蛇伸。」蓬萊，本海上仙山，此處指園中池沼。「檀欒」、「婀娜」兩句實言修竹樓臺，楊柳池塘也。

⑤ 遊雲不蘸芳洲：遊雲，蓋指雲雨。不蘸，不浸入也。芳洲，美好的水中陸地。此處指郭希道池亭，或稱郭園。全句意謂郭園天晴，無風無雨。

⑥ 露柳霜蓮：帶着露水的柳條和蓋着霜雪的蓮花（或蓮葉）。

⑦ 十分點綴成秋：點綴，裝點，襯托也。全句意謂充分地裝點成秋色。

⑧ 新彎畫眉未穩：新彎畫眉，指似眉之半月，或稱蛾眉月，因其形似之。未穩者，月新上而形未定也。

⑨ 駐西臺車馬：西臺，唐高宗改中書省爲西臺。孫無懷此行，當入京爲中書省屬官。此句言孫氏之將來官職。

⑩ 共惜臨流：流，指池水。全句意謂共同珍惜臨流之會，即於郭氏池亭之會。

⑪ 掩庭花、長是驚落秦謳：秦謳者，秦聲、秦歌也。掩庭花，即掩蓋庭園之花。驚落秦謳，倒裝，爲秦謳所驚落也。

⑫ 膩粉：油膩脂粉也。

⑬ 猶聞憑袖香留：尚且嗅到因憑闌之袖而留下來的香氣。

⑭ 輸他翠漣拍甃：輸他，比不上之意。翠漣，翠綠色的水面微波。甃，本爲井壁，後泛指以磚砌之物。此處大抵指池亭觸水之處。拍，打也。

⑮ 瞰新粧、時浸明眸：瞰，俯視也。此處指俯翠漣而視。新粧，新粧扮也。浸，霑濕也。此處作潤澤解。明眸，明亮的眼睛。

語譯

聲聲慢

秀美的修竹之間看見金碧輝煌的樓臺。如蓬萊仙山一般的池沼旁邊種着柔美的楊柳。浮遊的雨雲不浸入這美好的園亭。帶着露水的柳條和蓋着薄霜的蓮花充分地將景緻裝點成秋色。一彎蛾眉月剛剛升起而形態未定，像含羞一般低低地保護着牆頭。要把駐西臺的車馬送到遠處，令我愁緒滿懷。因爲要分別了，我們都很珍惜這次臨流之會。

我知道郭氏池亭很多宴會，而掩蓋庭園之花朵則常常爲秦聲所驚落。油膩脂粉的闌干，尚且嗅到憑闌之袖所留下來的香氣。雖然同是臨流，但却比不上昔日婦女新粧打扮，俯視翠綠色的微波拍在池亭的磚階上，而時時潤澤明亮的眼睛的情況。而且，當時還可以看見小樓上珠簾半捲之際，一位手上拿着黃花的美麗人兒！

高陽臺

豐樂樓①分韻得「如」字②

修竹凝粧③，垂楊駐馬④，憑闌淺畫成圖⑤。山色誰題⑥？樓前有雁斜書⑦。東風緊送⑧斜陽下，弄舊寒、晚酒醒餘⑨。自銷凝⑩，能幾花前⑪？頓老相如⑫。　傷春不在高樓上，在燈前欹枕⑬，雨外熏爐⑭。怕艤遊船⑮，臨流可奈清臞⑯。飛紅⑰若到西湖⑱底，攪翠瀾、總是愁魚⑲。莫重來，吹盡香綿⑳，淚滿平蕪㉑。

①豐樂樓：據宋・周密《武林舊事》：「在湧金門外，舊爲衆樂亭，又改聳翠樓，政和中改今名。淳祐間，趙京尹與籌重建，宏麗爲湖山冠。又甃月池，立秋千，梭門植花木，構數亭，春時遊人繁盛。舊爲酒肆，後以學館致爭，但爲朝紳同年會拜鄉會之地。吳夢窗嘗大書所作《鶯啼序》於壁，一時爲人傳誦。」

②分韻：古人雅集賦詞，限字爲韻。「如」字，屬「魚」韻。

③修竹凝粧：修竹，高竹也。凝粧，即整粧、盛粧之意。此處指盛粧之佳人閒倚修竹。

④垂楊駐馬：駐馬，立馬也。此句寫立馬於垂楊下之秀士。

⑤憑闌淺畫成圖：憑闌，憑闌人也。指作者自己。淺畫成圖，意謂淺淺幾筆，輕描淡寫，即足以構成美麗的圖畫。

⑥誰題：誰人吟詩題字也。

⑦有雁斜書：意謂數行雁陣飛過，如橫斜書寫。

⑧緊送：淒緊或緊迫地送走也。

⑨弄舊寒、晚酒醒餘：舊寒（指寒風）作弄，把夜間酒意吹醒。醒餘，醒後也。

⑩自銷凝：獨自銷魂凝神也。

⑪能幾花前：還能有幾番花前流連之意。

⑫頓老相如：相如，指漢代的詞賦家司馬相如。此處作者自比。頓老，立時衰老也。

⑬燈前敧枕：敧枕者，斜倚枕頭也。全句意謂不能入睡，只好於燈前倚枕而臥也。

⑭雨外熏爐：雨外，相對「雨中」而言。意謂下雨之時也。熏爐，古代用來熏香、取暖的爐子。此句描寫下雨時淒冷孤清的情況。

⑮怕艤遊船：艤，停船靠岸也。句謂怕遊船停靠岸邊。

⑯臨流可奈清臞：臨流，臨水也。清臞，清瘦也。全句意謂臨水照見自己清瘦的面影，有無可奈何之感。

⑰飛紅：指飛花。
⑱西湖：杭州之西湖。
⑲攪翠瀾、總是愁魚：翠瀾，綠波也。愁，此處作動詞用。愁魚者，令魚發愁也。全句意謂攪動起綠波，總是令到魚兒發愁。愁，亦可解作不安貌。
⑳香綿：指發出香氣之柳絮。
㉑淚滿平蕪：蕪，田地荒廢，長滿野草。全句意謂眼淚灑滿一片荒園野草。

語譯

高陽臺

盛粧之佳人倚着修竹而立，秀士立馬於垂楊之下。我憑着闌干，輕描淡寫，便成爲美麗的圖畫。山川的景色誰去題字？樓閣之前有鴻雁爲我們斜斜地書寫啊！東風淒緊地送斜陽西下。舊日的寒氣作弄我，將我夜間的酒意吹醒。我獨自地銷魂凝神。自想：還能有幾番可以在花前流連？我像司馬相如一樣，即時衰老！

爲春天而傷感，不在高樓之上，而在燈前斜倚着枕頭，在下雨之時燃燒着熏爐。我怕遊船泊岸，因爲臨水自照而受不住看見自己清瘦的顏容。飛花若果落到西湖底，將綠波攪碎，總會令到魚兒發愁。不要再來此地了。當芬香的柳絮被吹盡的時候，我的眼淚便會灑遍了荒園野草！

高陽臺

落梅

宮粉雕痕①，仙雲墮影，無人野水荒灣②。古石埋香③，金沙鎖骨連環④。南樓不恨吹橫笛⑤，恨曉風、千里關山⑥。半飄零、庭上黃昏⑦，月冷闌干。

壽陽空理愁鸞⑧。問誰調玉髓，暗補香瘢⑨。細雨歸鴻，孤山⑩無限春寒。離魂難倩招清些⑪，夢縞衣、解佩溪邊⑫。最愁人，啼鳥晴明⑬，葉底青圓⑭。

① 宮粉雕痕：宮粉，宮中粉黛，宮中美女。雕，通凋，衰敗也。雕痕，凋謝的痕迹之意。

② 野水荒灣：荒野之水灣也。

③ 古石埋香：清乾隆本《玉溪編事》載：「王承檢築防蕃城，至上邽山下獲瓦棺。石刻篆銘曰：『車道之北，邽山之陽，深深葬玉，鬱鬱埋香。』」作者用「葬玉」、

「埋香」兩句形容泥中落梅。

④金沙鎖骨連環：用宋·黃庭堅《戲答陳季常》詩：「金沙灘頭鎖子骨，不好隨俗暫嬋娟。」「金沙」詞出宋·道原《傳燈錄》：「僧問風穴如何是佛穴？曰：『金沙灘頭馬郎婦，世言觀音化身。』」按唐·李復言《續玄怪錄》載：「昔延州有婦人，頗有姿貌，少年子悉與之狎昵，數歲而歿，人共葬之道左。大曆中，有胡僧敬禮其墓，曰：『斯乃大慈悲喜舍，世俗之欲，無不徇焉。此即鎖骨菩薩順緣已盡爾。』衆人開墓以視其骨，鈎結皆如鎖狀，爲起塔焉。」夢窗詞意謂落梅高潔，乃是觀音菩薩化身。

⑤吹橫笛：指吹《落梅花》笛曲。唐·李白《與李郎中欽聽黃鶴樓上吹笛》詩：「黃鶴樓中吹玉笛，江城五月落梅花。」

⑥恨曉風句：暗用唐·高適《塞上聽吹笛》詩：「借問梅花何處落，風吹一夜滿關山」詩意。此句合上句指出不恨梅花被吹落，而恨其落在遠處也。

⑦庭上黃昏：暗用宋·林逋《詠梅》詩：「暗香浮動月黃昏。」

⑧壽陽句：用壽陽公主事。《雜五行書》載：「宋武帝女壽陽公主人日臥於含章殿簷下。梅花落公主額上，成五出花，拂之不去。皇后留之，看得幾時。經三日，洗之乃落。宮女奇其異，競效之。今梅花粧是也。」鸞，指鸞鏡。言「愁」，因梅花已落，照鏡而不見梅花也。說「空理」，亦因梅花已落，欲理而不得理也。

⑨ 問誰調兩句：用孫和月下舞水精如意誤傷鄧夫人事。晉·王嘉《拾遺記》云：「孫和悅鄧夫人，嘗置膝上。和於月下舞水精如意，誤傷夫人頰，命太醫合藥。醫曰：『得白獺髓，雜玉與琥珀屑，當滅此痕。』」瘢，痍也。俗謂瘡痕曰瘢。香瘢，指壽陽公主因額上梅花脫落而留下之疤痕。

⑩ 孤山：在今浙江杭州西湖中。宋林逋曾於此山隱居，繞種梅花，吟詠自適。孤山句點明落梅之地。

⑪ 離魂句：離魂，指落梅。倩，借助也。請人替自己作事叫倩。招，指招魂——招落梅之離魂。清些，淒清的楚些。「些」是楚民歌的語尾。楚辭中常用之。後來哀挽辭仿《招魂》篇也以「些」爲語尾。此句詞序，若以散文寫之，應爲「難倩清些招離魂」。

⑫ 夢縞衣句：縞衣，白衣也。此處指白色的梅花。解佩溪邊，用鄭交甫環佩事。漢·劉向《列仙傳》記：「女遊于江濱，逢鄭交甫，遂解佩與之。交甫受佩而去，數十步，懷中無佩，女亦不見。」詞意謂在夢中白色的梅花在溪邊解下玉佩送給我。

⑬ 啼鳥晴明：於天氣晴明之時，禽鳥不停啼叫。

⑭ 葉底青圓：青圓，指梅子。全句意謂葉底梅子已經青翠豐滿了。

語譯

高陽臺

這是宮中粉黛凋謝後的痕迹啊！也是仙境的雲彩墮下來的影子呢！她飄落在絕無人迹的荒野水灣中。古舊的石頭埋葬了她的芬香的肉體，金沙灘隱藏着她的連環鈎結如鎖狀的骸骨。坐在南樓，我不怨恨聽到橫笛吹出《落梅花》的樂韻，却怨恨曉風把她吹到千里外的關山那麼遙遠！當庭院上黃昏或冷月照闌干的時候，更覺她半飄零的凄涼身世！

壽陽公主徒然對着鸞鏡發愁，整理額上的粧扮。試問誰人可以調玉髓，靜靜地爲她修補額上的疤痕？雖然下着細雨，鴻雁仍然飛回來。可是孤山中的春寒依舊，無限無盡，一點都沒有減少！她的離魂很難以凄清的楚些招回來了，我只能在夢中見到她，一身白衣，在溪邊爲我解下玉佩。最使人發愁的是，在天氣晴朗明亮之時，禽鳥啼過不停，而在葉底的梅子已經長得青翠豐滿。這時候梅花已經完全凋落，一片都看不到了。

倦尋芳

上元①

海霞倒影，空霧飛香，天市②催晚。暮靨宮梅③，相對畫樓簾卷。羅襪輕塵花笑語④，寶釵爭豔⑤春心眼。亂簫聲，正風柔柳弱⑥，舞肩交燕⑦。念窈窕⑧、東鄰深巷⑨，燈外歌沉⑩，月上花淺⑪。夢雨離雲⑫，點點漏壺清怨⑬。珠絡香消空念往⑭，紗窗人老羞相見⑮。漸銅壺⑯，閉春陰⑰，曉寒人倦⑱。

① 上元：正月十五日曰上元。上元之夜曰元夜，亦曰元宵。楊氏《箋釋》以爲此詞是「憶姬之作」。細讀之，覺下片較爲明顯。

② 天市：星名。漢・司馬遷《史記・天官書》：「房心東北曲十二星曰旗，旗中四星曰天市。」唐・張守節《正義》曰：「天市垣二十二星，在房心東北，主國市聚交易之所，一曰天旗。」

③暮靨宮梅：宮梅，此處指如宮梅形狀之燈飾。靨，靨靨也。謂星光漸微漸隱。全句意謂如宮梅之燈飾在傍晚時隱隱地閃爍。

④羅襪句：此句描寫遊賞之婦女，笑語盈盈。花，指婦女。

⑤寶釵爭豔：言遊女之裝扮，彼此爭豔鬥麗。

⑥風柔柳弱：描寫遊女之體態。

⑦舞肩交燕：描寫遊女歡樂起舞之姿態，如燕子交飛。

⑧念窈窕：窈窕，漢．揚雄《方言》：「美心爲窈，美色爲窕。」魏．張揖《廣雅．釋詁》：「窈窕，好也。」伸言之，德貌美好謂之窈窕。一般用以形容婦女。楊氏《箋釋》說：「換頭突入憶姬。」確是。

⑨東鄰深巷：此句言作者愛姬當時所處之地理環境。楊氏說：「身（指夢窗）在越中，姬在吳門，吳、越相鄰，故曰『東鄰』。」

⑩燈外歌沉：言不聞其姬之聲。

⑪月上花淺：言不見其姬之容。花者，如花之貌也。

⑫夢雨離雲：夢雨，指作者與其愛姬歡聚之日。離雲，指兩人分散之時。

⑬漏壺清怨：漏壺，古代計時器。清怨，言漏壺之水聲如泣如怨也。

⑭珠絡句：珠絡，以珍珠造成之頭巾也。此處指佩戴珠絡之女子言，暗指作者之愛姬。香消，指姬去已久，其香氣亦已消逝。空念往，徒然想念往事而已。

⑮紗窗句：紗窗人老，指作者自己。羞相見，因爲人已老，就算愛姬重歸，亦羞與之相見也。

⑯銅壺：朱彊村校認爲「壺」與上復，疑「華」誤。銅華者，銅鏡也。

⑰閉春陰：閉，指閉銅華，即掩鏡意。此句連同上句意謂，於上元日（春）漸漸催晚（陰）之際，掩閉銅鏡，不理梳粧。

⑱曉寒人倦：曉寒，天曉時之寒氣。人倦，亦有懶粧之意。

語譯

倦尋芳

雲霞倒影在海水上，天空的霧靄飄着香氣，天市星出現了，催促着夜晚降臨。日暮之際，在華美的樓閣上捲起簾幕，相對着的是隱隱地閃爍着的宮梅形狀的燈飾。遊賞的女士們都穿着羅襪，走路時牽起陣陣輕塵，笑語盈盈，美豔如花。她們都戴着珍貴的頭釵，彼此爭豔鬥麗。在她們的心中只有春天呢！她們的體態如風一般的柔軟，又如柳一般的輕弱。她們歡樂地起舞，姿態美妙，如燕子交飛。這個時候，連簫聲也攪得紛亂了！

我想到德貌美好的佳人。此際她正隱居在東邊鄰居的深巷中，在華燈之外，不再歌唱。月上的時候也看不見她的如花顏容。我們的歡聚不過是一場夢境，彼此分離又如浮雲一般的易散。聽到漏壺點點滴滴的水聲，淒清怨恨，如泣如訴。佩戴着珠絡的人兒啊，她的香氣已經消逝。想念往事只是徒然而已。站在紗窗前的人已經衰老，實在羞與她相見。於此春光漸漸催晚之際，她掩閉銅鏡，不理梳粧。不覺天曉寒侵，人也疲倦了。

倦尋芳

錢周糾定夫①

暮帆掛雨②，冰岸飛梅③，春思④零亂。送客將歸⑤，偏是故宮離苑⑥。醉酒曾同涼月⑦舞，尋芳還隔紅塵面⑧。去難留，悵芙蓉⑨路窄，綠楊天遠。

便⑩繫馬、鶯邊清曉，煙草晴花，沙潤香軟⑪。爛錦年華⑫，誰念故人遊倦⑬？寒食相思堤上路⑭，行雲應在孤山畔⑮。寄新吟⑯，莫空回，五湖春雁⑰。

①錢周糾定夫：楊氏《箋釋》說：「疑『糾』下脫『曹』字。糾曹稱其官，定夫稱其字。」可信。故詞題實應作「錢周糾曹定夫」。錢，以酒食送行也。

②掛雨：下雨也。形容雨絲如從天空垂掛下來的樣子。

③冰岸飛梅：冰岸，冰冷之岸也。飛梅，紛飛於天際之梅花。

④春思：春天之情懷。思，讀上聲。

⑤將歸：將要歸去也。

⑥故宮離苑：故宮，指吳宮。離苑，遠離之苑囿。楊氏《箋釋》說：「觀此，送時必在吳。」信然。吳者，即現時蘇州、吳縣地區。

⑦涼月：冷月也。

⑧尋芳還隔紅塵面：芳，芳草也。泛指花草言。還，讀作旋，速也，即也。紅塵，謂塵埃也，亦指熱鬧繁華之地。楊氏認爲「定夫必回京，故曰『紅塵面』。」值得參考。

⑨芙蓉：此處指荷花，因吳地盛產荷花。

⑩便：縱使也。

⑪軟：楊氏以爲「疑煗誤，因『沙潤』承『煙草』，『香煗』承『晴花』，意貫。」可信，今從之。煗，溫也。按《說文》，煗、煖分爲二，訓同。

⑫爛錦年華：燦爛錦繡之年華也。此句言周定夫。

⑬誰念句：誰念，誰人關注也。故人，作者自指。遊倦，倦於遊玩，倦於飄浮之意。

⑭寒食句：此句從作者自己說。寒食，節令名。在農曆清明前一或二日。相傳春秋時晉國介之推輔佐重耳（晉文公）回國後，隱於山中，重耳燒山逼他出來，之推抱樹而死。文公爲悼念他，禁止在之推死日生火煮食，只吃冷食。以後相沿成俗，叫做「寒食禁火」。相思，本謂雙方互相思念，此處應指作者思念周定夫。堤上路，堤

岸上之路也。

⑮ 行雲句：此句從周定夫說。行雲者，謂定夫之行踪如流水行雲也。孤山，在今浙江杭州西湖中。因定夫往杭州，故作者思及孤山。此句是設想將來，故用「應在」兩字。

⑯ 寄新吟：新吟者，新吟詠之詩句也。意謂將來作者寄新寫就之詩給定夫。

⑰ 莫空回，五湖春雁：五湖，即太湖。宋・王同祖《太湖考》說：「歷考傳記所載，五湖即是太湖。」晉・張勃《吴錄》說：「五湖者，太湖之別名。以其周行五百餘里，故以五湖名。」當時作者在吴，而吴臨太湖，故說「五湖」。全句意謂：不要讓春天的鴻雁「空手」飛回來太湖啊！——它們應該帶有你給我的詩篇才是呢！

語譯

倦尋芳

日暮征帆要起航之時正下着紛紛細雨。寒冷如冰之水岸梅花亂飛。我的春天的情緒頗為零亂！送別客人即將歸去的地方，偏偏是故舊的宮殿和遠離人迹的苑囿。我們醉酒的時候曾經一起在涼月之下起舞，可惜將來要尋芳便即時為熱鬧繁華之地所阻隔，不能實現了。要離去便很難把你挽留下來。惆悵的是，荷花之路雖美，但狹窄；綠楊接天的地方雖大，但遙遠。

縱使你駐馬的地方環境優美——清曉之際有鶯聲作伴，又有輕煙芳草，晴天繁花，沙粒細潤，香氣溫暖，以你正當燦爛錦繡之年華，那會想到你的朋友——我已經倦於遊玩呢！寒食節在堤上路的時候我會思念你。那時你如行雲流水般的行踪當在孤山之畔。我會將新寫成的詩篇遠寄給你，但請不要讓春天的鴻雁空手回來太湖啊！

三姝媚

夷則商①

吹笙池上道②。爲王孫③重來，旋生芳草④。水石清寒，過半春猶自⑤，燕沉鶯悄⑥。稚柳⑦闌干，晴蕩漾、禁煙殘照⑧。往事依然，爭忍⑨重聽，怨紅凄調⑩？ 曲榭⑪方亭初掃。印蘚迹雙鴛⑫，記穿林窈⑬。頓隔年華⑭，似夢回花上，露晞平曉⑮。恨逐孤鴻⑯，客又去⑰、清明還到⑱。便鞚牆頭歸騎⑲，青梅已老⑳。

① 夷則商：唐宋時流行的二十八調中商七調之一，俗名商調。其聲情「悽愴怨慕」。

② 吹笙句：笙，樂器名。古以瓠爲之；共十三管，列置瓠中，施簧管底，吹之發聲。池上，此處指西園——作者與其愛姬曾共同生活過的地方。楊氏《箋釋》以爲此詞是「憶姬之作」。讀其詞，審其意，可信程度甚高。

③ 王孫：此處當指作者之姬言。

④ 旋生芳草：旋，頃刻也。唐·王維詩曰：「春草明年綠，王孫歸不歸？」唐·杜甫詩曰：「短畦帶碧草，悵望思王孫。」此句乃變化前人詩句而來；而王孫指姬又可得一佐證。

⑤ 過半春句：過半春者，過了半個春天之意。猶自，仍然是也。

⑥ 燕沉鶯悄：意謂其姬無消息，如聽不到燕鶯之聲也。

⑦ 稚柳：晚熟曰稚。故稚柳即茂盛之柳條也。

⑧ 晴蕩漾、禁煙殘照：晴，晴空也。蕩漾，如水波搖動貌。禁煙，此處指寒食節（農曆清明前一日或二日）。因為在此日禁止生火煮食，只吃冷食，故叫做「寒食禁火」。禁煙，即禁火也。殘照，形容傍晚入暮時之景色。

⑨ 爭忍：怎忍也。

⑩ 怨紅淒調：紅者，此處指婦女；更有可能專指歌伎而言。調，歌調也。全句可解作：憂怨的歌伎唱出淒涼的歌調。

⑪ 曲榭：榭，在臺上蓋的高屋。曲榭者，曲折的臺榭也。曲折，大概指其闌干言。

⑫ 印蘚迹雙鴛：蘚，苔蘚也。雙鴛，指女子的花鞋，繡有鴛鴦花紋。全句意謂：苔蘚上留下繡花鞋的印踏痕迹。

⑬ 記穿林窈：穿，穿過也，通過也。林，指樹林、叢林。窈，深幽也。

⑭ 頓隔年華：頓，頓時也，即時也。隔，阻隔也。此處引伸其義作逝去、消逝解。年

華，時光也，時間也，光陰也。

⑮露晞平曉：露，露水也。晞，乾也。平曉，平明天亮之意。

⑯恨逐孤鴻：怨恨逐去孤鴻也。語出唐·杜牧詩：「事逐孤鴻去。」孤鴻，孤雁也。

⑰客又去：客，楊氏認爲「指姬」，可信。陳洵《海綃說詞》謂「客即孤鴻」，亦可信。與上句參看，孤鴻與客，實爲一物，更爲可信。

⑱清明還到：清明，農曆二十四節氣之一。舊稱爲三月節，在陽曆的四月五日或六日。於是日舊有踏青掃墓的習俗。還到，又到來之意。

⑲便鞚牆頭歸騎：便，縱使也，就算也。鞚，駕馬也。牆頭，唐·白居易《井底引銀瓶》詩：「妾弄青梅憑短牆，君騎白馬傍垂楊，牆頭馬上遙相顧，一見知君即斷腸。」故「牆頭」一典用以表示女子傾心於所喜的男子。歸騎，指人乘馬而歸也。楊氏認爲「歸騎」指姬，應無可疑。

⑳青梅已老：青梅，青色的梅實。暗指姬言。已老，已入老境之意。

語譯

三姝媚

我們曾經在西園池道上吹笙作樂。爲了歡迎我的「王孫」——愛姬此際重來，芳草頃刻間便生長出來了。可是水石仍然那麼清寒，過了半個春天仍舊是燕沉鶯寂，聽不到它們的聲音。闌干上茂盛的柳條在「寒食禁火」的節日裏、夕陽殘照的晴空中隨風飄蕩。往事依然如故，一點都沒有改變。我又怎能忍受重聽憂怨的歌伎唱出淒涼的歌調？

我剛剛打掃好圍繞着曲折闌干的臺榭和方形的亭子。看見苔蘚上留下繡花鞋的印踏痕迹，頓時記起當日我們穿過幽深叢林的情況。原來時間消逝得那麼快！我好似造夢般返回到當日平明天曉花上露水初乾的時刻。我怨恨自己把孤鴻逐去！客人又離去了，而清明節再度來臨。縱使「弄青梅憑短牆」的人兒策馬歸來，她大概已像青梅一般垂老了吧！

三姝媚

過都城舊居有感①

湖山經醉慣②。漬③青衫，啼痕酒痕無限。又客長安④。嘆斷襟零袂⑤，涴塵誰浣⑥？紫曲門荒⑦，沿敗井⑧、風搖青蔓⑨。對語東鄰⑩，猶是曾巢，謝堂雙燕⑪。

春夢人間須斷⑫。但怪得⑬，當年夢緣能短⑭。繡屋秦箏⑮，傍海棠⑯偏愛，夜深開宴。舞歇歌沉⑰，花未減、紅顏先變⑱。佇久河橋⑲欲去，斜陽淚滿。

①過都城舊居有感：都城，指南宋京城臨安（今浙江杭州）。有感，陳洵《海綃說詞》曰：「過舊居，思故國也。……憑弔興亡，蓋非僅興懷陳迹矣。」楊氏《箋釋》說：「題言『有感』，非感舊居，實感都城。……旅邸荒涼之象，即宗社丘墟之徵。疑此詞必作於宋亡以後，蓋《黍離》之什也。」又說：「此詞憶姬、痛國，雙管齊下，語深意沉，絕不干犯時忌。」二人都說得頗有道理。

②經醉慣：經常醉酒，成爲習慣。

③漬：沾染也。

④長安：此處借指臨安。長安爲唐時京城，而臨安則爲南宋京城。同爲京城，故借用之。

⑤斷襟零袂：舊時以「分襟」、「判袂」表示離別，故此四字形容別後之衣衫——衣襟殘破，衫袖零亂。

⑥涴塵誰浣：涴，泥着物也。浣，洗也。全句意謂，作者的征衣沾滿泥塵，誰人爲他洗滌？

⑦紫曲門荒：紫曲，指京城的坊曲——小街曲巷。舊時以紫微垣喻帝居，故皇宮、都城之物多冠以「紫」字，如「紫臺」、「紫陌」等等。門荒，門庭荒廢也。

⑧敗井：破敗之井，即廢井也。

⑨青蔓：青色的蔓條。蔓爲莖細長而能纏繞或攀附於他物的植物。

⑩東鄰：指蘇州。當時作者在臨安（杭州），而蘇州在臨安東北，故曰「東鄰」。

⑪猶是曾巢兩句：唐・劉禹錫《烏衣巷》詩云：「舊時王謝堂前燕，飛入尋常百姓家。」又宋・周邦彥《西河》云：「燕子不知何世，向尋常、巷陌人家相對，如說興亡斜陽裏。」楊氏說：「表面，『燕』指姬，『東鄰』指蘇州；骨裏，『燕』指降元一般人物。元起東北，故曰『東鄰』。」頗有見地，值得參考。

⑫ 春夢人間須斷：春夢，喻昔時盛事。如今看來，猶如一夢而已。須，必也，應也。斷，盡也。全句意謂，如夢一般的昔時人間盛事，到如今也應盡了。

⑬ 但怪得：只怨怪也。

⑭ 夢緣能短：夢緣，好夢的機緣。能，如此也，這樣也。讀陰平聲。

⑮ 繡屋秦箏：繡屋，綺麗的屋舍。秦箏，據唐・魏徵等《隋書・音樂志》：「箏，十三弦。所謂秦聲，蒙恬所作者也。」

⑯ 海棠：植物名，薔薇科。春月着花，其蕾朱赤色，開則外面半紅半白，內面粉紅色，頗豔麗。

⑰ 舞歇歌沉：舞蹈停頓，歌聲不響。

⑱ 花未減句：未減，未凋謝也。紅顏，指花之顏色也。全句意謂，嬌花還未凋謝，但其顏色已先改變了。

⑲ 佇久河橋：佇，久立也。佇久，即站立久也。河橋，暗用漢代李陵於河梁送別蘇武回中原典故。李陵《與蘇武詩》云：「攜手上河梁，遊子暮何之。」後以此典喻分別，而河梁或河橋則指分別之地。

語譯

三姝媚

我在湖山之中經常醉酒，已成爲習慣，以致青衫上沾染着無限的啼痕和酒痕。而今我又作客長安，慨嘆殘破的衣襟和零亂的衫袖沾滿了泥塵，而有誰爲我清洗？我的舊居落在京城的小街曲巷。此際已門庭荒廢，只有青色的蔓條圍着破井，在風中搖曳。東邊的鄰居可以互相對話的，仍然是曾經在謝家堂前築巢的一對燕子而已！

人間的美夢終須斷了。只怨怪當年好夢的機緣如此短暫！在華美的居室裏彈奏秦箏作樂。傍着海棠花，最喜歡在深夜的時候宴飲。現在舞蹈已經停頓，歌聲亦已經沉寂。花雖未凋謝，但紅色的顏容已先改變了！我佇立在河橋很久，欲想離去。此刻已斜陽滿地，而我的眼淚已盈眶！

八聲甘州

靈巖①（陪庾幕②諸公遊）

渺空煙四遠③，是何年、青天墜長星④？幻⑤蒼厓雲樹，名娃金屋⑥，殘霸宮城⑦。箭徑酸風射眼⑧，膩水染花腥⑨。時靸雙鴛響⑩，廊葉秋聲⑪。

宮裏吳王沉醉⑫，倩五湖倦客⑬，獨釣醒醒⑭。問蒼天無語，華髮奈山青⑮。水涵空⑯、闌干高處，送亂鴉、斜日落漁汀⑰。連呼酒⑱、上琴臺⑲去，秋與雲平⑳。

① 靈巖：山名，在今江蘇省吳縣西三十里，天平山之南。上本有吳館娃宮、琴臺、響屧廊等古迹。山前十里有採香徑，橫斜如臥箭。見宋·范成大《吳郡志》。

② 庾幕：即倉幕。據夏承燾《唐宋詞人年譜》，吳夢窗曾在蘇州爲倉臺幕僚——即管理倉庫的僚屬。又，庾幕，幕府僚屬的美稱。

③ 渺空煙四遠：渺，遠貌。空煙四遠，即長空無雲，四望無際之意。

④墜長星：墜下來一顆長而大的星。長星，指靈岩。

⑤幻：夢幻也。此字領下三句，表示以下種種皆如夢如幻而已。

⑥名娃金屋：名娃，有名聲之美女也。漢·揚雄《方言》：「娃，豔美也。吳、楚、衡、淮之間曰娃。」此處指越國西施。金屋，用漢武帝「金屋藏嬌」事。此處指館娃宮，爲西施住所。

⑦殘霸宮城：殘霸，指吳王夫差。他打敗越國，國勢強大，曾一度和晉國爭霸中原，後來爲越國所滅，霸業有始無終，故作者以「殘霸」稱之。宮城，指吳國之宮城。

⑧箭徑酸風射眼：箭徑，指靈岩山前之採香徑。據范成大《吳郡志》，採香徑在香山之傍，是一小溪。吳王種香於香山，使美人泛舟於溪以採香。自靈岩望之，一水直如矢，故俗又名「箭徑」。酸風射眼，語出唐·李賀《金銅仙人辭漢歌》：「東關酸風射眸子。」意謂寒風刺目也。

⑨膩水染花腥：膩水，脂膩（脂粉油膩）之水也。唐·杜牧《阿房宮賦》：「渭流漲膩，棄脂水也。」染，沾染也。腥，腥氣也。全句意謂，花木沾染了脂膩之水，散發出陣陣腥臭之氣味。

⑩時靸雙鴛響：時，不時也。靸，拖鞋也。此處作動詞用，即着鞋而拖行之意。雙鴛，鴛鴦履也。此處指宮女所穿的繡着鴛鴦花紋木底屐。響，聲響也。

⑪廊葉秋聲：廊，指響屧廊，或曰鳴屐廊。相傳館娃宮建有響屧廊，吳王令西施與宮

人着屧（木底屐）而行於其上，令長廊發出清脆的響聲。此句謂長廊上秋葉墜落的聲音。

⑫ 吳王沉醉：吳王夫差沉於酒和醉於色也。或說被酒色所迷也。

⑬ 倩五湖倦客：倩，男子的美稱。五湖，即太湖。倦客，指越國范蠡。漢·袁康等輯《越絕書》載：「勾踐令范蠡取西施以獻夫差，……西施亡吳國後，復舊范蠡，同泛五湖而去。」倩者，大抵爲稱讚范蠡之詞，認爲他能夠明智棄官，避世存身。

⑭ 獨釣醒醒：獨釣，指范蠡如漁翁一般，寄託江湖，不理世事。醒醒，頭腦清醒也。

⑮ 華髮奈山青：猶言山青奈華髮也。即山青依舊，無奈鬢髮已花白之意。

⑯ 水涵空：涵空，是閣名。以臨太湖，故名。涵，包容之意。另一解釋是：遠水連空，如包容天空一般。水，指太湖之水。

⑰ 漁汀：水邊捕魚處。

⑱ 連呼酒：連，不斷也。呼酒，呼喚把酒也。此寫作者當時的豪情。

⑲ 琴臺：指靈巖山上之琴臺。參注①。

⑳ 秋與雲平：秋色與白雲爭高。形容秋高氣爽之景象。

語譯

八聲甘州

天空中的煙霞四邊都很渺遠，根本看不到。是那一年青天墜下這塊長星變化成的巖石呢？昔日在蒼翠的山崖和雲繞的樹林間存在過的著名佳麗和金雕玉砌的屋宇，以及曾一度稱霸的吳國和它的宮殿城廓都如幻如夢，好似全不眞實！俗稱「箭徑」的採香徑寒風刺眼，如被酸性的氣味所侵襲。脂粉油膩的水沾染了花木，令到它們散發出陣陣腥臭的氣味。樹葉掉落在走廊上，秋聲隨之而來，清脆可聞，一如當日的宮女穿着鴛鴦花紋的木底屐，不時在響屧廊行走一般。

在宮殿裏吳王夫差顧着沉迷於酒色。只有五湖倦客的范蠡明智，他單獨寄託江湖，避世存身，如漁父一般。他的頭腦眞是很清醒啊。我問蒼天，但是它無言以答。青山依舊，無奈我的鬢髮已花白了！湖水擁着涵空閣。我走上闌干的高處，目送紛亂的烏鴉和冉冉的斜陽降落在水邊捕魚的地方。不斷地呼喚把酒，我登上琴臺。在那裏我感覺到秋色與白雲一樣高迥，它們平列在一起呢！

新雁過粧樓

夾鍾羽①

夢醒芙蓉②。風檐近③、渾疑佩玉丁東④。翠微⑤流水，都是惜別行踪。宋玉秋花相比瘦⑥，賦情更苦似秋濃⑦。小黃昏⑧，紺雲暮合⑨，不見征鴻⑩。

宜城當時放客⑪，認燕泥⑫舊迹，返照樓空⑬。夜闌⑭心事，燈外敗壁哀蛩⑮。江寒夜楓怨落⑯，怕流作、題情腸斷紅⑰。行雲遠⑱，料淡蛾人⑲在，秋香月中⑳。

①　夾鍾羽：唐宋時流行的二十八調中羽七調之一，俗名中呂調，其聲情「高下閃賺」。

②　芙蓉：指帳言。所謂「芙蓉帳」也。

③　風檐近：檐，亦作簷。屋檐也。因檐在屋外，迎風接雨，故曰：「風檐」。近者，臨近也。

④　渾疑佩玉丁東：渾，全也，簡直也。疑，疑心也，疑惑也。佩玉，亦名玉佩。丁東，

玉擊聲也。唐・李商隱詩曰：「王佩玉丁東。」

⑤ 翠微：山也。

⑥ 宋玉句：戰國・宋玉作《九辯》，內多悲秋句子，如：「悲哉！秋之爲氣也。蕭瑟兮，草木搖落而變衰。」又如：「皇天平分四時兮，竊獨悲此廩秋。白露既下百草兮，奄離披此梧楸。去白日之昭昭兮，襲長夜之悠悠。離芳藹之方壯兮，余萎約而悲愁。秋既先戒以白露兮，冬又申以嚴霜。……」此處作者以宋玉自比。

⑦ 賦情句：賦情者，賦詠情懷也。更苦者，意謂：本來比秋花瘦減已苦，如今情懷則更苦！前者是肉體上的苦，後者是精神上的苦，而後者比前者更甚。後者的苦況好比深秋給人的感受。

⑧ 小黃昏：短暫的黃昏。

⑨ 紺雲暮合：紺雲，深青透紅之雲彩。暮合，傍晚時結集在一起。

⑩ 征鴻：長途遠飛的鴻雁。此處暗指傳遞訊息的飛雁。

⑪ 宜城當時放客：宜城，指唐詩人柳渾。因拜宜城縣伯，故人稱「柳宜城」。宜城有愛妾，善撫琴，字琴客。唐・顧況有《宜城放琴客歌》。放客者，放妾也。作者借此以喻其姬離去。楊氏《箋釋》認爲「此亦憶姬之詞」。頗有道理，可信也。

⑫ 燕泥：燕子築巢之泥塵也。隋・薛道衡有詩曰：「空梁落燕泥」。

⑬ 返照樓空：返，回也。照，以燈照明也。樓空，用唐・張建封妾關盼盼誓節燕子樓事。唐・白居易《燕子樓詩・序》說：「徐州故尚書（按：指張建封）有愛妓曰盼

盼，善歌舞，雅多風態。……尚書既沒，歸葬東洛，而彭城有張氏舊第，第中有小樓名燕子，盼盼念舊愛而不嫁，居是樓十餘年，幽然坱然，於今尚在。」樓空者，喻人不在也。

⑭ 夜闌：夜殘盡也。指深夜。

⑮ 敗壁哀蛩：敗壁，破壁也。哀蛩，哀怨之蟋蟀叫聲也。

⑯ 江寒句：楓，楓樹也。怨落，指楓樹落葉，令人生淒怨之感。此句語出唐·崔信明及張繼詩。崔詩曰：「楓落吳江冷。」張詩曰：「月落烏啼霜滿天，江楓漁火對愁眠。」

⑰ 題情腸斷紅：用紅葉題詩典故。據說，唐宣宗時，盧渥赴京應舉，偶臨御溝，拾得紅葉，葉上題詩云：「流水何太急，深宮盡日閑，殷勤謝紅葉，好去到人間。」後宣宗放出部份宮女，許從百官司吏，渥得一人，即題詩紅葉上者。事見唐·范攄《雲溪友議》。

⑱ 行雲遠：此用楚王遊高唐夢見神女事。女去而辭曰：「妾在巫山之陽，高丘之阻，旦爲朝雲，暮爲行雨，朝朝暮暮，陽臺之下。」故行雲暗指姬。遠者，猶言在遠處也。

⑲ 淡蛾人：淡掃蛾眉之人也。指女子言。此處暗指姬人。

⑳ 秋香月中：秋香，指秋花之香氣。月中，月亮之中。傳說月宮種植桂樹，故充滿桂花之香也。

語譯

新雁過粧樓

我在芙蓉帳裏夢醒了。寒風吹近屋檐，丁東作響，我簡直懷疑這是佩玉互相撞擊的聲音！高山和流水，都可以找到我們惜別時的行踪。我如宋玉，跟秋花一般的清瘦，已經很苦了。但吟詠情懷則更苦，其苦好似深秋給人的淒涼感受。黃昏是多麼短暫啊！深青透紅的雲彩在傍晚的時候從四方結集在一起，可惜的是見不到傳書的飛雁呢！

我像當日詩人柳渾一樣曾經放走愛妾。認得燕子築巢的泥塵舊迹。但當我以燈返照的時候，便發覺樓中空洞洞的，因爲人兒已經離去了！夜殘之際，更覺心事重重。在沒有燈光的破壁間蟋蟀發出哀怨的叫聲。江水寒冷，夜間的楓葉飄落，令人頓生淒怨之感。我恐怕有人會題寫情詩於其上，令到它們變作斷腸紅葉，隨着流水到處飄浮。她如行雲一般已遠離我了。料想淡掃蛾眉的人兒現正在充滿秋花香氣的月亮之中。

夜合花

黃鍾商①

自鶴江入京②，泊葑門有感③

柳暝④河橋，鶯晴臺苑⑤，短策⑥頻惹春香。當時⑦夜泊，溫柔便入深鄉⑧。詞韻窄⑨，酒杯長⑩。剪燭花⑪、壺箭催忙⑫。共追遊處，凌波翠陌⑬，連棹橫塘⑭。

十年一夢淒涼⑮。似西湖燕去⑯，吳館巢荒⑰。重來萬感，依前喚酒銀罌⑱。溪雨急，岸花狂⑲。趁殘鴉⑳、飛過蒼茫㉑。故人樓上㉒，憑誰指與㉓，芳草斜陽？

①黃鍾商：爲唐宋時流行的二十八調中商七調之一，俗名大石調，其聲情「風流醞藉」。

②自鶴江入京：鶴江，明・盧熊《蘇州府志》說：「白鶴江，本松江之別派，在嘉定界，與今上海縣合界。」白鶴江，疑即鶴江。（參朱彊村《夢窗詞集小箋》）京，指南宋京城臨安（今浙江杭州）。

③泊葑門有感：葑門，據宋·朱長文《吳郡圖經續記》，當作封門，取封禺之山以爲名。今但曰葑門，俗或訛呼富門。今江蘇吳縣城東門也。（參宋·范成大《吳郡志》）楊氏《箋釋》說：「此詞爲姬去後，夢窗再來吳，覓之不得，因而回杭之作。」所謂「有感」者，實指此事而言。

④柳暝：暝，幽也。柳暝者，柳樹幽暗也。

⑤臺苑：此處指姑蘇臺之苑圃。

⑥短策：短小的馬鞭。

⑦當時：指過往與愛姬共同生活的日子。

⑧溫柔句：漢·伶玄《飛燕外傳》說：「后（按，指飛燕）進合德，帝大悅，以輔屬體，無所不靡，謂爲溫柔鄉。」此句意謂墮入溫柔鄉之深處。

⑨詞韻窄：詞韻狹窄也。暗指不便於描寫多彩多姿的歡愉生活。

⑩酒杯長：長者，深也。猶言有酒則盡飲以盡其興也。

⑪剪燭花：燭花，指花形之蠟燭心也。剪燭花者，謂剪燭心之餘燼也。

⑫壺箭催忙：壺箭，古代以銅壺盛水，壺中立箭以計時刻。催忙者，指時刻飛快消失也。

⑬凌波翠陌：凌波，形容女子步履輕盈。翠陌，指種滿綠樹或芳草的街道。

⑭連棹橫塘：連，流連也。棹，檝也，船槳也。此處指泛舟。橫塘，地名，在蘇州胥

門外九里。

⑮ 十年一夢淒涼：據楊氏《箋釋》考證，「姬從夢窗，約計當有十一二年。言『十年』者，舉成數耳。」言之成理。唐・杜牧詩說：「十年一覺揚州夢」，亦不一定是剛剛十年。此句說夢窗回憶過去十年與其愛姬的歡愉生活，如夢境一般，現在只剩得一遍淒涼而已。

⑯ 似西湖燕去：西湖，在今浙江省杭州。楊氏說，此句「證明姬去時在杭州」。可信。此句猶言姬去似西湖之燕去也。

⑰ 吳館巢荒：吳館，此處當指夢窗與其姬之西園舊居。巢，表面指燕之巢，實指作者舊居。荒，荒廢也。

⑱ 喚酒銀罌：喚酒，呼喚把酒也。銀罌，銀製或銀色的大腹而小口的酒器。

⑲ 岸花狂：岸邊的春花瘋狂地搖擺。

⑳ 趁殘鴉：趁，追逐也。此處可釋爲「倉促」。殘鴉，暮鴉也。

㉑ 蒼茫：曠遠無邊的天空。

㉒ 故人樓上：猶言與其愛姬（故人）共居的舊樓上。

㉓ 憑誰指與：即憑誰與指也。意謂還有誰可與我（作者）指點也。

語譯

夜合花

河橋旁邊的楊柳幽暗，姑蘇臺苑圃的黃鶯在晴朗的天氣中啼叫。我揮着短小的馬鞭，不時招惹來春天的香絮。當時我們的遊船泊岸，雙雙墮入溫柔鄉的深處。詞韻太狹窄了，縛束太多，不便於描寫我們的歡愉生活。但酒杯深且長，載酒不少，可以讓我們暢飲。我們共剪燭心的餘燼，徹夜談心。銅壺的箭標移動得很快，好像催促着我們。我倆共同追憶遊玩的地方。它們包括蒼翠的街道，在那裏她步履輕盈；也包括橫塘，在那裏我們一起泛舟流連。

十年如夢一般過去了，多麼淒涼啊！她好似西湖的燕子飛走了，只剩下吳館的燕巢——西園荒蕪不堪。我重來舊地，感慨萬千。但仍然像以前一樣拿着銀罌呼喚飲酒。此際溪上的雨下得很急，岸邊的花草瘋狂地搖擺着。殘鴉也急速地飛過曠遠無邊的天空。我登上曾經與故人一起的樓上，但這個時候又有誰可共我遙指芳草與斜陽呢？

西江月

賦瑤圃青梅枝上晚花①

枝嫋②一痕雪在，葉藏幾豆③春濃。玉奴最晚嫁東風④。來結梨花幽夢⑤。

香力添熏羅被⑥，瘦肌猶怯冰綃⑦。綠陰青子老溪橋⑧。羞見東鄰嬌小⑨。

①詞題：瑤圃，朱彊村《夢窗詞集小箋》云：「按榮邸瑤圃在紹興。見《癸辛雜識》。」榮邸，即趙希瓐之府邸。希瓐死後，追封榮王。紹興，位浙江省北，離蕭山不遠。晚花，即遲開花也。楊氏《箋釋》云：「梅已結子，枝上尚有餘花，故曰『晚花』。」甚是。青梅，大抵指梅樹已結子，而其色青綠。

②枝嫋：枝，指梅枝。嫋，長弱貌。嫋，通作裊。

③幾豆：指梅子，其色青如豆。語出宋・歐陽修詞：「葉間梅子青如豆。」

④玉奴句：玉奴，指白梅，其色如白玉。最晚嫁東風，猶言最後在東風開花也。東風，

是春天之風。

⑤來結梨花句：此句運化唐·王昌齡詩及宋·蘇東坡詞。王氏《詠梅》詩云：「落落寞寞路不分，夢中喚作梨花雲。」蘇氏詠梅的《西江月》云：「高情已逐曉雲空，不與梨花同夢。」夢窗於此反用東坡詞意，謂梅花與梨花同結幽夢也。大抵梨花晚開而白，而今所詠之梅花亦晚開而白，故有此語。

⑥香力句：香力，指梅花發出之幽香。添，增加也。熏，本意爲以火煙熏灼物，此處指熏香言。羅被，絲製之被也。

⑦瘦肌句：瘦肌，纖瘦之肌膚。是形容梅花之纖弱。冰綃，如冰般易脆之薄紗。猶怯冰綃者，意思是說，尚且怯於薄紗也。此進一步形容梅花之纖弱，容易受傷。

⑧綠陰句：青子，指青色的梅子。綠陰，是說梅子滿結，翠綠成陰。老溪橋，猶言在溪橋旁邊生長很久的梅樹。

⑨羞見句：羞見，見之而自覺羞愧也。東鄰，語出唐·李白詩：「自古有秀色，西施與東鄰。」故「東鄰」含秀色意。同時，泛指鄰旁。此「東鄰」實指所詠之梅花。嬌小，指梅之晚花也。全句意謂：見到鄰近之梅樹晚花嬌小，自覺羞愧也。

語譯

西江月

長而弱的樹枝殘存着下過雪的痕迹。葉間隱藏着幾顆青色如豆的梅子，散發出濃厚的春天氣息。如玉的白梅花最晚嫁給東風，原因是爲了與梨花同結幽美之夢境。

她的香氣很強，增加她熏香羅被的能力。可是她的纖瘦肌膚尚且怯於脆弱如冰的薄紗。溪橋旁邊生長很久的梅樹已青子滿結，翠綠成陰。當她看見東鄰的梅樹還如此嬌美青春，自覺羞愧得很。

桃源憶故人①

越山青斷西陵浦②。一片密陰疏雨③。潮帶舊愁生暮④。曾折垂楊處⑤。

桃根桃葉當時渡⑥。嗚咽風前柔櫓⑦。燕子不留春住⑧。空寄離檣語⑨。

①桃源憶故人：詞牌名。楊氏《箋釋》說：「此詞以詞牌爲題，亦憶姬作也。」言之有理，可信也。

②越山句：越山，即越王山。在今浙江紹興縣西南一百二十里。相傳越王嘗棲兵於此。青斷，指青葱之越山終止也。西陵浦，渡口名，在浙江蕭山西，與杭州隔江相對。

③密陰疏雨：密陰，指雲層密佈，天色幽暗。疏雨，下着疏落的細雨。

④潮帶句：潮，潮水也。生暮，暮色降臨意。全句意謂日落時，看見潮水上漲，舊愁頓生。

⑤曾折句：折垂楊，指送別。舊時送別愛折楊枝相贈，以示情長。此句正如楊氏《箋釋》所言，「忽入憶姬」。折垂楊處，即西陵浦也。

⑥桃根句：相傳桃根、桃葉爲姊妹，俱爲晉王獻之愛妾。後作爲情人的代稱。因爲獻之曾於渡口送別桃葉，故後人稱該渡口爲桃葉渡（位於今江蘇南京市秦淮河與青溪合流處）。此處不過借用，實指西陵浦而言。

⑦嗚咽句：嗚咽，悲泣聲。柔櫓，櫓爲划船的工具，即船槳。所謂柔櫓者，指柔和的划船聲音，或柔和的槳聲。

⑧燕子句：春，原指春天、春光，但此處暗指作者之愛姬。

⑨空寄句：空，徒然也。檣，是船之帆柱，即桅杆。引伸其義，即船也。離檣，即離別之船的意思。語，言語也。楊氏《箋釋》說：「疑姬去後有信訴說苦衷，故云，即《雙雙燕》所謂『誰會萬千言語』也。」頗有參考價值。可惜並無實證，姑存其說。

語譯

桃源憶故人

青翠的越山到了西陵浦便終止了。一片密雲陰暗，下着疏落的細雨。日暮時潮水上漲，舊愁頓生。這正是曾經折下垂楊送別的地方啊！

當時王獻之送別他的愛妾桃根和桃葉便是這個渡口。柔和的槳聲在風中作響，如悲泣之聲。燕子不把春天留住，只是徒然把乘船離去之人的說話寄回來！

點絳脣

有懷蘇州①

明月茫茫②，夜來應照南橋路③。夢遊熟處④。一枕啼秋雨⑤。　可惜人生，不向吳城⑥住。心期誤⑦。雁將秋去⑧。天遠青山暮⑨。

①懷蘇州：即懷蘇州之人。此處指去姬言。楊氏《箋釋》說：「此爲寓越憶蘇之作，懷地即懷人。此必爲姬去後未久之作。」言之有理。

②茫茫：曠遠貌。

③南橋路：蘇州之路名也。

④熟處：熟識之處也。此指西園——與去姬曾共居的地方。

⑤一枕句：一枕，指夢言。啼，夢啼也。秋雨，指淚言——如秋雨一般之淚也。

⑥吳城：指蘇州言。此時作者正寓杭州。

⑦心期誤：期，期望也，願望也。誤，耽誤也，錯失也。句意謂不能如心所願也。

⑧雁將秋去：將，送也。句意謂鴻雁送走秋天。秋，暗指去姬。

⑨天遠句：天遠者，指蘇州遠在天涯也。暮，傍晚也。

語譯

點絳脣

明月的光輝無邊無際。入夜的時候應該照着蘇州的南橋路。我在夢中遊覽熟識的地方。我啼哭，淚下如秋雨，將夢枕也濕透了。

可惜我的一生，不在吳城住下來。心中的期望被躭誤了！鴻雁把秋天送走。天空距離我很遠啊，青色的山巒也入暮了。

浪淘沙

有得越中故人①贈楊梅者，為賦贈

綠樹越溪灣。過雨雲殷②。西陵人去暮潮還③。鉛淚結成紅粟顆④，封寄長安⑤。　別味帶生酸⑥。愁憶眉山⑦。小樓燈外楝花寒⑧。衫袖醉痕花唾在⑨，猶染微丹⑩。

①　越中故人：越，即今浙江省杭縣以南，東至於海之地；治會稽，即今紹興縣治。更有可能是特指紹興縣。故人，楊氏《箋釋》認爲「指妓言」。可信。

②　雲殷：雲變成赤黑色。

③　西陵句：西陵，此處應指浙江省蕭山縣之西興鎭，古日西陵。此鎭頗近錢塘江。暮潮還，日暮之時潮水回來之意。

④　鉛淚句：鉛淚，詞出唐·李賀詩：「憶君清淚如鉛水。」謂流淚如鉛融也。鉛淚，換言之，即懷人之淚。紅粟顆，指楊梅言。其色紅，其形如顆（小頭），外面有小

點如粟突起。

⑤ 封寄長安：封密寄往長安也。長安，爲唐朝京城。此處代指宋京杭州，蓋作者當時客居該處。

⑥ 別味句：別味，異於尋常之味也。生酸，生澀酸楚也。別味，又可解作離別滋味；而酸可解作痛楚。

⑦ 愁憶眉山：眉山，指如山巒形狀之眉——美人之眉也。全句意謂：聯想到美人之愁眉，或憶及到美人發愁時蹙眉之形態。

⑧ 楝花寒：楝花，落葉喬木，高二三丈。夏日開花，五瓣，淡紫色。據宋・孫宗鑑《東皐雜錄》，花信風二十四番，梅最先，楝最後。蓋開到楝花，寒已退盡。此處說「楝花寒」，大抵春意未盡，寒氣仍存；亦可能時正夜晚——由詞中「小樓燈外」可知。此句是追憶往事，而非眼前實況。

⑨ 衫袖句：醉痕，醉酒時之遺痕也。花唾，語出宋代傳奇秦醇撰《飛燕別傳》：「后與婕妤坐。后誤唾婕妤袖。婕妤曰：『姊唾人紺袖，正如石上華。』」花唾，實即口水也。故醉痕實指花唾，即口水。

⑩ 猶染微丹：仍然染着輕微的朱紅色。丹，亦楊梅之色也。

語譯

浪淘沙

綠色的楊梅樹生長在越中溪灣之畔。一陣驟雨飄過，雲變得赤黑色。人自西陵離去後，日暮之時只有潮水回來。如鉛融之淚水凝結成紅色而外面如粟粒突起之顆狀楊梅，密封之後便寄往京城。

離別的滋味是生澀痛楚的。這使我想到她發愁之際，蹙眉如山巒的形狀。小樓外邊沒有燈光的地方，楝花正在寒冷之中。在衫袖上醉酒的痕迹——如花香之唾液仍在，尚且染着輕微的朱紅色。

踏莎行

潤玉籠綃①，檀櫻倚扇②。繡圈猶帶脂香淺③。榴心空疊舞裙紅④，艾枝應壓愁鬟亂⑤。午夢千山⑥，窗陰一箭⑦。香瘢新褪紅絲腕⑧。隔江人⑨在雨聲中，晚風菰葉生秋怨⑩。

①潤玉籠綃：潤玉，指肌膚，溫潤如玉。籠綃，被綃衣所籠罩。綃，是薄紗、薄絹。此句寫所懷念之女子穿着綃衣，隱隱看見她的如玉一般的肌膚。楊氏《箋釋》說：「此當是端節憶姬之詞。」玩其詞，審其意，似無可疑。

②檀櫻倚扇：檀，爲植物，淺絳色。櫻，指口，如櫻桃一般的小口。檀櫻，即淺絳色之小口也。倚扇，靠着羅扇也。

③繡圈句：繡圈，圈形花紋的刺繡裝飾。猶帶，尚且帶有也。脂香淺，淡淡的脂粉香氣。

④ 榴心句：榴心，指石榴花之心。空疊，徒然重疊也。因榴花重瓣，故用「疊」字。但因作者不在她身旁，故用「空」字。舞裙紅，歌舞之裙紅色也。

⑤ 艾枝句：據南北朝·宗懍《荊楚歲時記》，端午節以艾爲虎形，或剪綵爲小虎，粘艾葉以戴。艾，爲草名，莖葉有香氣，乾後製成艾絨，可作灸用。鬟，環形的鬟髻。愁鬟亂者，指其人因滿懷愁緒而髮髻不整也。

⑥ 午夢千山：午夢，午夜作夢也。千山，指遠隔或夢魂此去之遙遠也。

⑦ 窗陰一箭：窗陰，謂窗前之光陰也。一箭，謂光陰逝去之速如飛箭一般的快。

⑧ 香瘢句：香瘢，原指女子身上之瘡痕。此處應指印痕——紅絲留下的印痕。紅絲腕，據漢·應劭《風俗通》，五月五日以五綵絲繫臂，辟鬼及兵。一名長命縷，一名續命縷，一名辟兵縷。全句意謂其姬人於端午節以五綵絲繫腕，但因其人消瘦，故於綵絲下看見其新近寬褪的印痕。劉永濟《微睇室說詞》認爲「『香瘢新褪』者，舊事無痕也。」頗值得參考。

⑨ 隔江人：指歸蘇州之姬言。

⑩ 晚風句：菰葉，蔬類植物，生淺水中，高五六尺。春月生新芽如筍，名茭白。葉細長而尖，秋結實曰菰米，可煮飯。生秋怨者，謂晚風吹菰葉，發生沙沙之響如秋風哀怨之聲也。此句寫作者當時之情懷。

語譯

踏莎行

溫潤如玉的肌膚被綃衣所籠罩着。如櫻桃一般的淺絳色小嘴倚靠着羅扇。圈形花紋的刺繡裝飾物尚且帶着淡淡的脂粉香氣。紅色的舞裙重重疊疊，形如石榴花。但因我不在她的身旁，只有空疊而已。艾枝應該壓着她的因滿懷愁緒而零亂不整的髮髻。

在午夜的夢境裏，我走到千山之外很遙遠的地方；而窗前的光陰飛逝，如箭一般的迅速。她的手腕上繫着紅色的絲線——長命縷，但在其下仍然可以見到新近褪却的印痕。這個隔着江水的可人兒此際正在雨聲之中。晚風吹動菰葉，沙沙作響，如秋風哀怨之聲。

思佳客

賦半面女髑髏①

釵燕攏雲②睡起時。隔牆折得杏花枝③。青春半面粧如畫④，細雨三更花又飛⑤。　輕愛別⑥，舊相知⑦。斷腸青塚幾斜暉⑧。亂紅一任風吹起⑨，結習空時不點衣⑩。

① 詞題：楊氏《箋釋》說：「此當是題圖之詞，並借以憶兩姬作。」大抵爲「題圖之詞」和「借以憶姬」是無疑問的，但是否「憶兩姬」則較爲難說。據夏承燾《唐宋詞人年譜·吳夢窗繫年》，吳氏有兩妾：一娶於蘇州，中途離異；一娶於杭州，死於別後。細讀此詞，似乎借以憶杭州之姬的可能性較大。

② 釵燕攏雲：釵燕，即燕釵——燕形的玉釵。攏雲，謂梳理如雲樣秀美的頭髮也。

③ 隔牆句：表面上說，隔着園牆折取盛開的杏花枝。實際上，正如楊氏《箋釋》說：「『折得』者，納妓爲姬」之意。

④ 青春句：青春半面，指女髑髏。青春，是作者的幻想。他幻想眼前的女髑髏是一個青春少女，是他的亡姬！粧如畫，是說這少女的粧扮如畫一般美麗。

⑤ 細雨句：三更，指深夜。古時一夜分爲五更，一更約兩小時。花又飛，喻姬亡逝。

⑥ 輕愛別：輕易地與相愛的人永別。

⑦ 舊相知：舊，指活於世上的人，即作者。相知，猶言與亡姬最爲知心也。

⑧ 斷腸句：斷腸，喻傷心。青塚，長滿青草的墓塚。幾斜暉，猶言無數次的夕陽殘照。

⑨ 亂紅句：亂紅，指紛亂花舞的紅花。一任，任憑也。

⑩ 結習句：結習，鳩摩羅什譯《維摩詰經》云：「天女以仙花散諸菩薩，即皆墮落，大弟子便着不墮。天女曰：『結習未盡，故花着身；結習盡者，不着身。』」所謂「結習」，即煩惱的習氣。結即煩惱。全句意謂空無煩惱的時候，亂紅便不着衣了。楊氏《箋釋》說：「〔其姬〕一去一死，既已如此，今則色相俱空，故有『不點衣』之徹悟。」說得頗有道理。

語譯

思佳客

她睡起的時候多可愛啊！看她梳理如雲樣的秀髮插着燕形的頭釵。我把這隔牆的杏花枝折取回來。只見到她半面的青春臉容，但其粧扮已美如圖畫。可是當三更時分細雨紛紛之際，她又如飛花一般消逝了！

輕易地與愛人永別。我們本來是舊日相知心的人呢！令人傷心斷腸的青塚經過無數次的夕陽殘照。紛亂的紅花任憑被寒風吹起，漫天飛舞。當煩惱的習氣空盡的時候，紅花便不墮落在身上的衣着了。

極相思

題陳藏一水月梅扇①

玉纖風透秋痕②。涼與素懷分③。乘鸞④歸後，生綃淨剪⑤，一片冰雲⑥。心事孤山春夢在⑦，到思量、猶斷詩魂⑧。水清月冷，香消瘦影⑨，人立黃昏⑩。

①詞題：楊氏《箋釋》說：「此扇必去姬所遺物，為陳藏一所繪者。」言之有理，可信。陳藏一大抵為陳郁，字仲文，藏一其號也。臨川人，生卒年均不詳，約宋理宗寶祐（1253—1258）初前後在世。理宗時，特旨以布衣充緝熙殿應制，又充東宮講堂掌書。著有《藏一話腴》四卷。

②玉纖句：玉纖，即美玉一般的小手。風透，指風透發出來。痕，痕迹也。此處則指玉手留下之香澤。秋痕者，如秋風一般清爽之香澤也。全句意謂纖纖玉手，搖扇生風，因扇上留有手澤，散發出如秋風般的清新香氣。

③ 涼與素懷句：涼，涼風、涼爽也。素懷，平素之懷抱也。指作者自己。分，分享之意。

④ 乘鸞：乘鸞女也。即弄玉。爲秦穆公女。相傳弄玉乘鸞仙去。（見宋・李昉等編《太平廣記》卷四引《神仙傳拾遺》）此處暗指去姬。

⑤ 生綃淨剪：綃，是生絲織成的薄紗。淨，淨盡也，沒有餘剩也。淨剪，即單獨剪出之意。

⑥ 一片冰雲：冰雲，如冰雪般潔白之雲也。此處指團扇之扇面言。

⑦ 心事句：即是說「心事在孤山春夢」也。孤山，在杭州西湖，盛種梅花，故切詞題上之梅。春夢，指作者與其去姬昔日的歡樂生活，現時看來，如春夢一般，消逝得了無痕迹。

⑧ 猶斷詩魂：詩魂，詩人之魂魄也。指作者。猶斷，仍然斷腸，仍然傷心也。

⑨ 香消瘦影：表面上說梅花，內裏暗指去姬，形容她身軀消瘦。

⑩ 人立黃昏：人，指去姬。此句幻想她獨自站立在黃昏之中。正如楊氏說，夢窗「睹物思人」。

語譯

極相思

她的纖纖玉手搖扇生風，散發出陣陣如秋風般的清新香氣。這片涼風，她與我的素懷一同分享。她如弄玉般乘着鸞車歸去後，遺留下來的薄紗只剪出一片美如冷雲的團扇。

我的心事仍在孤山，但已如春夢一般了無痕迹了。當我思量的時候，仍舊令我這個詩人心傷魂斷。在清水之畔，冷月之下，她的香已消，影已瘦，孤獨地一個人站立在黃昏之中！

醉落魄

題藕花洲尼扇①

春溫紅玉②。纖衣學剪嬌鴉綠③。夜香燒短銀屏燭④。偷擲金錢，重把寸心卜⑤。　翠深不礙鴛鴦宿⑥。《采菱》誰記當時曲⑦？青山南畔紅雲北⑧。一葉波心⑨，明滅澹粧束⑩。

① 藕花洲：宋・潛説友等《咸淳臨安志》云：「臨平山去仁和縣舊治五十里，上有塔，下有藕花州，即鼎湖也。」尼扇，尼姑之扇也。此詞爲詠尼姑之作。

② 春溫紅玉：春溫，春暖也。紅玉，形容尼姑之貌如紅玉一般。

③ 纖衣學剪嬌鴉綠：纖衣，纖小之衣也。學剪，仿效別人剪裁也。鴉頭色翠綠可愛，故言嬌鴉綠。此句説尼姑之衣飾。

④ 夜香句：夜香，指夜間焚香。銀屏燭，猶言銀色屏風旁邊之蠟燭。此句説尼姑誠心向天禱告，以致蠟燭幾乎燒盡。

⑤重把寸心卜：寸心，即是心。心之地位，方寸而已，故云寸心。卜，占卜也。重把，再把也。楊氏《箋釋》說：「初具學道心，後難免雜入世想，故曰『重把』。」說得頗有道理，可參考。

⑥翠深句：翠深，形容藕花之茂密。切「藕花」。鴛鴦宿，指男女雙宿雙棲也。不礙鴛鴦宿者，猶言不妨礙男女共處也。楊氏認爲「疑有微旨」，甚是。

⑦《采菱》句：即「誰記當時《采菱曲》」也。據陳·釋智匠《古今樂錄》，梁武帝改西曲，製《江南弄》七曲，五曰《采菱曲》。此句仍寫尼姑之私生活。

⑧青山句：據楊氏《箋釋》，此句言藕花洲之所在地，應不誤。

⑨一葉波心：一葉，指一葉扁舟。波心，指鼎湖（藕花洲）之水中央。

⑩明滅句：明滅，時明時滅，或時現時隱也。澹粧束，澹素之粧束也。此句連同上句，描寫尼姑於鼎湖泛舟，打扮樸素，時現時隱於碧波之中。

語譯

醉落魄

她的臉色如春天般溫暖，又如紅玉般潤滑。身上穿着的衣服纖小，如一般人那模樣裁剪，鴉頭綠色，很可愛。她在晚上燒香，直至把銀屏旁邊的紅燭燒得短短的。她暗地裏擲下金錢，重新將心事問卜。

藕葉雖然深密，但並不妨礙鴛鴦棲宿。此際誰會記得舊日的《采菱曲》呢？藕花洲位在青山南畔紅雲之北端。她泛舟於鼎湖上，打扮得樸樸素素，出沒於碧波之中。

夜遊宮

人去西樓雁杳①。叙別夢②、揚州一覺③。雲淡星疏楚山曉④。聽啼烏⑤，立河橋，話未了⑥。
雨外蛩聲早⑦。細織就⑧、霜絲多少⑨。說與蕭娘未知道⑩。向長安⑪，對秋燈，幾人老⑫？

①人去句：人去，人離去也。此人應爲作者所愛之人。楊氏《箋釋》說：「此亦憶姬之作。」似無可疑。西樓，暗指西園——作者與愛姬共居之處。雁杳，鴻雁杳茫也。即不見踪影之意。鴻雁本可傳書，此際不見踪影，表示無音訊也。

②叙別夢：叙首與離別之夢也。意謂：無論叙或別一如夢中。

③揚州一覺：此句活用唐·杜牧詩：「十年一覺揚州夢，贏得青樓薄倖名。」意謂：正如杜牧「十年一覺揚州夢」一般。以往十年的事如同做夢！

④雲淡星疏句：楚山曉，是借用唐·王昌齡「平明送客楚山孤」的詩意。此句寫送客

時之景象：天剛曉，而雲淡星疏。

⑤啼烏：啼叫的烏鴉。

⑥話未了：情話仍未說完。

⑦蛩聲早：蛩聲，蟋蟀之叫聲。蟋蟀，又名促織，謂其聲如急織。早，指蛩聲早就聽到了。

⑧細織就：細緻地織成也。此「織」字承「蛩聲」而來，因蛩又名促織。

⑨霜絲多少：霜絲，如霜白之髮絲也。多少，即多之意。此句連同上句意思是說：蟋蟀之叫聲愈久，髮絲愈白，好似被織就一般。

⑩說與蕭娘句：蕭娘，見後晉・劉昫《唐書・武承嗣傳》：「喬知之婢蕭娘，美目善歌，奪取之。知之作《綠珠篇》以諷婢。婢得詩，恨死。承嗣告酷吏殺之。」蕭娘，暗指去姬。全句意謂：告訴去姬未知道的事情。

⑪向長安：向，朝也。此處作「身處」解。長安，代指宋京杭州。

⑫幾人老：多少人衰老之意。此「人」包括作者自己！其實，本意是要指出作者因思念去姬而變得衰老。

語譯

夜遊宮

我深愛的人兒離開了西樓之後，鴻雁便杳無音訊。相敘與離別都如夢境一般，好像昔日杜牧說：「十年一覺揚州夢」一樣。楚山清曉的時候，雲淡星疏，我們要話別了！聽着烏鴉啼叫，站立在河橋上，我們情話綿綿，說之不盡啊！

雨外的蟋蟀叫聲來得太早了。它細緻地編織成不少如霜白之髮絲。請你——蟋蟀告訴我的「蕭娘」未知道的事情吧：在京城的人，獨對秋燈，你是否知道有多少人已經衰老呢？

六醜

壬寅歲吳門元夕風雨①

漸新鵝映柳②，茂苑鎖③、東風初掣④。館娃⑤舊遊，羅襦⑥香未滅。玉夜花節⑦。記向留連處⑧，看街臨晚⑨，放小簾低揭⑩。星河瀲灩春雲熱⑪。笑靨欹梅⑫，仙衣舞纈⑬。澄澄素娥宮闕⑭。醉西樓十二⑮，銅漏催徹⑯。

紅消翠歇⑰。嘆霜簪練髮⑱。過眼年光⑲，舊情盡別⑳。泥深厭聽啼鴂㉑。恨愁霏潤沁㉒，陌頭塵襪㉓。青鸞杳㉔、鈿車音絕㉕。却因甚㉖、不把歡期㉗，付與少年華月㉘？殘梅瘦㉙、飛趁風雪㉚。向夜永㉛、更說長安夢㉜，燈花正結㉝。

①詞題：壬寅，根據夢窗的活動時期，應爲公元一二四二年，即南宋淳祐二年。吳門，今江蘇省吳縣地之別稱。元夕，亦稱元夜、元宵。即陰曆正月十五夜。舊俗是夜張

燈爲戲，故亦謂之燈節。

② 漸新鵝句：鵝，指鵝黃色。全句意謂：新生的柳條漸漸變作鵝黃色。映，照也。

③ 茂苑鎖：茂苑，花木繁茂之苑囿也。鎖，謂被新柳鎖着，包圍着。

④ 東風初掣：掣，牽引也，牽動也。初掣，即初動之意。猶言開始吹動之時也。

⑤ 館娃：即館娃宮。位於吳縣西三十里之靈巖山上。

⑥ 羅襦：羅綺造成之短衣也。

⑦ 玉夜花節：玉夜，指元夕，謂其如玉一般美好也。花節，即春節，又稱芳節。

⑧ 記向句：記向，記得往昔之意。留連處，依戀不忍去之處也。

⑨ 看街臨晚：臨近傍晚觀看街上之活動也。

⑩ 放小簾句：即「揭低放小簾」之倒裝。意謂：揭起低低垂下之小簾也。

⑪ 星河句：星河，即天河、銀河。瀲灩，本意爲水波蕩漾貌，此處用以形容星河之閃爍燦爛。春雲熱，謂由於星河瀲灩，天上的春雲也變得溫暖起來。

⑫ 笑靨欹梅：笑靨，笑臉也。欹梅，斜畫着梅花也。此暗用宋武帝女壽陽公主梅花點額而成爲「梅花粧」事。見宋·李昉等《太平御覽·時序部》引《雜五行書》。此句與下句俱言昔日吳門元夕所見婦女之裝扮。

⑬ 仙衣舞纈：纈，漢·許愼《說文解字》曰：「結也。」宋·胡三省《資治通鑑注》云：「纈，撮綵以線結之而後染色，既染則解其結。凡結處皆原色，餘則入染色矣。

其色斑斕。謂之纈。」故纈是一種染花的絲織品。全句意謂：衣着美如仙女般；其花紋別致、色澤斑斕的彩衣迎風飛舞。

⑭ 澄澄句：澄澄，水清貌。此處用以形容月光之皎潔。素娥，月宮中之仙女嫦娥也。宮闕，指月宮。即月亮。

⑮ 醉西樓句：西樓十二，語出唐・王昌齡詩：「西望十二樓。」十二，言其多數，非實指。句意謂：在衆多之酒樓上客人皆醉酒也。

⑯ 銅漏催徹：銅漏，即銅壺滴漏，古之計時器。催，迫促也。徹，結束也。全句意謂：時間催迫歡樂之事結束也。

⑰ 紅消翠歇：紅，指花。翠，指葉。意謂：紅花委謝，翠葉枯歇也。

⑱ 霜簪練髮：霜簪，霜雪爲簪也。練，白也。練髮，白髮也。此句形容白髮因霜降而變得更白也。表示年紀衰老，境況淒涼。

⑲ 過眼年光：年光，時光、年華也。過眼，指消逝迅速也。

⑳ 盡別：完全不同之意。

㉑ 泥深句：泥深，喻路難行也，環境困阻也。厭聽啼鴂，討厭聽杜鵑之叫聲也。此句用屈原《離騷》：「恐鶗鴂之先鳴兮，使夫百草爲之不芳。」因爲鶗鴂之鳴可使百草不芳，故作者厭聽啼鴂。

㉒ 愁霏潤沁：愁霏，使人發愁之雨雪。潤沁，濕潤浸漬也。

㉓陌頭塵襪：陌頭，街頭也。塵襪，使鞋襪蒙塵也。即弄污鞋襪之意。

㉔青鸞杳：青鸞，鳳類之鳥也。五色備舉而多青。杳，無踪影之意。

㉕鈿車音絕：鈿車，飾以金花之車也。音絕，聽不見其聲也。

㉖却因甚：因甚，因甚麼，因何、因何事之意。即今語「爲甚麼」也。

㉗歡期：歡樂時光也。

㉘付與句：付與，交給也。少年華月，少年時如花之歲月也。即少年的美好時光。

㉙殘梅瘦：殘梅，將凋謝之梅花也。瘦，指其形容枯瘦。

㉚飛趁風雪：隨着風雪翻飛也。

㉛夜永：永，長也，久也。夜永，即長夜漫漫之意。

㉜長安夢：長安往事如夢也。長安，暗指宋京杭州。即是說：一如夢境之杭京舊事。

㉝燈花正結：正是結燈花之時也。此句言杭州往事。當時正是家家户户張燈結綵之元夕佳節。

語譯

六醜

漸漸地新出的鵝黃色映照柳條。它們包圍着花木繁茂的苑囿。這眞是東風開始吹動的時候了！在館娃宮內有我們舊遊的踪迹，羅綺造的短衣遺留下來的香氣仍然沒有消失呢。這是春節的一個如玉一般美好的晚上啊！我記得那個往昔留連不忍離去的地方。那處，當我傍晚揭起低垂的小簾之時，便會看見街道上的一切活動。天上有閃爍燦爛的銀河，就算春天的雲彩也因此而變得溫暖起來了。婦女們都帶着笑臉，額前欹斜地畫着「梅花粧」，穿上美如仙衣一般的服裝，花紋別致，色澤斑爛，迎風飛舞。仙女嫦娥居住的月宮皎潔可愛。大家都在酒樓上飲酒至醉。只覺銅壺滴漏催促着人們盡快結束其歡樂之事。

現時一切已經成爲過去，如紅花委謝，翠葉枯歇！我慨嘆如練白的鬢髮爲霜雪所簪，變得更白了。光陰過眼，迅速消逝，舊日的情懷完全沒有了！道路泥濘深且滑，我眞是厭惡啼鴂的叫聲啊！我怨恨使人發愁的雨雪濕潤浸漬，令到我在街上行走之時鞋襪蒙上塵埃。青色的鸞鳥無影無踪，裝飾着金花的馬車亦絕對不聞其聲了。但，爲甚麼不把歡樂的時光交給少年時如花之歲月呢？殘梅消瘦，掉下來了，隨着風雪翻飛。我對着漫漫長夜，更訴說着當日在京城的舊事，如夢境一般。這個時候，京城的家家戶戶正在張燈結綵，歡樂地迎接元宵佳節呢！

望江南

三月暮①，花落更情濃②。人去鞦韆閑掛月③，馬停楊柳倦嘶風④。堤畔畫船空。懨懨醉⑤，長日小簾櫳⑥。宿燕夜歸銀燭外⑦，啼鶯聲在綠陰中⑧。無處覓殘紅⑨。

①三月暮：暮，指暮春。句意謂三月暮春之時也。

②花落句：更情濃，謂情味更爲濃郁也。全句意謂，花落的時候，給人特別的感受，故情味更爲濃郁。

③人去句：鞦韆閑掛月，猶言鞦韆閑置，垂掛於月色之下。

④馬停句：馬停楊柳，馬兒停立在楊柳之旁。倦嘶風，疲倦地向春風嘶叫。

⑤懨懨醉：懨懨，病態也。懨懨醉者，猶言酒醉如病也。

⑥長日句：長日，整日也。櫳，房舍也。小簾櫳，垂着簾子的小房舍。

⑦ 宿燕句：宿燕，棲宿的燕子。銀燭外，銀燭照射範圍之外。此句似由唐・溫庭筠的《初秋》詩「銀燭有光妨宿燕」句翻出。

⑧ 綠陰中：綠樹陰暗之中也。

⑨ 無處句：無處尋覓凋殘的落花。楊氏《箋釋》以爲「此詞爲寓杭作」。審其内容與用語，似無可疑。

語譯

望江南

三月暮春的時候，花掉落了，我的感慨之情更加濃厚呢！人離去之後，鞦韆閑置，垂掛於月色之下。馬兒停立在楊柳之旁，疲倦地向春風嘶叫。堤畔的畫船空無人迹。

我醉酒如病，整日躲在垂着簾子的小房舍裏。要棲宿的燕子晚間歸來，落脚在銀燭照不到的地方。啼鶯之聲則散佈在綠叢陰暗之中。沒有地方我可以找尋得到凋謝的花朵啊！

唐多令

何處合成愁①？離人心上秋②。縱芭蕉、不雨也颼颼③。都道④晚涼天氣好，有明月、怕登樓⑤。　年事夢中休⑥。花空煙水流⑦。燕辭歸、客尚淹留⑧。垂柳不縈裙帶住⑨，漫長是、繫行舟⑩。

①何處句：何處，作「如何」解。合成愁，結合成「愁」字之意。或可解作：愁從何處而來？

②離人句：離人，別離之人也。心上秋，心上充滿着秋意也。或可說爲秋在心上也。「愁」字，分折之則上「秋」下「心」，或「心」上有「秋」也。此爲離合法，或折字法。漢・戴聖《禮記・鄉飲酒義》云：「秋之爲言愁也。」唐・王勃《秋日宴季處士宅序》曰：「悲夫！秋者愁也。」可見秋天給人的感受是愁。又古語說：「春女思，秋士悲。」可證秋與悲、愁是分不開的。

③縱芭蕉句：詞序應作：「縱不雨芭蕉也颼颼」。意謂，縱使不下雨，芭蕉也颼颼作響，發出淒涼的聲音。

④都道：即人都道，或眾人都道。

⑤怕登樓：怕，是指作者怕。怕的是，一旦登樓，面對美景而傷懷，望明月而思人。

⑥年事夢中休：年事，當年之事也。指作者與去姬昔日歡聚的情事。夢中休，恍若夢中發生一般，終止了，沒有了。

⑦花空句：花空，如花之凋落。煙水流，如煙之消散，又如水之逝去。

⑧燕辭歸句：燕，此處暗指去姬。辭歸，辭謝歸吳也。楊氏《箋釋》說：「此亦憶姬之作。」可信。客，指作者自己。尚淹留，尚且久留也。指其久留異鄉，不能如姬一般歸吳也。

⑨垂柳句：垂柳，垂下的柳條。不縈裙帶住，即「不縈住裙帶」也。縈者，繫也，旋繞也。裙帶，指姬之裙帶。

⑩漫長是句：漫，徒然也。長是，長久也，老是如此也。繫行舟，繫行人之舟也。行人，指作者自己。全句意謂：徒然老是綁繫住我行人之舟，使我不能歸去！

語譯

唐多令

愁從何處而來呢？當離別的人心上充滿着秋意之時愁便來了。縱使天不下雨，芭蕉也颼颼作響呢！大家都說晚涼之時天氣好，可是於明月當空之際，我却怕登上層樓。

當年發生過的事情恍如夢中，而今一切都休止了。花已空盡，如煙之消散，水之逝去。燕子已辭別我而歸去，但是我這個客人尚且久留在外。垂下來的柳條不把她的裙帶綁住，而老是綁住我這行人之舟。眞是白費功夫！

憶舊遊

別黃澹翁①

送人猶未苦②，苦送春、隨人去天涯③。片紅④都飛盡，□陰陰潤綠⑤，暗裏啼鴉⑥。賦情頓雪雙鬢⑦，飛夢逐塵沙⑧。嘆病渴淒涼⑨，分香瘦減⑩，兩地看花⑪。

西湖斷橋路⑫，想繫馬垂楊，依舊欹斜⑬。葵麥迷煙處⑭，問離巢孤燕⑮，飛過誰家。故人爲寫深怨⑯，空壁掃秋蛇⑰。但醉上吳臺⑱，殘陽草色歸思賒⑲。

①別黃澹翁：爲送別黃澹翁而作。澹翁，名中，事迹未詳。宋・趙聞禮《陽春白雪》載其《瑞鶴仙》一詞。楊氏《箋釋》說：「此爲因別澹翁而憶姬之作。」應無可疑。

②送人句：送人，指送別黃澹翁。猶未苦，尚且未苦也。

③苦送春句：全句意謂：苦的是，送別春天隨人遠去至天涯海角。此是傷春懷人之語，不一定如楊氏說「『隨人』之『人』字，指姬。」

④片紅：片片春花也。紅，是花之代詞。片，亦可作「一片」解。

⑤陰陰潤綠：潤綠，潤澤之綠樹也。因枝葉扶疏，故色澤陰暗。□，一本作「正」字。

⑥暗裏啼鴉：在陰暗的角落裏烏鴉啼叫。此句連同上句寫春去夏來的景緻。

⑦賦情句：賦情，吟詠情事或情懷也。頓雪雙鬢，即「雙鬢頓雪」也。意謂：兩鬢即時變作雪一般的白。指賦情即時令人衰老也。

⑧飛夢逐塵沙：飛夢，指夢之飄忽也。塵沙，指行人揚起之塵沙。逐塵沙，猶言追逐遠行之人也。楊氏說：「『夢逐』者，逐姬去也。」亦可通。

⑨嘆病渴句：病渴，即消渴病也。東漢．班固《漢書．司馬相如傳》云：「相如口吃而善著書，常有消渴病。」消渴病者，即今人稱糖尿病也。得此病者，常引飲不止，以消口渴。此句寫作者自己。大抵作者患有此病，故慨嘆淒涼也。消渴病，可能只是患病之代稱。

⑩分香句：魚豢（三世紀時人）《魏略》載魏武帝遺令云：「餘香可分與諸夫人。」「諸夫人」即指眾妾。故分香，猶指眾妾。此處則暗指去姬言。全句是幻想其去姬身軀消瘦。

⑪兩地看花：言作者與其去姬分別在兩個不同地方看花——做同樣的事情。意思說，二人雖然兩地分隔，不在一起，但還是心連心的，所做的事情都是一樣的。

⑫西湖句：西湖，在今浙江省杭州。斷橋，爲西湖十景之一：「斷橋殘雪」。地近孤

山。

⑬依舊欹斜：依然像往時一般斜生也。欹，不正之義。此指上句之垂楊言。

⑭葵麥句：葵，指兔葵。麥，指燕麥。俱爲植物。全句意謂：被煙霧鎖住迷濛不清的滿生葵麥的地方。

⑮孤燕：此處暗指去姬。

⑯故人句：故人，作者自指。（作者即去姬之故人也）爲寫深怨，爲了表達自己的深切哀怨。

⑰空壁句：空壁，空白之牆壁，或未有題過字的牆壁。掃，指以筆掃抹也，即書寫。秋蛇，指書法言。唐·房喬《晉書·王羲之傳》云：「子雲近世擅名江表，然僅得成書，無丈夫之氣，行行如縈春蚓，字字若綰秋蛇。」全句意謂：於空壁上題詞也。

⑱吳臺：吳地之臺榭也。亦有可能指靈巖山上的琴臺。此臺爲吳國的遺迹，故謂「吳臺」。無論如何，可知作者當時尚在吳，否則不會有「醉上吳臺」句。

⑲歸思賒：歸思，歸去之思念也。賒，長也，久也，遙遠也。意謂：歸去之思念仍然很長久呢！即是說，歸去只是個不斷的空想而已，終不能實現的。

語譯

憶舊遊

送人尚未算苦，苦的是送春隨人遠去天涯！此際片片紅花都已經飄飛淨盡，正是油潤的綠樹陰陰翳翳，在深暗之處隱藏着啼鴉的時候。吟詠情懷即時使我的雙鬢變得雪一般的白。我的夢境奔飛，追逐遠行人揚起的塵沙。慨嘆被消渴病煎熬是很淒涼的，而曾分得餘香的姬妾又身軀瘦損。我們分別在兩地同時賞花呢！

在西湖的斷橋路上，料想用以繫馬的垂楊樹，仍然是昔日一樣欹斜。試問，兔葵和燕麥被煙霧迷鎖住之處，那隻離巢孤燕，現在已飛過那一戶人家？我這個故人爲了表達深切的哀怨，在空白的牆壁上書寫如秋蛇形狀的題字。我徒然醉酒，跑上吳臺。遠望殘陽滿地，草色連天，我的歸鄉思念不斷地縈繞在我的腦海中！

金縷歌

陪履齋先生滄浪看梅①

喬木生雲氣②。訪中興、英雄陳迹③，暗追前事④。戰艦東風慳借便⑤，夢斷神州故里⑥。旋小築、吳宮閑地⑦。華表月明歸夜鶴⑧，嘆當時、花竹今如此⑨。枝上露⑩，濺清淚⑪。

遨頭小簇行春隊⑫。步蒼苔、尋幽別塢⑬，問梅開未。重唱梅邊新度曲⑭，催發寒梢凍蕊⑮。此心與、東君同意⑯。後不如今今非昔⑰，兩無言、相對滄浪水⑱。懷此恨⑲，寄殘醉⑳。

①詞題：履齋，即吳潛（1196—1262），字毅夫，履齋其號也。德清（今屬浙江）人。爲南宋大臣、詞人。淳祐中（1241—1252）拜右丞相、兼樞密使、封慶國公，後改封許國公。景定（1260—1264）初，謫循州安置卒。著有《履齋詩餘》。滄浪，亭名。因亭名園，在今江蘇吳縣城內郡學之東。初爲五代末年中吳軍節度使孫承祐之

池館。宋南渡後，爲抗金名將韓世忠（1089—1151）別墅。俗名韓王園。看梅，賞梅也。

②喬木句：喬木，高大之樹木也。此處指梅樹言。生雲氣，猶言樹木高聳插天，雲氣蒼然。《孟子》說：「所謂故國者，非謂有喬木之謂也，有世臣之謂也。」作者在滄浪園看見高大之梅樹而聯想到下文所說之名臣韓世忠之功績。

③訪中興句：中興，再興也。此指宋室南渡後初期之一度盛勢。英雄，指韓世忠。高宗即位，世忠爲御營左軍統制，升至浙西制置使，守鎮江。建炎四年（1130）他率軍乘海船，扼長江，絕金兀朮歸路，轉戰至黃天蕩（今江蘇南京附近），與兀朮相持四十八日，以八千兵擊敗兀朮十萬之眾。紹興四年（1134），金兵與劉豫分道入侵，他在大儀（今江蘇揚州西北）設伏二十餘所，大破金和僞齊聯軍。兩年後，任京東淮東路宣撫處置使，開府楚州（今江蘇淮安）。在楚州十餘年，兵僅三萬，而金兵不敢犯。世忠之武功成就，論者以爲中興第一。他正直敢言，曾以岳飛冤獄，面詰秦檜。因疏言秦檜誤國，罷爲醴泉觀使。自此杜門謝客，時縱遊西湖以爲樂，自號「清涼居士」。卒封蘄王，謚忠武。陳迹，指滄浪亭，或滄浪園。

④暗追前事：暗地裏追憶以前發生過之事。此指世忠之抗金事。

⑤戰艦句：戰艦，戰船也。慳，吝惜也。東風慳借便，猶言東風吝惜借用之方便，即不給與借用的方便之意。此句言韓世忠與金兵作戰時，因風力不作，其戰船不能使

用，以致被金兵攻擊，其從者死傷無數。此事明・陳邦瞻《宋史紀事本末・金人渡江南侵》一節有頗詳細的記載：「〔兀朮〕見海舟乘風使篷，往來如飛，謂其下曰：『南軍使船如使馬，奈何？』乃募人獻破舟之策。於是閩人王姓者，教其……俟風息則出，海舟無風不能動也；且以火箭射其篛篷，則不攻自破矣。兀朮然之。……〔宋〕師遂大潰，焚溺死者不可勝數。世忠僅以身免，奔還鎮江。」

⑥夢斷句：夢斷，夢想中斷也。神州，即中國。漢・司馬遷《史記》謂騶衍名中國爲赤縣神州。故里，故土也。神州故里，猶言中原。此句意謂：收復中原之夢想已中斷了，只好偏安江左而已。

⑦旋小築句：旋，隨即也。小築，略爲建築之意。亦可作名詞用，即小房子也。吳宮，代指蘇州，因吳宮原在蘇州。閑地，閑居之地也。指滄浪園——韓世忠之別墅。

⑧華表句：此句借用漢代丁令威學道成仙，化鶴歸來的故事。晉・陶潛《搜神後記》說：「丁令威，本遼東人，學道于靈虛山。後化鶴歸遼，集城門華表柱。時有少年舉弓欲射之，鶴乃飛，徘徊空中而言曰：『有鳥有鳥丁令威，去家千歲今始歸。城郭如故人民非，何不學仙塚累累。』遂高上沖天。」句意謂：韓世忠如丁令威化鶴歸遼般月夜魂返滄浪。

⑨嘆當時句：即慨嘆當時之梅花與翠竹今日已變得如此之意。意思是說：時移世易，環境變遷，當年的美景已變得不一樣了。「今如此」是很大的感嘆。其中含有「今

已荒涼如此」的意思。

⑩枝上露：指梅枝上之露水。

⑪濺清淚：濺，迸射也。清，清高也。句意謂：是韓世忠濺出之清淚也。

⑫遨頭句：遨頭，太守之意。宋．陸游《老學庵筆記》說：「四月十九日，成都謂之浣花。遨頭宴于杜子美草堂滄浪亭，傾城皆出，錦繡夾道，自開歲宴遊至是而止。」宋．施元之《施注蘇詩》引唐．白敏中修《成都記》云：「太守凡出遊樂，士女列于木牀觀之，勢如磴道，謂之遨牀。故謂太守爲遨頭。自正月出遊，至四月浣花乃止。」此處指吳潛，因吳爲遊滄浪亭賞梅之領頭人。簇，簇仗之意。本指宮庭儀仗按隊齊集。此實指吳潛出遊之隊伍。因人數不多，故曰小簇。行春隊，遊春之隊伍也。句意謂：吳潛帶領的小小儀仗隊是遊春的隊伍。

⑬別塢：塢，是四面高中間低的谷地，或四面如屏的花木深處。此處可作別墅解，即本宅外另建的園林遊息處所。其實指滄浪亭園，因爲詞中所言的就是於該處賞梅。

⑭新度曲：新製之樂曲也。

⑮催發句：催，催促也。發，生長也。寒梢，寒枝也。凍蕊，凍花也。此指梅花。因梅花於寒冷天氣開花，故曰凍蕊。

⑯東君同意：東君，是春神。此處指吳潛。作者是吳氏的門客，自然可以稱他的主人（同時是東道主人）爲「東君」。同意，共同心意之謂。

⑰後不如今句：此句的含意是：以後的國勢不如今，而今又非昔日之盛。作者處於國勢日非，宋室將亡之時，故有此感慨。昔，指昔日南渡中興韓世忠武功蓋世之事。

⑱兩無言句：兩，指作者與吳潛兩人。滄浪水，是滄浪亭園內之流水。此亭園一度爲宋詩人蘇舜欽所得，築亭曰滄浪，因作《滄浪亭記》。此文說亭內積水彌數十畝，旁有小山，高下曲折，與水相縈帶云云。

⑲懷此恨：懷，抱也。此恨，應爲家園之恨，不能收復中原之恨，半壁山河之恨，只能偏安江左之恨。恨，怨恨也。

⑳寄殘醉：寄託於殘醉之中也。換言之，以飲酒寄恨也。即借酒消恨之意。

語譯

金縷歌

高大的梅樹插入雲層，望之如生出陣陣雲氣。我們訪尋中興時期的英雄韓世忠舊日的踪迹——滄浪亭，同時暗暗追憶以前發生過的事情。東風太吝惜借與他人了，它不給戰艦方便，以致收復神州故土的夢想中斷！我們這位英雄隨即在吳宮所在之處略爲建築閑居之地。他如漢代丁令威在月明之夜化鶴歸來站在華表上一般，魂返滄浪，慨嘆當時的梅花和翠竹今日已變得如此！梅枝上的露水實際上是他眼中迸射出來的清淚啊！

太守所帶領的小小儀仗隊是遊春的隊伍。我們踏步蒼翠的苔蘚，在別墅裏尋幽探奇，目的是想知道梅花開了沒有。我在梅邊重唱新製的歌曲，希望可以催促寒枝凍蕊快些生長。這與春天之神的心意一樣。以後的日子不如今日，今日又並非昔日一般。我和太守兩人默默無言，大家只是對着滄浪水。我們懷着這個怨恨，寄託於殘醉之中。

青玉案

短亭芳草長亭柳①。記桃葉、煙江口②。今日江村重載酒。殘杯不到③，亂紅青塚④，滿地閑春繡⑤。　翠陰曾摘梅枝嗅⑥。還憶鞦韆玉葱手⑦。紅索倦將春去後⑧。薔薇花落⑨，故園⑩胡蝶，粉薄殘香瘦⑪。

① 短亭句：短亭、長亭，爲古時於大路邊爲行人而設之休憩場所。相傳每隔五里設一短亭，十里設一長亭。所謂長短，指路程而言，不指亭之長短也。句意謂：短亭之旁長滿了芳草，長亭之旁種着柳樹。

② 記桃葉句：用晉王獻之迎接其妾桃葉事。獻之有《桃葉辭》，云：「桃葉復桃葉，渡江不用楫。但渡無所苦，我自迎接汝。」煙江口，指渡口。因渡口設於江邊，且每有煙霧環繞，故曰「煙江口」。此句言作者迎納其故妾事。

③ 殘杯不到：杯者，酒也。句意謂：不能將殘酒送到也。

④ 亂紅青塚：亂紅，指繽紛零亂之花朵。青塚，指長滿青草之墳墓。楊氏《箋釋》說：

「此亦爲憶故妾及去姬之作。」大抵此句寫的是其故妾。楊氏又說：「上片是憶故妓。」故妓即故妾也。

⑤滿地句：猶言但見滿地悠閒地長滿春花，美如錦繡。

⑥翠陰句：翠陰，指綠樹之陰。此句憶述前事，寫其故妾曾摘取梅花而嗅之。但據楊氏說：「下片（即從此句起到篇終）是憶去姬」。亦可通。總之，是寫作者情人之往事。

⑦還憶句：還憶者，意謂：又想到「鞦韆玉葱手」。玉葱，植物名，俗名洋葱。玉葱手者，如玉葱般潤白之手也。以形容婦人之手。鞦韆玉葱手者，言蕩鞦韆時露出之玉手也。

⑧紅索句：紅索，指鞦韆之紅色繩索。將者，送也。將春去後者，猶言把春送去之後也。即是說，春被送走之後。倦，此處指閒置也。即無人蕩鞦韆，以致紅索閒置也。

⑨薔薇花落：薔薇，植物名。開時連春接夏，有芳香。故薔薇花落，指春去夏來。亦可能指其妾亡逝，如花之落也。

⑩故園：此處指作者與其故妾共居之處。如果如楊氏所言，「下片是憶去姬」，此故園應指蘇州之西園。

⑪粉薄殘香瘦：寫故園之胡蝶，同時亦暗寫作者自己，因悼念亡妾，以致形容憔悴。如「下片是憶去姬」，則此句寫胡蝶的同時，亦寫去姬。

語譯

青玉案

短亭旁邊長滿了芳草，長亭旁邊長着不少柳樹。我記得當年在煙霧鎖着的江口——桃葉渡發生過的事情。今日在江村裏我又攜酒而飲，可惜不能把殘杯送到堆滿了亂紅的青塚去，只見滿地悠閒地長着春花，美如錦繡。

在翠綠的樹陰下她曾摘取梅花而嗅。我更想到她蕩鞦韆時露出如玉葱一般潤白的手臂。自從春天被送走之後，鞦韆的紅色繩索已閒置着，如人倦一般，不再動了。薔薇花也凋落了，以致故園的胡蝶也因此而粉薄香殘，身軀消瘦！

青玉案

新腔一唱雙金斗①。正霜落、分甘手②。已是紅窗人倦繡③。春詞裁燭④，夜香溫被⑤，怕減銀壺漏⑥。吳天雁曉雲飛後⑦。百感情懷頓疏酒⑧。彩扇何時翻翠袖⑨？歌邊拌取⑩，醉魂和夢⑪，化作梅邊瘦⑫。

① 新腔句：新腔，新的腔調也。此處指新歌曲言。金斗，是飲器。全句意謂：新曲唱出後，聽者飲酒兩金斗。表示對歌者極爲欣賞。

② 正霜落句：霜，指月色皎潔如霜。宋・蘇東坡《永遇樂》云：「明月如霜。」正霜落者，猶言正是月色灑落之時也。分甘手，即分送香柑之手。

③ 已是紅窗句：正當之詞序應作：「已是人倦紅繡窗」。意謂：已是人倦倚垂掛着紅色繡簾的窗牖的時候。暗指白天已過，黑夜將臨。

④ 春詞裁燭：春詞，賦春之詞也。裁燭，剪燭也。剪燭，即剪去燭心的燼餘，讓蠟燭

再度燃亮。全句意謂：晚上剪燭心，作春詞。

⑤ 夜香溫被：夜間以香薰暖被舖。

⑥ 怕減銀壺漏：銀壺漏，指銀製的壺漏。壺漏是古代的計時器。以漏水多寡顯示時間。怕減者，怕漏水減少也。猶言怕時間消逝也。

⑦ 吳天句：即「吳天雲曉雁飛後」。吳天，此處指蘇州，因在吳地。雲曉，即天曉。雁飛，暗指姬去。全句意謂，自愛姬那天天曉歸去蘇州之後。楊氏《箋釋》說：「此亦憶姬之作。」憶姬之迹於此明顯可見。

⑧ 百感句：百感情懷，即百端感慨或感慨良多之情懷。頓疏酒，立時疏於飲酒也。

⑨ 彩扇句：彩扇，五彩之扇子也。翻翠袖，翻動翠色的衣袖。全句意謂：何時可見拿着彩扇，翻動翠袖，蹁躚起舞？

⑩ 歌邊拌取：拌，棄也。拌取，即拌命爭取意。句意謂：拌命爭取聽歌的時候……。

⑪ 醉魂和夢：使自己沉沉大醉，進入夢鄉。

⑫ 化作梅邊瘦：化作瘦影，傍着梅花之意。

語譯

青玉案

她唱出一曲新歌之後，我立即飲酒兩金斗。此際正是如霜的月色灑落在她分送香柑之手的時候。人倦了，她倚憑着垂掛着紅色繡簾的窗牖。入夜之後，我們共剪燭心，作春詞。晚間更以香薰暖被窩。我們眞的怕銀壺的漏水減少呢？

自從那日天曉，雁飛向吳天之後，我的情懷百般感慨，即時沒有興趣飲酒了。何時可以再見到她拿着彩扇，翻動翠袖，蹁躚起舞？到時我一定會拌命爭取使自己沉沉大醉，進入夢鄉，化爲瘦影，傍着梅花，欣賞她的歌舞！

好事近

飛露灑銀牀①，葉葉怨梧啼碧②。蘄竹粉連香汗③，是秋來陳迹④。
藕絲空纜宿湖船⑤，夢闊水雲窄⑥。還繫鴛鴦不住⑦，老紅香月白⑧。

①飛露句：飛露，即飛下來的露水，或紛飛如雨的露水。灑，灑落也。銀牀，是指銀白色的牀，不是說銀製的牀。

②葉葉句：葉葉，指衆多或每一片梧桐葉。怨梧，指哀怨的梧桐樹。大概因灑滿露水，梧桐樹彷彿呈現出一個哀怨形象。「啼」字從「露」字來。因露水灑在梧葉上，梧葉似在啼哭落淚。碧者，形容梧葉之顏色——碧綠色。

③蘄竹句：蘄竹，植物名。明・王象晉《群芳譜》說：「蘄竹出於黄州府蘄州，以色瑩者爲簟，節疏者爲笛，帶鬚者爲杖。」此處蘄竹是指簟言。簟者，竹席也。粉，指脂粉，即婦人身上的脂粉。連香汗，即連同香汗之意。香汗，指婦人之汗水。楊氏《箋釋》以爲「此亦憶姬之詞」，似無可疑。此處已露出痕迹。

④是秋來句：到秋天來時，已變爲陳迹了。此指前句竹席上的脂粉和香汗。

⑤藕絲句：藕絲，指蓮藕絲。空纜，徒然綁繫也。宿湖船，棲宿於湖中之船隻。宿者，停泊之意。

⑥夢闊水雲窄：夢境闊大而水雲狹窄。夢境是虛幻的，飄渺的，不眞實的，故闊大無外；而水雲是眞實，自然的，無論多麼飄忽不定，總覺狹窄。

⑦還繫鴛鴦句：還繫者，仍繫也。鴛鴦，暗指男女情人。此處指作者與其去姬。不住，指繫不住，綁不着也。

⑧老紅香句：老，老是也，不變也。紅，指花言。紅香，花發出香氣。月白，月亮呈潔白色。全句意謂：老是花自香，月自白，兩者互不相干。大抵「紅香」指去姬言，而「月白」是作者自指。

語譯

好事近

紛飛的露水灑落在銀白色的牀上。片片哀怨的梧桐樹葉啼泣，流出碧綠色的眼淚。竹席上的脂粉連同香汗，到秋天來時已變爲陳迹了。

藕絲徒然綁住棲宿在湖中的船隻。但是虛幻的夢境是闊大的，而實際的水雲是狹窄的。可惜仍然不能將鴛鴦綁住，以致老是花自香而月自白，兩者不能繫在一起啊！

浪淘沙

燈火雨中船①。客思綿綿②。離亭春草又秋煙③。似與輕鷗盟未了④，來去年年⑤。往事一潸然⑥。莫過西園⑦。凌波香斷綠苔錢⑧。燕子不知春事改⑨，時立鞦韆⑩。

①燈火句：燈火，指作者孤燈獨對。雨中船，猶言船於雨中航行，淒清無限。

②客思綿綿：客思，異地作客之情思也。綿綿，連續不斷貌。

③離亭句：離亭，指供人於道上話別之亭子。春草又秋煙者，是說：離亭之春草又一次被秋天的煙霧所籠罩。可見「春草秋煙」不止一次也。

④似與輕鷗句：輕鷗，飛翔輕飛之海鷗也。盟未了，指與海鷗結盟未了結。古人認爲「白鷗知我心」，人與鷗是心靈相通的，故言「盟」。宋·黃庭堅詩有「此心吾與白鷗盟」句。

⑤ 來去年年：一年又一年的來了又去，去了又來。

⑥ 往事句：往事，指作者與其去姬共同生活之事。潸然，涕下貌。句意謂：往事只帶來一番涕淚而已。

⑦ 莫過西園：不要走過西園之意。西園乃作者與其姬在蘇州的舊居。

⑧ 凌波句：凌波，形容女性走路時步履輕盈。香，指女性身上的脂粉香。綠苔錢，綠色苔錢也。苔錢，因苔點形圓，錯落如錢，故云。全句意謂：姬已歸去，不再來西園了，階上的綠苔錢也不再留下她的香氣了。

⑨ 燕子句：春事改，暗指作者與去姬的美好如春天的生活已經改變。

⑩ 時立鞦韆：經常站立在鞦韆之上。意謂：燕子仍然以爲姬在而時立鞦韆也。（大概姬在時，每與燕子爲戲，故燕子不斷飛回來也。）

語譯

浪淘沙

船在雨中航行，我獨對孤燈。異地作客的情緒綿綿不斷啊！供人話別的亭子旁邊的春草又一次被秋天的煙霧所籠罩了。似乎我與輕飛的海鷗的盟約還未了結，它仍舊是年年的來來去去。

過去的事只帶來一番傷心涕淚而已。我不要再經過西園了！她的凌波微步帶來的香氣已經不再留下在綠色苔錢上。可憐燕子不知道美好如春天的事情已經改變，依舊地時時站立在鞦韆上呢！

思佳客

迷蝶無踪曉夢沉①。寒香深閉小庭心②。欲知湖上春多少③，但看樓前柳淺深④。　愁自遣⑤，酒孤斟⑥。一簾芳景燕同吟⑦。杏花宜帶斜陽看⑧，幾陣東風晚又陰⑨。

① 迷蝶句：此句自唐·李商隱詩「莊生曉夢迷蝴蝶」一句翻出。《莊子·齊物論》云：「昔者莊周夢爲蝴蝶，栩栩然蝴蝶也。自喻適志與！不知周也。俄然覺，則蘧蘧然周也。不知周之夢爲蝴蝶，蝴蝶之夢爲周與？」迷蝶，迷蝴蝶也。無踪，即無踪迹或踪影。猶言迷蝶事已成過去，消失得無影無踪了。曉夢沉，指清曉之夢已沉下去，即不再做夢了。全句意謂：清曉之際，一覺醒來。

② 寒香句：寒冷的香氣深深地被關閉在小庭的中心或小庭裏。

③ 春多少：指春天的氣息多少也。

④但看句：只要看樓前柳樹的顏色淺深便可知了。意思是說：柳色淺，表示春天的氣息少；柳色深，表示春天的氣息多也。

⑤愁自遣：憂愁獨自地排遣也。

⑥酒孤斟：悶酒孤單地斟酌。

⑦一簾句：簾，此處指窗，因撥開簾才可從窗外望。芳景，美景也。燕同吟，與燕子共同吟詠也。即是說，只能與燕子共同欣賞而已。

⑧杏花句：杏花，屬薔薇科。春月次於梅而開花，五瓣，色白帶紅，似梅花而稍大。宜帶斜陽看者，宜帶着斜陽去觀看也。猶言宜在斜暉之中欣賞也。

⑨幾陣東風句：一陣又一陣的東風吹過，不知不覺入夜了，四周顯得一片陰暗。此句寫作者的孤單淒寂。

語譯

思佳客

夢爲蝴蝶之事已經消失得無影無踪，清曉的幽夢亦已經沉埋下去了。寒冷的香氣深深地被閉鎖在小庭的中心。想知道湖上春天的氣息有多少，只看樓前柳樹顏色的深淺便可得到其訊息了。

憂愁獨自地去排遣，悶酒孤獨地去斟飲。窗簾外的美景只能與燕子共同吟詠欣賞了！杏花適宜在斜陽裏觀賞。幾陣東風吹過，天色晚了，而且顯得陰暗。

古香慢

自度腔①。夷則商犯無射宮②

賦滄浪看桂③

怨娥墜柳④，離佩搖葒⑤，霜訊南圃⑥。漫憶橋扉⑦，倚竹袖寒日暮⑧。還問月中遊⑨，夢飛過、金風翠羽⑩。把殘雲賸水萬頃⑪，暗熏冷麝淒苦⑫。

漸浩渺、凌山高處⑬。秋澹無光⑭，殘照誰主⑮？露粟侵肌⑯，夜約羽林輕誤⑰。翦碎惜秋心⑱，更腸斷、珠塵蘚路⑲。怕重陽⑳，又催近、滿城風雨㉑。

① 自度腔：自作歌曲也。指此調為夢窗自製。

② 夷則商犯無射宮：夷則商，為唐宋時流行的二十八調中商七調之一，俗名商調，其聲情「悽愴怨慕」。無射宮為宮七調之一，俗名黃鍾宮，其聲情「富貴纏綿」。犯者，宮調相犯也。有兩調相犯，亦有三調相犯。犯調有一定規則。姜夔《淒涼犯》序說「凡曲言犯者，謂以宮犯商、商犯宮之類。如道調宮『上』字住，雙調亦『上』

字住，所住字同，故道調曲中犯雙調，或于雙調曲中犯道調。其他準此。……十二宮所住字各不同，不容相犯。十二宮特可犯商、角、羽耳。」所謂住字，又名殺聲、結聲或畢曲。每個宮調的住字都有一定。住字相同，方可相犯。

③ 賦滄浪看桂：賦，賦詠也。滄浪，指滄浪亭，乃韓世忠（1089—1151）之別墅。宋·龔明之《中吳紀聞》載：「滄浪亭，在郡學之東，中吳軍節度使孫承祐之池館。其後，蘇子美得之，……今盡爲韓王所得矣。」看桂，欣賞桂花也。

④ 怨娥墜柳：娥，娥眉也。形容女子長而美的眉毛。此處指柳葉，因其形狀似眉，故云。句意謂：哀怨的柳葉從柳枝墜落。

⑤ 離佩搖葓：佩，本爲玉，所謂佩玉。此處代指荷花。古人——尤其是詞家每以水佩代荷花。宋·姜夔《念奴嬌》云：「水佩風裳無數。」所詠者其實是荷花。離佩者，將要離去之荷花也。即將要凋謝的荷花。換言之，即殘荷也。葓，亦作葒。植物名。通稱紅草或葒草；亦名水葒、游龍、石龍。與蓼同類。俗名馬蓼。句意謂：殘荷於葓草叢中搖動。

⑥ 霜訊南圃：霜訊，霜降的訊息也、音訊也。南圃，南園也。園，爲種植果木瓜菜之園地。句意謂：霜降的訊息到了南園。即是說，霜降南園也。此處指出深秋景象。

⑦ 漫憶橋扉：漫，隨意也。引伸之，即不期然之意。憶，想及也，回憶也。扉，本爲門扇，此處借用。橋扉，即橋頭也。此處言桂花之所在。

⑧倚竹句：此句出自唐·杜甫《佳人》詩：「天寒翠袖薄，日暮倚修竹。」此句描寫桂花之環境；同時形容桂花之冷豔，如杜詩中之美人。

⑨還問月中遊：還問，又聯想及之意也。月中遊，用唐明皇遊月宮事。（月中有桂，故因桂而聯想到此事。）元·王伯成《天寶遺事》載，唐明皇與申天師於中秋夜遊月宮，見榜曰「廣寒清虛之府」。月中遊，大抵暗指宋室南渡後，粉飾太平、苟且偷安事。

⑩夢飛過句：金風，秋風也。翠羽，翠綠色的鳥羽也。此處指鳥言。金風、翠羽，形容其迅速。全句意謂：夢飛逝過去，如秋風和飛鳥一般地迅速。

⑪把殘雲賸水句：把，把守也，看管也。殘雲賸水，猶言殘山賸水也。頃，是地積單位。萬頃，一大片也。此句言桂花面對着一大片殘山賸水。因爲此類句子，使不少詞學家認爲此篇是作者寄託家國之感之作。如陳洵《海綃說詞》說：「此亦傷宋室之衰也。」楊氏《箋釋》說：「此詞蓋在宋亡後作。」又說：「此詞疑作於德祐二年（1276）之後，祥興二年（1279）之前，必晚年近於絕筆者也。」以作者之生卒年份推論，大抵陳說較爲可信。

⑫暗熏冷麝句：暗熏，幽香也。冷麝，清香也。麝，指麝香。（麝是動物，其腹部有香腺，其分泌物曰麝香。）暗熏冷麝，指桂花之香言。所謂淒苦，是說：桂花雖然高貴絕俗，清香四溢，但面對着如此一大片殘山賸水，心中實是非常淒苦。

⑬漸浩渺句：浩，廣大貌。渺，微遠貌。凌山高處，登上山之高處也。全句意謂：當步上山之高處遠望，漸漸覺得眼前之山河浩大而渺遠。

⑭秋澹無光：澹，慘澹也。全句意謂：秋天慘澹，全無光輝。

⑮殘照誰主：殘陽夕照誰人作主也。楊氏《箋釋》以爲有言外之音，說：「題面言韓王已逝，滄浪無主；題意言元人入關，中原無主也。」亦可說得通。

⑯露粟侵肌：粟，指金粟，桂花之異稱。見嚴雲鶴《事物異名典林》。大概因桂花之色黃似金，花小如粟，故云。露粟者，帶有露水之桂花也。不過，這只是借用。此處「粟」字，實指粟疹言。正如楊氏說，「桂之在樹，如人體遇寒生粟然。」（見《聲聲慢·詠桂花》注）典出漢·伶玄《飛燕外傳》：飛燕通鄰羽林郎射鳥者。夜雪，期射鳥者於舍旁，飛燕露立，閉息順氣，體溫無疹粟。射鳥者異之，以爲神仙。露粟侵肌者，是說：黑夜降臨，寒露侵襲肌膚，以致身體頓生粟疹。

⑰夜約句：羽林，即上注所引《飛燕外傳》之羽林郎射鳥者。輕誤者，輕率地耽誤事情也。陳洵《海綃說詞》認爲「夜約羽林」是「用漢武帝事」。按，羽林乃禁軍之名稱。漢武帝時置建章營騎。後更名羽林；又取從軍死事之子孫養之，羽林官教以五兵，號曰羽林孤兒。宣帝令中郎將騎都尉監羽林，領郎百人，謂之羽林郎。陳氏同時認爲「輕誤，則屯衛非人矣」。楊氏《箋釋》說：「此言約元滅金之非計。」所見與陳氏略同。可備一說。此句連同上句意謂：因羽林禁軍輕誤大事，令人心寒

意慄也。羽林，又可解作星名。漢·司馬遷《史記·天官書》云：「虛危，其南有眾星，曰羽林天軍。」如果羽林作爲星解，則全句意謂，羽林星輕率地爽約誤事，因不出現也。

⑱ 剪碎惜秋心：惜秋心，猶言愛惜秋花之心也。秋花，此處指桂花。全句意謂：愛惜秋花之心被剪碎也。

⑲ 更腸斷句：更腸斷，更爲傷心，如腸之斷也。珠塵蘚路，猶言明珠丟落在塵土和拋棄於長滿苔蘚之路中。楊氏說：「上句（按，指「剪碎」句）言江南地次第盡下；下句（按，即此句）傷帝咼間關嶺海也。」值得玩味。

⑳ 怕重陽：怕，恐怕也。重陽，又稱重九，即陰曆九月初九日。

㉑ 又催近句：催近，迫近也。滿城風雨，猶言天氣惡劣也。此句連同上句意謂：恐怕重陽迫近，又是滿城風雨的時候了。宋·潘大臨有「滿城風雨近重陽」詩句。今夢窗之「怕重陽……」兩句應自潘詩翻出。楊氏說：「當此風雨飄搖，料不久亦歸滅亡而已。」應與原意相當接近。

語譯

古香慢

哀怨的娥眉葉從柳樹墜下來。將要凋謝的荷花在淇草叢中搖動着。霜降的訊息已經到了南園！我不經意地回憶起橋頭的情景：她在日暮之際，寒風之中，穿着薄袖的衣裳倚靠着修竹。我又聯想到月中漫遊之事。這只是夢境而已！而且已經飛快地過去，迅速得如秋風吹，翠鳥飛。要把守着一大片殘山賸水，就算自己具有幽暗清冷的香氣，心中也實在非常淒苦難受。

當我登上山的高處遠望，漸漸覺得眼前之山河浩大而渺遠。秋天慘淡，毫無光輝！在此殘陽夕照之時，誰人作主？約定晚間進入的羽林禁軍輕率地誤了大事，我心都寒了，以致肌膚頓生粟疹，如被夜間的露水侵襲一般。我愛惜秋花之心被剪得破碎了！更令我傷心斷腸的是，明珠被遺下在塵土中，被棄置在長滿苔蘚的道路上！恐怕重陽節又迫近了，現在已經是滿城風雨的時候呢！

附錄一　吳夢窗詞輯評

尹煥〈夢窗詞序〉：

求詞於吾宋者，前有清眞，後有夢窗，此非煥之言，四海之公言也。

周密《浩然齋詞話》：

翁元龍字時可，號處靜，與吳君特爲親伯仲，作詞各有所長。世多知君特而知時可者甚少，予嘗得一編，類多佳語，已刊於集矣。

沈義父《樂府指迷》：

余自幼好吟詩。壬寅秋，始識靜翁於澤濱。癸卯，識夢窗。暇日相與倡酬，率多塡詞，因講論作詞之法。然後知詞之作難於詩。蓋音律欲其協，不協則成長短之詩。下字欲其雅，不雅則近乎纏令之體。用字不可太露，露則直突而無深長之味。發意不可太高，高則狂怪而失柔婉之意。

思此，則知所以爲難。子姪輩往往求其法於余，姑以得之所聞，條列下方。觀於此，則思過半矣。

夢窗深得清眞之妙。其失在用事下語太晦處，人不可曉。

張炎《詞源》：

舊有刊本六十家詞，可歌可誦者，指不多屈。中間如秦少游、高竹屋、姜白石、史邦卿、吳夢窗，此數家格調不侔，句法挺異，俱能特立於清新之意，删削靡曼之詞，自成一家，各名於世。（卷下）

賀方回、吳夢窗，皆善於鍊字面，多於溫庭筠、李長吉詩中來。（卷下）

陸輔之《詞旨》：

詞不用雕刻，刻則傷氣，務在自然。周清眞之典麗，姜白石之騷雅，史梅溪之句法，吳夢窗之字面，取四家之所長，去四家之所短，此翁（樂笑翁）之要訣。

朱彝尊〈黑蝶齋詞序〉：

詞莫善於姜夔。宗之者張輯、盧祖皋、史達祖、吳文英、蔣捷、王沂孫、張炎、周密、陳允平、張翥、楊基，皆具夔之一體。基之後得其門者寡矣。

王又華《古今詞論》：

梅溪、白石、竹山、夢窗諸家，麗情密藻，盡態極妍。要其瑰琢處，無不有蛇灰蚓線之妙，則所謂一氣流貫也。

彭孫遹《金粟詞話》：

夢窗之詞雖琱繢滿眼，然情致纏綿，微爲不足。余獨愛其〈除夕立春〉一闋，兼有天人之巧。

南宋詞人，如白石、梅溪、竹屋、夢窗、竹山諸家之中，當以史邦卿爲第一。

王士禎《花草蒙拾》：

宋南渡後，梅溪、白石、竹屋、夢窗諸子，極妍盡態，反有秦、李未到者。雖神韻天然處或減，要自令人有觀止之嘆。

沈雄《古今詞話》：

沈雄曰：沈伯時評夢窗詞，用事下語，太晦處人不易知，亦是一病。

沈時伯曰：夢窗深得清眞之妙，但用事下語太晦處，人不易知。

徐軌曰：姜、史、蔣、吳融鍊字句，法無不備；兼擅其勝者，惟芝麓尙書矣。

鄒祇謨《遠志齋詞衷》：

董文友詞論：姜、史、高、吳，而融篇煉句琢字之法，無一不備。今惟合肥兼擅其勝，正不如用修好入六朝麗字，似近而實遠也。阮亭嘗云：詞至姜、吳、蔣、史，有秦、李所未到者。正如晚唐絕句，以劉賓客、杜紫微爲神詣，時出供奉、龍標一頭地。

汪森〈詞綜·序〉：

西蜀、南唐而後，作者日盛。宣和君臣，轉相矜尙，曲調愈多，流派因之亦別；短長互見，言情者或失之俚，使事者或失之伉。鄱陽姜夔出，句琢字練，歸於醇雅。於是史達祖、高觀國羽翼之；張輯、吳文英師之於前，趙以夫、蔣捷、周密、陳允衡、王沂孫、張炎、張翥效之於後，譬之於樂，舞《箾》至於九變，而詞之能事畢矣。

王弈清等《歷代詞話》：

意欲靈動，不欲晦澀。語欲穩秀，不欲纖佻。人工勝則天趣減，梅溪、夢窗，自不能不讓白石出一頭地。（《詞苑萃編》卷五引錄）

田同之《西圃詞說》：

小調不學花間，則當學歐、晏、秦、黃。歐、晏蘊藉，秦、黃生動，一唱三嘆，總以不盡爲佳。清眞以短調行長調，滔滔莽莽，嫌其不能盡變。至姜、史、高、吳，而融篇煉句琢字之法，無一不備矣。（田同之案：此則見鄒程村《詞衷》）白石而後，有史達祖、高觀國羽翼之。張輯、吳文英師之於前，趙以夫、蔣捷、周密、陳允衡、王沂孫、張炎、張翥效之於後。譬之於樂，舞《箾》至於九變，而詞之能事畢矣。

沈義父《樂府指迷》云：「詞要清空，不要質實。」此八字是塡詞家金科玉律。清空則靈，質實則滯，玉田所以揚白石而抑夢窗也。

華亭宋尚木徵璧曰：「……吳夢窗之能疊字，姜白石之能琢句，蔣竹山之能作態，史邦卿之能刷色，黃花庵之能選格，亦其選也。」詞至南宋而繁，亦至南宋而敝，作者紛如，難以概述矣。

詩有韻，詞有腔；詞失腔，猶詩落韻。詩不過四五七言而止，詞乃有四聲五音均拍重輕清濁之別。若言順律舛，律協言謬，俱非本色。或一字未合，一句皆廢，一句未妥，一闋皆不光采，信戛戛乎其難矣。古人有言曰：「鉛汞鍊而丹成，情景交而詞成。」指迷妙訣，當於玉田、夢窗間求之。

自沈吳興分四聲以來，凡用韻樂府，無不調平仄者。至唐律以後，浸淫而爲詞，尤以諧聲爲主，平仄失調，即不可入調。周、柳、万俟等之製腔造譜，皆按宮調，故協於歌喉。以及白石、夢窗輩，各有所創，未有不悉音理而可造格律者。

馮金伯《詞苑萃編》：

夢窗云：「十二宮住字不同，惟道調與雙調俱上字住可犯。」是也。一則犯詞，句法若〈玲瓏四犯〉、〈八犯玉交枝〉等，所犯竟不止一詞，但將未所犯何調著於題名，故無可攷。（卷一）（《詞律》）

《蘋洲漁笛譜》中〈玲瓏四犯〉詞，乃戲調夢窗作也。後闋云：「憑問柳陌情人，比似垂楊誰瘦。」其〈拜星月〉乃春暮寄夢窗作也。後闋云：「蕩歸心、已過江南岸；清宵夢、遠逐飛花亂。」又有〈玉漏遲〉題夢窗《霜花腴詞集》全闋，更覺纏綿深至，可泣可歌。（卷五）（《宋名家詞評》）

吾識張循王孫玉田先生，喜其三十年汗漫南北數千里，一片空狂懷抱，日日化雨爲醉。自仰攀姜堯章、史邦卿、盧蒲江、吳夢窗諸名勝，互相鼓吹春聲於繁華世界，飄飄徵情，節節弄拍。嘲明月以謔樂，賣落花而陪笑，能令後三十年，西湖錦繡山水，猶生清響。（卷五）（鄭所南）

秋錦論詞，必盡掃蹊徑，獨露本色。嘗謂南宋詞人如夢窗之密，玉田之疏，必兼之乃工。今讀是集，洵非虛語。（卷八）（曹升六）

李調元〈雨村詞話序〉：

鄱陽姜夔鬱爲詞宗，一歸醇正。於是辛稼軒、史達祖、高觀國、吳文英師之於前，蔣捷、周密、陳君衡、王沂孫效之於後，譬之於樂，舞《箾》至於九變，而嘆爲觀止矣。

李調元《雨村詞話》：

易安在宋諸媛中，自卓然一家，不在秦七、黃九之下。詞無一首不工。其鍊處可奪夢窗之席，其麗處眞參片玉之班。（卷三）

張其錦〈梅邊吹笛譜跋〉：

塡詞之道，須取法南宋，然其中亦有兩派焉。一派爲白石，以清空爲主，高、史輔之。前則有夢窗、竹山、西麓、虛齋、蒲江，後則有玉田、聖與、公謹、商隱諸人，掃除野狐，獨標正諦，猶禪之南宗也……昔屯田、清眞、白石、夢窗諸君，皆深於律呂，能自製新聲者。其用前人舊譜，皆恪守不失，況其下乎。

張惠言〈詞選序〉：

宋之詞家，號爲極盛，然張先、蘇軾、秦觀、周邦彥、辛棄疾、姜夔、王沂孫、張炎淵淵乎文有其質焉。其盪而不反，傲而不理，枝而不物，柳永、黃庭堅、劉過、吳文英之倫，亦各引一端，以取重於當世。而前數子者，又不免有一時放浪通脫之言出於其間。後進彌以馳逐，不務原其指意，破析乖剌，壞亂而不可紀。

焦循《雕菰樓詞話》：

詞調愈平熟，則其音急；愈生拗，則其音緩。急則繁，其聲易淫，緩則庶乎雅耳。如蘇長公之〈大江東去〉，及吳夢窗、史梅溪等調，往往用長句。同一調而句或可斷若此，亦可斷若彼者，皆不可斷。而其音以緩爲頓挫，字字可頓挫而實不必斷。倚聲者易於爲平熟調，而艱於爲生拗調。明乎緩急之理，而何生拗之有？

郭麐《靈芬館詞話》：

詞之爲體，大略有四：風流華美，渾然天成，如美人臨粧，卻扇一顧，花間諸人是也。晏元獻、歐陽永叔諸人繼之。施朱傅粉，學步習容，如宮女題紅，含情幽豔，秦、周、賀、晁諸人是也。柳七則靡曼近俗矣。姜、張諸子，一洗華靡，獨標清綺，如瘦石孤花，清笙幽磬，入其境者，疑有仙靈；聞其聲者，人人自遠。夢窗、竹屋，或揚或沿，皆有新雋，詞之能事備矣。（卷一）

包世臣〈月底修簫譜序〉：

六家於言外之旨得矣，以云意內，惟白石、玉田耳。淮海時時近之，清眞、屯田、夢窗皆去之彌遠，而俱不害爲可傳者，則以其聲之幺眇鏗磐，惻惻動人，無色而豔，無味而甘故也。

宋翔鳳《樂府餘論》：

《草堂詩餘》，宋無名氏所選，其人當與姜堯章同時。堯章自度腔，無一登入者。其時姜名未盛。以後如吳夢窗、張叔夏，俱奉姜爲圭臬，則《草堂》之選，在夢窗之前矣。

孫麟趾《詞逕》：

夢窗足醫滑易之病，不善學之，便流於晦。余謂詞中之有夢窗，如詩中之有長吉。篇篇長吉，閱者易厭。篇篇夢窗，亦難悅目。石以皺爲貴，詞亦然。能皺必無滑易之病，夢窗最善此。

高澹婉約，豔麗蒼莽，各分門戶。欲高澹學太白、白石。欲婉約學清眞、玉田。欲豔麗學飛卿、夢窗。欲蒼莽學蘋洲、花外。至於融情入景，因此起興，千變萬化，則由於神悟，非言語所能傳也。

曹琦〈玉壺買春詞序〉：

海以大之有蘇，淵以沈之有張，濤以雄之有稼軒，平以遠之有竹屋，瀫紋蜃氣以綺之有夢窗，纏綿菀結以赴之有石帚。冷汰眾製，照以鮮華，芬芳百家，自成馨逸。

周濟〈介存詞辨自序〉：

自溫庭筠、韋莊、歐陽修、秦觀、周邦彥、周密、吳文英、王沂孫、張炎之流，莫不蘊藉深厚，而才豔思力，各聘一途，以極其致。

周濟〈宋四家詞選·目錄序論〉：

夢窗奇思壯采，騰天潛淵，反南宋之清泚，爲北宋之穠摯，是爲四家，領袖一代。

問塗碧山，歷夢窗、稼軒，以還清眞之渾化，余所望於世之爲詞人者，蓋如此。

筆以行意也，不行須換筆。換筆不行，便須換意。玉田惟換筆不換意。皐文不取夢窗，是爲碧山門逕所限耳。夢窗立意高，取徑遠，皆非餘子所及。惟過嗜餖飣，以此被議。若其虛實並到之作，雖清眞不過也。

周濟〈宋四家詞選眉批〉：

（周邦彥）〈浪淘沙慢（曉陰重）〉空際出力，夢窗最得其訣。（此評第二片換頭）（周密〈大聖樂（嬌綠迷雲）〉草窗最近夢窗，但夢窗思沉力厚，草窗則貌合耳。若其鏤新鬥冶，固自絕倫。

周濟《介存齋論詞雜著》：

近人頗知北宋之妙，然終不免有姜、張二字橫亙於胸中。豈知姜、張在南宋，亦非巨擘乎。論詞之人，叔夏晚出，既與碧山同時，又與夢窗別派，是以過尊白石，但主清空。後人不能細研詞中曲折深淺之故，群聚而和之，並爲一談，亦固其所也。

良卿曰：「尹惟曉『前有清眞，後有夢窗』之說，可謂知言。夢窗每於空際轉身，非具大神力不能。」夢窗非無生澀處，總勝空滑。況其佳者，天光雲影，搖蕩綠波，撫玩無斁，追尋已遠。君特意思甚感慨，而寄情閒散，使人不易測其中之所有。

蔣敦復《芬陀利室詞話》：

有厚入無間者，南宋自稼軒、夢窗外，石帚間能之，碧山時有此境，其他即無能爲役矣。（卷三）

劉熙載《詞概》：

蔣竹山詞未極流動自然，然洗鍊縝密，語多創獲。其志視梅溪較貞，其思視夢窗較清。劉文房爲五言長城，竹山其亦長短句之長城與！

《詞品》喻諸詩，東坡、稼軒，李杜也。耆卿，香山也。夢窗，義山也。白石、玉田，大曆十子也。其有似韋蘇州者，張子野當之。

詩有西江、西崑兩派，惟詞亦然。戴石屏〈望江南〉云：「誰解學西崑。」是學西江派人語，吳夢窗一流，當不喜聞。

謝章鋌《賭棋山莊詞話》：

宋人學詞者，如張輯、盧祖皋、史達祖、吳文英、蔣捷、王沂孫、張炎、周密、陳允平之徒，

皆以夔為宗。（卷三）

白石歸吳，移情絲竹，經正者緯成，理足者詞暢。清眞濫觴於其前，夢窗推波於其後，學者宗尚，要非溢美。（卷三）

設色，詞家所不廢也。今試取溫尉與夢窗較之，便知仙凡之別矣。蓋所爭在風骨，在神韻，溫尉生香活色，夢窗所謂七寶樓臺，拆碎不成片段。又其甚者，則浮豔耳。阮亭揣摩《花間》，沾沾於甎苣一二字義，是猶見表而遺其裏歟。須知「檀欒金碧，婀娜蓬萊」，未必便低俗於「寶函鈿雀，畫屏鷓鴣」，亦視驅遣者造詣何如耳。（卷八）

白石、高、史，南宋之正宗也。吳夢窗失之澀，蔣竹山失之流。（卷十二）

沈曾植《海日樓叢鈔》：

白石老人，此派極則，詩與詞幾合同而化矣。吳夢窗、史邦卿影響江湖，別成絢麗，特宜於酒樓歌館，飣坐持杯，追擬周、秦，以纘東都盛事。於聲律為當行，於格韻則卑靡。賴其後有草窗、玉田、聖與出，而後風雅遺音，絕而復續。亦猶皐羽、霽山，振起江湖哀響也。自道光末戈順卿輩推戴夢窗，周止庵心厭浙派，亦揚夢窗以抑玉田。近代承之，若夢窗為詞家韓、杜。而為南唐、北宋學者，或又以欣厭之情，概加排斥。若以宋人之論折衷之，夢窗不得為不工，或尚非雅詞勝諦乎？（筆記）

張祥齡《詞論》：

周清眞，詩家之李東川也。姜堯章，杜少陵也。吳夢窗，李玉谿也。張玉田，白香山也。詩至唐末，風氣盡矣，詞家起而爭之，如文至齊、梁，風氣盡矣，古文家起而爭之。爭之者何也，非謂文至六朝，詩至五代，無文與詩也，豪傑於茲，踵而爲之，不過仍六朝、五代，故變其體格，獨絕千古，此文人狡獪也。詞至白石，疏宕極矣。夢窗輩起，以密麗爭之。至夢窗而密麗又盡矣，白雲以疏宕爭之。三王之道若循環，皆圖自樹之方，非有優劣。況人之才質限於天，能疏宕者不能密麗，能密麗者不能疏宕。片玉善言羈旅，白雲善言隱逸，終身由之而不知其道者，天也。

辛、劉之雄放，意在變風氣，亦其才祇如此。東坡不耐此苦，隨意爲之，其所自立者多，故不拘拘於詞中求生活。若夢窗舍詞外，莫可豎立，故殫心血爲之，是丹非朱，眼光未大。

文章風氣，如四序遷移，莫如爲而爲，故謂之運。左春右秋，冰蟲之見，生今反古，是冬箑夏爐，烏乎能？安序順天，愚者一得。昌黎起八代之衰，亦運使然。南唐二主、馮延巳之屬，固爲詞家宗主，然是勾萌，枝葉未備。小山、耆卿，而春矣。清眞、白石，而夏矣。夢窗、碧山，已秋矣。至白雲，萬寶告成，無可推徙，元故以曲繼之。此天運之終也。

陳廷焯《白雨齋詞話》：

東坡、方回、稼軒、夢窗、玉田等，似不必盡以沉鬱勝，然其佳處，亦未有不沉鬱者。（卷

一）

姜堯章詞，清虛騷雅。每於伊鬱中饒蘊藉，清眞之勁敵，南宋一大家也。夢窗、玉田諸人，未易接武。（卷二）

竹屋、梅溪並稱，竹屋不及梅溪遠矣。梅溪全祖清眞，高者幾於具體而微。論其骨韻，猶出夢窗之右。（卷二）

大約南宋詞人，自以白石、碧山爲冠，梅溪次之，夢窗、玉田又次之，西麓又次之，竹屋又次之。（卷二）

夢窗在南宋，自推大家。惟千古論夢窗者，多失之誣。尹惟曉云：「求詞於吾宋，前有清眞，後有夢窗，此非予之言，四海之公言也。」此論者，不知置東坡、少遊、方回、白石等於何地？沈伯時云：「夢窗深得清眞之妙，但用事下語太晦處，人不易知。」其實夢窗才情超逸，何嘗沉晦！夢窗長處，正在超逸之中，見沉鬱之意，所以異於劉、蔣輩，烏得轉此爲夢窗病。至張叔夏云：「吳夢窗如七寶樓臺，眩人眼目，拆碎下來，不成片段。」此論亦余所未解。竊謂七寶樓臺，拆碎不成片段，以詩而論，如太白牛渚〈西江夜〉一篇，却合此境。詞惟東坡〈水調歌頭〉近之。若夢窗詞，合觀通篇，固多警策。即分摘數語，亦自入妙，何嘗不成片段耶？總之，夢窗之妙，在超逸中見沉鬱，不及碧山、梅溪之厚，而才氣較勝。（卷二）

西麓詞在中仙、夢窗之間。沉鬱不及碧山，而時有清超處。超逸不及夢窗，而婉雅猶過之。（卷二）

南宋詞家，白石、碧山，純乎純者也。梅溪、夢窗、玉田輩，大純而小疵，能雅不能虛，能清不能厚也。（卷二）

昔人謂夢窗之密，玉田之疏，必兼之乃工。就形骸而論，竹垞似能兼之矣。然余則云：夢窗疏處，高過玉田，而密處不及，與古人之言正相反，書之以俟識者。（卷三）

稼軒詞云：「而今已不如昔，後定不如今。」即其年〈水調歌頭〉之意，而意境却別。然讀夢窗之「後不如今今非昔。兩無言、相對滄浪水。」悲鬱而和厚，又不必爲稼軒矣。（卷八）

白石仙品也。東坡神品也，亦仙品也。夢窗逸品也。玉田雋品也。稼軒豪品也。然皆不離雅正。（卷八）

詞有表裏俱佳，文質適中者，溫飛卿、秦少游、周美成、黃公度、姜白石、史梅溪、吳夢窗、陳西麓、王碧山、張玉田、莊中白是也。（卷八）

陳廷焯《詞壇叢話》：

白石詞，如白雲在空，隨風變滅，獨有千古。同時史達祖、高觀國兩家，直欲與白石並驅，然終讓一步。他如張輯、吳文英、趙以夫、蔣捷、周密、陳允平、王沂孫諸家，各極其盛，然未有出白石之範圍者。

朱祖謀〈彊村老人與夏承燾書〉：

臞禪道兄閣下：榆生兄轉賁惠箋，十年影事，約略眼中。而我兄修學之猛，索古之精，不朽盛業，跂足可待，佩仰曷極。夢窗生卒考訂，鑿鑿可信，益慚言剪說之莽鹵矣。夢窗與翁時可、際可二人爲親伯仲，草窗之說也。疑本爲翁氏，而出爲吳後。今四明鄞慈諸邑，翁姓甚繁。倘有宋時家牒可考，則夢窗世系，亦可瞭然。弟曩曾丐人廣求翁譜，未之得也。我兄於彼郡人士有相洽而好事者，或竟求得佳證。夢窗係屬八百年未發之疑，自我兄而昭晰，豈非詞林美談，閣下豈有意乎。弟哀墉之質，無可舉似。閑著有寫定者，尚盼先睹也。率復，即頌撰安。弟期孝臧頓首。

十一月初六日。

嚴復〈嚴幾道先生與朱彊村書〉：

漚尹侍郎先生執事：得正月廿三日損書，及新刻重斠《夢窗四稿》，知先生指導之意無窮也。不勝感，不勝感。來教以浣花玉谿於詩，猶清眞夢窗於詞，斯誠篤論。復於《清眞詞》不盡見，就其得見者言。竊謂夢窗詞旨，實用玉谿詩法。咽抑凝迴，辭不盡意。而使人自遇於深至。鉤釽雜碎，或學者之過。猶西崑末流，誠不可歸獄夢窗。至於清眞之似子美，則拙鈍猶未之窺見也。別紙所示，都中癥結。初學人能得法師如此，不禁竊熹自負耳。謹再磨琢奉呈，伏惟垂誨。復頓首。二月朔日。

況周頤《蕙風詞話》：

人學夢窗，輒從密處入手。夢窗密處，能令無數麗字，一一生動飛舞，如萬花爲春，非若琱璚蹙繡，毫無生氣也。如何能運動無數麗字？恃聰明，尤恃魄力。如何能有魄力？唯厚乃有魄力。夢窗密處易學，厚處難學。（卷二）

重者，沉着之謂。在氣格，不在字句。於夢窗詞庶幾見之。即其芬悱鏗麗之作，中間雋句豔字，莫不有沉摯之思，灝瀚之氣，挾之以流轉，令人翫索而不能盡，則其中之所存者厚。沉着者，厚之發見乎外者也。欲學夢窗之緻密，先學夢窗之沉着。即緻密、即沉着。非出乎緻密之外，超乎緻密之上，別有沉着之一境也。夢窗與蘇、辛二公，實殊流而同源。其所爲不同，則夢窗緻密其外耳。其至高至精處，雖擬議形容之，未易得其神似。穎慧之士，束髮操觚，勿輕言學夢窗也。（卷二）

宋詞深致能入骨，如清眞、夢窗是。（卷三）

陳銳《裦碧齋詞話》：

夢窗有康樂之標軌。

白石擬稼軒之豪快，而結體於虛。夢窗變美成之面貌，而鍊響於實。南渡以來，雙峰並峙，如盛唐之有李、杜矣。

丁紹儀《聽秋聲館詞話》：

詞至南宋而極工，然如白石、夢窗、玉田，皆胥疏江湖，故語多婉篤，去北宋疏越之音遠矣。（卷六）

徐珂《近詞叢話》：

幼霞天性和易，而多憂戚，若別有不堪者。既任京秩久，而入諫垣，抗疏言事，直聲震內外，然卒以不得志去位。光緒甲辰客死蘇州，其遇厄窮，其才未竟厥施，故鬱伊無聊之概，一於詞陶寫之。其詞導源碧山，復歷稼軒、夢窗，以還清眞之渾化，與周濟之說固契若針芥也。

光緒庚寅辛卯間，況夔笙居京師，常集王幼霞之四印齋，唱酬無虛日。夔笙於詞不輕作，恆以一字之工、一聲之合，痛自刻繩，而因以繩幼霞。幼霞性雖懶，顧樂甚不爲疲也。己亥，夔笙客武昌，則與程子大以詞相切劘。幼霞聞之而言曰：「子大詞清麗綿至，取徑白石、夢窗、清眞而直入溫、韋，得夔笙微尚專詣以附益之，宜其相得益彰矣。」

朱古微爲倚聲大家，著稱於光宣間，其所著爲《彊村詞》。嘗視學廣東，未滿任即解組歸。嘗曰：「予素不解倚聲，歲丙申，重至京師，王幼霞給事時舉詞社，強邀同作。王喜奬借後進，於予則繩檢不少貸，微叩之，則曰：『君於兩宋塗徑，固未深涉，亦幸不睹明以後詞耳。』貽予四印齋所刻詞十許家，復約校夢窗四稿，時時語以源流正變之故。旁皇求索爲之，且三寒暑，則又曰可以視今人詞矣。示以梁汾、珂雪、樊榭、稚圭、憶雲、鹿潭諸作。會庚子之變，依王以居者彌歲，相對咄咄，倚茲事度日，意似稍稍有所領受，而王則翩然投劾去。辛丑秋，遇王於滬上，出示所爲詞九集，將都爲《半塘定稿》，且堅以互相訂正爲約。予強作解事，於王之閎指高韻，無能舉似萬一。王則敦促錄副去，許任删削，復書至，未浹月，而王已歸道山矣。自維劣下，靡所成就，即比趑趄小言，度不能復有進益，而人琴俱逝，賞音闃然，感嘆疇昔，惟有腹痛。」既刊王之《半塘定稿》，復用其指，薙存拙詞若干首，以付剞氏。

李佳《左庵詞話》：

詞家昉於宋代，然只柳屯田、周美成爲解音律，其詞猶盡工。姜白石、吳夢窗諸人，尚爲夫解音律，而頗多佳作。以是知詞非樂工所能。（卷上）

陳洵《海綃說詞》：

以澀求夢窗，不如以留求夢窗。見爲澀者，以用事下語處求之。見爲留者，以命意運筆中得之也。以澀求夢窗，即免於晦，亦不過極意妍鍊麗密止矣。是學夢窗，適得草窗。以留求夢窗，則窮高極深，一步一境。沈伯時謂夢窗深得清眞之妙，蓋於此得之。飛卿嚴粧，夢窗亦嚴粧。性其國色，所以爲美。

周曾錦《臥盧詞話》：

平心論之，夢窗雕琢太過，致多晦澀，實是一病，固不必曲爲之諱也。

張德瀛《詞徵》：

詞有與《風》詩意相近者，自唐迄宋，前人鉅製，多寓微旨。……吳夢窗盤絲繫縷，桃夭感候也。（卷一）

吳夢窗詞，絢中有素，故於南宋自成一派。然瓹費錦繢者，蔑視其本，則眞如玉田生所云。（卷五）

胡微元《歲寒居詞話》：

（吳夢窗）其詞在南宋，卓然大家，但用事偶有近晦，不易知處。

夏敬觀〈《蕙風詞話》詮評〉：

夢窗學清眞者。清眞乃眞能不琢，夢窗固有琢之太過者。……今人以清眞、夢窗爲澀調一派。夢窗過澀則有之，清眞何嘗澀耶？

蔣兆蘭《詞說》：

繼清眞而起者，厥惟夢窗。英思壯采，綿麗沉警，適與玉田生清空之說相反。玉田生稱其「何處合成愁」篇，爲疏快不質實。其實夢窗佳處，正在麗密，疏快非本色也。至所舉過澀之句，爲後世學夢窗者點醒不少。草窗詞品，雖與夢窗相近，然鍊不傷氣，自饒名貴。

王國維《人間詞話》

詞忌用替代字。美成〈解語花〉之「桂華流瓦」，境界極妙。惜以「桂華」二字代「月」耳。夢窗以下，則用代字更多。其所以然者，非意不足，則語不妙也。

梅溪、夢窗諸家寫景之病，皆在一「隔」字。

學南宋者，不祖白石，則祖夢窗，以白石、夢窗可學，幼安不可學也。

蘇辛，詞中之狂。白石猶不失爲狷。若夢窗、梅溪、玉田、草窗、西麓輩，面目不同，同歸於鄉愿而已。

介存謂：夢窗詞之佳者，如「水光雲影，搖蕩綠波，撫玩無極，追尋已遠。」余覽《夢窗甲乙丙丁稿》中，實無足當此者。有之，其「隔江人在雨聲中，晚風菰葉生愁怨」二語乎？

夢窗之詞，吾得取其詞中一語以評之，曰：「映夢窗零亂碧。」

王國維《人間詞話刪稿》：

梅溪、夢窗、玉田、草窗、西麓諸家，詞雖不同，然同失之膚淺。雖時代使然，亦其才分有限也。

王國維《人間詞話附錄一》：

予於詞……南宋只愛稼軒一人，而最惡夢窗、玉田。

江順詒《詞學集成》：

《詞繹》云：「……至南宋白石、玉田，始稱極盛，而爲詞家之正軌。以辛擬太白、以蘇擬少陵，尚屬閏統。竹山、竹屋、梅溪、碧山、夢窗、草窗，則似中唐退之、香山、昌谷、玉溪之各臻其極。」（卷一）

華亭宋尚木（徵璧）曰：「……曾純甫之能舒懷，吳夢窗之能疊字……亦其選也。」（卷五）

險麗而無鏤刻痕，則仍夢窗一派，而未臻姜、張之絕詣也。（卷六）錢塘諸遲菊（可寶）《詞綜續篇》序云：「……高指之聲，訾石帚多事；煞尾之字，以夢窗太嚴……。」（卷六）

陳匪石《聲執》：

兩宋名家，隨在可見，而神妙莫如清眞、夢窗。（卷上）

樊志厚〈人間詞序〉：

君之於詞……尤痛詆夢窗、玉田。謂夢窗砌字，玉田壘句。一雕琢，一敷衍。其病不同，而同歸於淺薄。六百年來詞之不振，實自此始。……及夢窗、玉田出，並不求諸氣體，而惟文字之是務，於是詞之道熄矣。

胡雲翼《宋詞研究》：

南宋到吳夢窗已經是詞的劫運了，其詞最大的一個缺點就是，太講究用事，太講究字面，而不注意全詞的脈絡，只是一堆破碎的美麗詞句。

葉嘉瑩〈拆碎七寶樓臺——談夢窗詞之現代觀〉：

夢窗之遺棄傳統而近於現代化的地方，最重要的乃是他完全擺脫了傳統上理性的羈束，因之在他的詞作中，就表現了兩點特色：其一是他的敘述往往使時間與空間爲交錯之雜揉；其二是他的修辭往往憑一己感性所得，而不依循理性所慣見習知的方法。

附錄二　吳夢窗詞研究書文目

吳夢窗研究書目

中文：

1. 王鵬運：《夢窗詞》（民國八年（一九一九）惜陰堂影四印齋校刊本）。
2. 朱孝臧、夏瞿禪：《四校夢窗詞五種》（臺北：世界書局，一九六一年）。
3. 朱孝臧：《夢窗詞集》（民國二十一年（一九三二）龍榆生跋刊本）。
4. 朱孝臧校：《夢窗詞集補》（臺北：世界書局，一九六〇年）。
5. 朱德才編：《增訂注釋吳文英詞》（北京：文化藝術，一九九九年）。
6. 余光輝：《夢窗詞韻考》（一九七〇年私立輔仁大學中國文學研究所碩士論文）。
7. 吳文英：《文英新詞稿》（明朱存理《鐵網珊瑚》鈔本）。
8. 吳文英：《吳文英詞》（一九四〇年唐圭璋《全宋詞》本）。

9. 吳文英：《吳文英詞》（一九六五年唐圭璋《全宋詞》增補本）。
10. 吳文英：《夢窗甲乙丙丁稿》（毛氏汲古閣刻板）。
11. 吳文英：《夢窗甲乙稿》（《文淵閣四庫全書本》）。
12. 吳文英：《夢窗詞萃》（揚州：江蘇廣陵古籍刻印社，一九九七年）。
13. 吳文英：《夢窗詞集》（臺北：廣文書局，一九七一年）。
14. 吳文英：《夢窗詞集》（光緒朱祖謀《彊村叢書》四校定本）。
15. 吳文英：《夢窗詞集》（光緒朱祖謀《彊村叢書》本）。
16. 吳文英：《夢窗詞集》（明萬曆二十六年（戊戌，一五九八）太原張廷梓藏鈔本）。
17. 吳文英：《夢窗詞集》（康熙六年（丁未，一六六七）張夫人學象鈔本）。
18. 吳文英：《夢窗詞集》（張壽鏞民國二十一年（一九三二）四明張氏鈞園開雕本）。
19. 吳文英：《夢窗稿》（清咸豐杜文瀾曼陀羅華閣校毛氏汲古閣本）。
20. 吳戰壘：《吳文英詞欣賞》（成都：巴蜀書社，一九九九年）。
21. 宋美瑩：《夢窗詞研究》（國立臺灣大學中國文學研究所碩士論文，一九八九年）。
22. 周濟：《宋四家詞選》（香港：商務印書館，一九五九年）。
23. 張淑瓊主編：《吳文英》（臺北：地球出版社，一九九二年）。
24. 陳文華：《海綃翁夢窗詞說詮評》（臺北：里仁書局，一九九六年）。

25. 陳邦炎校：《夢窗詞》（上海：上海古籍出版社，一九八八年）。
26. 陳洵：《海綃說詞．宋吳文英夢窗詞》（臺北：中華叢書編審委員會，一九六一年）。
27. 陶爾夫：《吳夢窗詞傳》（長春：吉林人民出版社，一九九八年）。
28. 黃少甫校訂：《夢窗詞箋》（臺北：嘉新水泥公司文化基金會，一九六八年）。
29. 楊鐵夫：《吳夢窗事蹟考略》（抽印本）。
30. 楊鐵夫：《吳夢窗詞全集箋釋》（無錫：民生印書館，一九三六年）。
31. 楊鐵夫：《吳夢窗詞箋釋》（民國二十一年〔一九三二〕上海醫學書局排本）。
32. 楊鐵夫：《吳夢窗詞箋釋》（陳邦炎、張奇慧校點，廣州：廣東人民出版社，一九九二年）。
33. 楊鐵夫：《改正夢窗詞選箋釋》（上海：人民印書館，一九三三年）。
34. 劉永濟：《微睇室說詞．吳文英夢窗詞》（上海：上海古籍出版社，一九八七年）。
35. 鄭文焯：《鄭文焯手批夢窗詞》（臺北：中央研究院中國文哲研究所籌備處，一九九六年）。

外文：

1. Grace S. Fong, *Wu Wenying and the Art of Southern Song Ci Poetry* (Princeton: Princeton University Press. 1987) ·

吳夢窗研究論文目

中文：

1.（日）村上哲見著，邵毅平譯：〈吳文英（夢窗）及其詞〉，載王水照、（日）保苅佳昭編選：《中日學者中國詞學論文集》（上海：上海古籍出版社，一九九一年），頁二八七—三〇七。
2.方凡人、張如安：〈夢窗懷人詞的藝術特色〉，《寧波師院學報》，一九八八年四期（一九八八年八月），頁六九—七四。
3.方凡人：〈論夢窗詞的審美價值〉，《寧波師院學報》，一九九二年一期（一九九二年二月），頁五八—六三。
4.方延豪：〈吳夢窗事蹟及其詞〉，《中華文化復興月刊》，一四卷七期（一九八一年七月），頁四〇—四四。
5.王英志：〈深沉典雅迷離——吳文英《鷓鴣天》賞析〉，《文史知識》，一九八八年九期（一九八八年九月），頁三八—四一。
6.王學太：〈筆曲情深，悼傷忠良——談吳文英的《高陽臺》〉，載人民文學出版社編輯部編：《唐宋詞鑒賞集》（北京：人民文學出版社，一九八三年），頁四六三—四六九。

7.皮滄峰：〈爲南宋詞人吳夢窗叫屈——兼及《山中白雲詞》〉，《浙江月刊》，九卷五期（一九七七年五月），頁三〇—三一。

8.任銘善：〈鄭大鶴校夢窗詞手稿箋記〉，《中華文史論叢》，一九八一年一輯，頁一九七—二〇六。

9.朱德慈：〈吳夢窗二考〉，《淮陰師專學報》，一九八九年一期（一九八九年三月），頁六五—七〇轉頁五〇。

10.朱德慈：〈吳夢窗研究回顧與前瞻〉，《淮陰師範學院學報》，二〇〇一年一期（二〇〇一年二月），頁四七—五一。

11.何林天：〈吳文英考辨〉，《山西師大學報》，一九九四年二期（一九九四年四月），頁三〇—三四。

12.何敬群：〈論吳夢窗詞〉，《珠海學報》，一四期（一九八五年五月），頁一二五—一三一。

13.吳長和：〈從詞「以清切婉麗爲主」及「詞欲雅而正」之角度分析周美成吳夢窗詞之風格〉，《新亞書院中國文學系年刊》，六期（一九六八年七月），頁九二—一〇四。

14.吳晟：〈試論夢窗詞的構思藝術〉，《江西師範大學學報》，一九八五年三期（一九八五年七月），頁五一—五六。

15.吳梅：〈匯校夢窗詞札記〉，《文學遺產增刊》，一四輯（一九八二年二月），頁三三九—三五一。

16.吳熊和：〈夢窗詞簡論〉，載《吳熊和詞學論集》（杭州：杭州大學出版社，一九九九年），頁二七五—二九三。

17.吳熊和：〈隱辭幽思——詞風密麗的吳文英〉，載《十大詞人》（上海：上海古籍出版社，一九八九年），頁一五五—一七七。

18.李武紅：〈夢窗詞精鍊與雕琢兩面之探討〉，《新亞書院中國文學系年刊》，七期（一九六九年九月），頁八〇—八二。

19.李舜華：〈自閉於窗中的夢囈——試論夢窗詞的斷片藝術及其文化意蘊〉，《江海學刊》，二〇〇〇年一期（二〇〇〇年一月），頁一六六—一七〇。

20.杜若：〈清眞、夢窗詞〉，《合肥月刊》，一七卷一期（一九七六年一月），頁三七—四二。

21.周汝昌：〈吳文英《八聲甘州》小傳〉，《名作欣賞》，一九八六年一期（一九八六年二月），頁五。

22.林彬：〈碧窗宿霧濛濛——夢窗詞之我見〉，《廈門大學學報》，一九八四年四期（出版日期缺），頁七一—八二。

23.柯淑齡：〈夢窗詞韻研究〉，載中國文化學院中國文學系編：《慶祝婺源潘石禪先生七秩華誕特刊》（臺北：中國文化學院中國文學系中文研究所，一九七七年），頁二二七—二三二。

24. 唐圭璋：〈論夢窗詞〉，載《詞學論叢》（上海：上海古籍出版社，一九八六年），頁九八一—九八八。

25. 夏承燾：〈吳夢窗繫年〉，載《唐宋詞人年譜》（上海：中華書局，一九六一年），頁四五五—四八三。

26. 夏承燾：〈夢窗晚年與賈似道絕交辨〉，載《唐宋詞人年譜》（上海：中華書局，一九六一年），頁四八四—四八六。

27. 夏承燾：〈夢窗詞集後箋〉，《詞學季刊》，一卷一號（一九三三年四月），頁七九—九〇。

28. 夏承燾：〈題《夢窗詞集後箋》之後〉，載《唐宋詞論叢》（上海：中華書局，一九六二年），頁三〇〇—三〇二。

29. 夏書枚：〈吳夢窗〉，《文學世界》，一九六二年三五期（一九六二年九月），頁五二—六一。

30. 孫虹：〈吳文英詞朦朧化現象的思考〉，《揚州師院學報》，一九九六年三月，頁七五—八〇。

31. 徐永瑞：〈眩人眼目的境界——讀吳文英詞一得〉，《詞學》，一輯（一九八一年十一月），頁一七六—一七九。

32. 徐永瑞：〈試論夢窗詞藝術的獨特性〉，《文學遺產》，一九八七年六期（缺出版月份），頁八三—八九。

33. 桑魯卿：〈晚有弟子傳芬芳——評Grace S. Fong《吳文英與南宋詞》〉，《聯合文學》，四卷九期（一九八八年七月），頁一九九—二〇二。

34.崔海正：〈近年吳文英詞研究述略〉，《信陽師範學院學報》，一九九八年四期（一九九八年十月），頁五七—六一。

35.張如安：〈夢窗詞箋補正〉，《古籍整理研究學刊》，一九九七年六期（一九九七年十一月），頁八—一〇。

36.張忠山、張桂芳：〈麗密深曲，虛實相生：談夢窗詞與義山詩的模糊性〉，《北方論叢》，一九九五年一期（一九九五年一月），頁六九—七二。

37.張惠康：〈說夢窗詞〉，《中華詩學》，一卷五期（一九六九年十月），頁七—一〇。

38.張皓：〈夢窗詞思想意義初探〉，《駐馬店師專學報》，一九八八年一期（一九八八年一月），頁四七—五三。

39.張夢機：〈吳文英詞欣賞〉，《自由青年》，四五卷五期（一九七一年五月），頁六〇—六六。

40.梁啓超：〈吳夢窗年齡與姜石帚〉，《圖書館學季刊》，一九二九年三期（一九二九年九月），頁三一五—三一六。

41.陳如江：〈虛幻筆墨，綿邈深情——吳文英《風入松》賞析〉，《文史知識》，一九八七年二期（一九八七年二月），頁三五—三八。

42.陳邦炎：〈吳夢窗生卒管見〉，《文學遺產》，一九八三年一期（一九八三年三月），頁六四

—六七。

43. 陳邦炎：〈夢窗詞淺議〉，《文學遺產》，一九八四年一期（一九八四年三月），頁八四—九二。

44. 陳忻：〈吳文英詞論析〉，《文史雜誌》，一九八八年三期（一九八八年五月），頁二三—二四。

45. 陳雲達：〈夢窗詞淺論〉，《廣東教育學院學報》，一九八六年一期（一九八六年一月），頁一五。

46. 陳廉貞：〈讀吳夢窗詞〉，《文學遺產選集》，三輯（一九六〇年五月），頁二八九—二九七。

47. 陳滿銘：〈吳文英〉，載《中國文學講話（七）兩宋文學》（臺北：巨流圖書公司，一九八六年），頁四一六—四二八。

48. 陶爾夫：〈夢窗詞與夢幻的窗口〉，《文學遺產》，一九九七年一期（出版月份缺），頁七六—八五。

49. 陶爾夫：〈說夢窗詞《鶯啼序》〉，《文學遺產》，一九八二年三期（一九八二年九月），頁一一〇—一一九。

50. 湯書昆：〈野雲清腴，濃彩眩目——姜夔《揚州慢》與吳文英《齊天樂》比較〉，《文史知識》，一九八六年九期（一九八六年九月），頁三九—四二。

51.菊韻：〈南宋詞壇與吳文英〉，《今日中國》，三五期（一九七四年三月），頁一三二—一四〇。
52.黃坤堯：〈吳文英的節令詞〉，《中國文化研究所學報》，新第四期（一九九五年（缺出版月份）），頁一〇一—一一八。
53.黃意明、秦惠蘭：〈簡論夢窗詞的藝術特色〉，《上海師範大學學報》，一九九〇年四期（一九九〇年十二月），頁二七—二九。
54.黃蘇潤：〈吳文英《風入松》詞賞析〉，載人民文學出版社編輯部編：《唐宋詞鑒賞集》（北京：人民文學出版社，一九八三年），頁四五八—四六二。
55.楊伯嶺：〈夢窗詞的藝術個性試探〉，《安徽師範大學學報》，一九九四年一期（一九九四年二月），頁六五—七一。
56.萬雲駿：〈情中見景，虛中帶實——讀吳文英《齊天樂》（與馮深居登禹陵）〉，載人民文學出版社編輯部編：《唐宋詞人年譜》（上海：中華書局，一九六一年），頁四五五—四八三。
57.葉嘉瑩：〈拆碎七寶樓臺——談夢窗詞之現代觀〉，載《迦陵談詞》（臺北：純文學出版社，一九七〇年），頁一六五—二四六。
58.葉嘉瑩：〈論吳文英詞〉，載《唐宋詞名家論集》（臺北：國文天地雜誌社，一九八七年），頁三八二—四一五。

59. 葉嘉瑩：〈騰天潛淵，幽雲怪雨——談夢窗詞突破傳統理性羈束的現代化傾向〉，載《詩馨篇（下）》（北京：中國青年出版社，一九九一年十月），頁二〇〇—二一二。

60. 葛桂錄、陳冰：〈將縱還收，淒韻悠然：說吳文英《浣溪沙》〉，《文史知識》，一九九七年一一期（一九九七年十一月），頁二九—三一。

61. 趙明琇：〈吳夢窗其人其詞〉，《浙江月刊》，八卷五期（一九七六年五月），頁一二—一三。

62. 劉逸生：〈宋詞小札——吳文英《風入松》賞析〉，《廣州文藝》，（一九七九年十一月），頁七〇—七一。

63. 劉耀業：〈詠物詞中的神品——吳文英《宴清都》（連理海棠）賞析〉，《名作欣賞》，一九九一年六期（一九九一年十二月），頁四四—四五。

64. 潘裕民：〈夢窗詞結構方式初探〉，《求索》，一九九四年三期（出版日期不詳），頁九四—九七。

65. 蔡良俊：〈夢窗詞臆說〉，《鹽城師專學報》，一九九二年一期（一九九二年一月），頁二一—二四轉五〇。

66. 蔡嵩雲：〈《樂府指迷》箋釋引言——吳夢窗詞法之新發現〉，《學原》，二卷二期（一九八四年六月），頁七〇—七一。

67. 鄧喬彬：〈夢窗詞藝術初論〉，《齊魯學刊》，一九八三年一期（一九八三年一月），頁六六

—七一。

68. 錢萼孫：〈夢窗詞箋釋序〉，《國專月刊》，三卷三期（一九三六年二月）。

69. 錢錫生：〈試論吳文英詞的藝術個性〉，《蘇州大學學報》，一九九一年四期（一九九一年八月），頁六八—七三。

70. 謝思煒：〈夢窗情詞考索——兼論本事考索及情詞發展歷史〉，《文學遺產》，一九九二年三期（缺出版月份），頁八五—九三。

71. 謝桃坊：〈吳文英事跡考辨〉，《詞學》，五輯（一九八六年十月），頁八〇—八九。

72. 謝桃坊：〈試論夢窗詞的藝術特徵〉，《學術月刊》，一九八四年四期（一九八四年四月），頁五一—五六。

73. 謝桃坊：〈夢窗詞的版本與校勘述略〉，《四川圖書館學報》，一九八三年三期（一九八三年八月），頁四〇—四三。

74. 謝桃坊：〈論夢窗詞的社會意蘊〉，《貴州社會科學》，一九九四年五期（一九九四年九月），頁一〇〇—一〇五。

75. 鍾振振：〈千年一枕淒涼夢，飛紅趁鴉過蒼茫——吳文英《夜合花》賞析〉，《古典文學知識》，一九九一年四期（一九九一年七月），頁二九—三四。

76. 鍾振振：〈鮫綃、韡鳳、破鸞〉，《中華文史論叢》，一九八四年一輯（一九八四年三月），頁一一三——一一七。

77. 羅弘基：〈夢窗詞結構藝術初探〉，《求是學刊》，一九八三年五期（一九八三年十月），頁八〇——八五。

日文：

1. 高橋文治：〈評劉若愚《詞の文學特質》、趙葉嘉瑩《吳文英の詞現代的な觀點から一》〉，《中國文學報》，二六冊（一九七六年四月），頁一二五——一三〇。

英文：

1. Chia-ying Yeh, "Wu Wenying's Tz'u: A Modern View", *Harvard Journal of Asiatic Studies*, Vol. 29 (1969), pp.53-92 ·

2. Grace S. Fong, "Rev. of Wu Wenying and the Art of Southern Song Ci Poetry", *Chinese Literature: Essays, Articles, Reviews*, 9.1.2 (1987), pp.153-155.

附錄三　我治詞曲的經過

我很早便愛好詞曲，這大概與我自小就愛看粵劇和聽粵曲有關。我的三位妹妹是演粵劇的，在五六十年代曾經走紅。耳濡目染，我對粵劇粵曲認識得很早。這自然影響我對古典詞曲的愛好。我還記得，初中的時候已經開始看元代雜劇，雖然一知半解，總被它的故事、人物和曲詞所吸引，覺得原來幾百年前的文學作品仍然可以讀得懂的，仍然是那麼親切感人的。心想：如果將來有更多時間去閱讀便好了。

在中學的階段我讀了不少詞曲，包括課本上的和課外的。那個時候我比較喜歡讀曲，因爲散曲很活潑，而雜劇和傳奇又那麼富於故事性，十分吸引人。在讀大學預科的兩年，我對《中國文選》（香港大學中文系編，香港大學出版）所選的詞和曲愛好到不得了。老師講解之後，簡直完全迷上，我把它們背得滾瓜爛熟！如周清眞的〈六醜〉、姜白石的〈揚州慢〉、馬致遠的〈天淨沙〉、〈雙調・夜行船〉套曲等等，都是我常常咀嚼的篇章。最令我「驚心動魄」的是孔尚任《桃花扇》的〈餘韻〉（不在考試範圍之內），文辭實在太美了，太動人了！讀完之後，我立刻跑到書肆買了《桃花扇》一書，用了兩天的時間把它看完。這本傳奇太偉大了！不獨故事好、人物好、曲辭更好。我迷上了它。可惜當時我沒有時間對它細細欣賞，但決定將來一定要好好地讀曲——雜劇和傳奇。如果有朝一日我有機會的話，一定要研究戲曲！

一九六四年我以很好的成績考進了香港大學，我讀曲的機會來了。當時在港大教戲曲的是羅錦堂教授。羅教授是詞曲大師鄭騫教授的入室弟子，而且是中華民國的第一位國家博士，專研元代雜劇。我知道我已找到了理想的老師，心裏已打好了主意，將來一定從他研究戲曲。其實，沒進入港大之前，香港中文大學已收了我，是姚克教授親自錄取我的。姚教授是一位戲劇創作家，曾寫過如《清宮怨》一類的名劇，是戲劇界一位很有名望的人物。但，我對羅教授「情有獨鍾」，結果選了香港大學！

「戲曲」是大學二年級的課。我當然要選讀了。羅錦堂教授身材高大，儀表出眾，上課時聲如洪鐘，講解清晰。除了學問淵博外，平時對學生和藹可親，平易近人，眞是一位理想的老師。他已成爲我心中的偶像！將來如果有他的一半成就多好！除了修讀「戲曲」之外，我還隨羅教授寫畢業論文——「西廂記研究」。可惜當此之際知道羅教授將會離開港大遠去夏威夷大學了。我很失望，很難過，很傷心，感覺到他好似要捨棄我一般！失望與痛苦之餘，我唯有寄情於撰寫我的畢業論文——「西廂記研究」。整整的一年我心不旁鶩，埋首寫作，結果完成了一篇十五萬字的「大文章」！我恭恭敬敬的雙手呈上羅教授，而且寫了一張字條，告訴他這是我對他兩年來的教導的一點回報。（因爲當時我只能聽得懂國語而不能講，至少不能達意地講）他看了字條和論文之後很高興，連聲說好。不消說，我的論文得了甲等成績。當然，這是翌年——三年級考畢業試後才正式公報的。

羅教授的離開港大，表示我對戲曲的研究已絕望了！好事多磨，很無奈的。幸而，我對詞（三年級的課）還有相當興趣。當時主講詞的是饒宗頤教授。饒教授學問好是人所共知的，但同學們都很怕他，不敢親近他。這可能一則因爲他學問太好，高深莫測；一則因爲他表面上很嚴肅，看來接近冷漠。但他在堂上講課是絕對精彩的，而且常常有意無意之中顯露出他的不同尋常的眞知灼見。我對他佩服到五體投地。同時，知道他又是一位詩詞高手。這使我對他更敬佩了。

爲了追求學問，爲了將來繼續進修，我必須多親近他。但，如何去消除心中對他的「畏懼」呢？想來想去，唯有好好的裝備自己，多讀一點書，去找他問學。我相信，一位好的老師對前來求學的學生總不會板起面孔，有意地露出嚴肅的樣子吧！這樣，我又何須害怕他呢？於是，有一天，作好準備之後，拍拍胸膛，敲響他辦公室之門。一聲「進來」之後，我道明來意，向饒教授問學。如此，便啓開了我們三十多年的師生交情。原來饒教授絕不是一位難親近的老師，他的學問博且精，不論古今中外，無所不懂，就算當時我最醉心的西方現代藝術，他也很懂，而且有自己的獨特看法。與他談學問，眞是頭頭是道，舒服到極！有些時候還可以親切到說笑話，我又可以從笑話中得到學問。饒教授眞是一位大學問家，一部活動的大百科辭典！既然戲曲因羅教授的離去讀不成了，便隨饒教授讀詞吧。我深信這是一個明智的選擇。所以在大學三年級的時候，我百分之百用心讀詞，希望讀出一點成績來，好好的爲將來讀碩士研究詞而鋪路。

同時，對其他科目我也悉力以赴，以求爭取最佳成績，奪取研究生獎學金。在我們的年代研究生奬學金是很難得到的，數量少，每年每系只分得一兩個，都是用來奬給讀碩士（或博士）的研究生的，而他們一定要在大學畢業時取得最佳成績，即是說要獲取一級榮譽學位。我當時的成績很好，九卷（全部中文科）之中八卷取得甲等(A)，一卷取得乙等上(B+)。所以不獨爭取到一級榮譽，而且是當年系中最佳成績的畢業生。我要繼續唸碩士是不難的。難的是，饒教授肯不肯收我爲學生。放榜後，我第一時間便是找饒教授，對他說明我的意向：希望隨他研究詞，攻讀碩士學位。饒教授知道我的成績很好，表示很樂意作爲我的指導老師，但擔心的是，他的研究生是否已超額。故立即向當時的中文系主任羅香林教授諮詢，得到的答案是：饒教授仍然可以收研究生。這樣，饒教授已口頭上答應可作爲我的指導老師了。我當然非常開心，似乎即時已成爲饒教授的弟子，同時感覺到好似已踏入了學術界了。當然，還要經過正式的申請手續才能註冊爲研究生的。無論如何，饒教授的首肯已使到我飄飄然了！

說到選擇老師，在這裏我要一提當代鴻儒哲學大師牟宗三教授。當時牟老師在港大講中國哲學史。二年級講儒家和道家，三年級講佛學和宋明理學。兩年我都有選修，而且十分喜愛。畢業試放榜後不久我在系中遇到牟老師。出乎意料他對我說：「兆漢，你可以繼續研究哲學。雖然你有一卷考得不大理想，成績只是拿了個B+，但你仍有能力讀哲學的。」聽了牟老師這幾句話之後，我高興到不得了，因爲我從沒有想過他會稱讚我的。我當時還記得很清楚，不久之前曾經被他責備一番。事情是這樣的：大概畢業那年的三四月吧，因爲在課堂上我太疲倦（前一個晚上溫習功課到夜深，而且當日很熱，很潮濕，課室又沒有空氣調節，加上上課時間很長——牟老師一講就是兩小時），打了個瞌睡，大概幾秒鐘吧，驚醒之際，已聽到牟老師很不高興地說：「人家好好地爲你講書，而你卻在課堂睡覺！」唉，眞是太失禮了。我慚愧到無地自容！下課後我立刻到他的辦公室向他道歉，解釋失禮的原因。他說：「溫習功課自然重要，但，在課堂上聽書更重要。每天要好好地準備聽書！」牟老師講得很有道理，我永記於心。不過，對於在課堂打瞌睡一事，直到現在我仍然感到十分慚愧。

我愛文學甚於哲學，而且覺得自己慧根不足，讀哲學可能沒有成就，所以便一心拜饒教授爲師，從他研究詞了。

我喜愛宋末元初的詞人，如王沂孫、周密、張炎、仇遠等，即是《樂府補題》裏的一群作者，所以我便向饒教授提出研究這一時期的詞人的初步計劃。但饒教授認爲研究的範圍過於狹窄，不太適宜，故提議我研究與這範圍有關而又新的一個領域——金元時代的詞，因爲直到那時爲止，對這個範圍的研究差不多是空白的。我覺得很有意思，而且甚具挑戰性。既然是老師的提議，又認爲值得研究而又可以研究，我當然沒有反對的理由了。申請註冊爲碩士研究生通過之後，我每天以十小時以上的時間去搜集材料、讀詞、看有關的書籍和論文，風雨不改。大概用了九個月的時間，研究工作大致已經做好。隨即擬訂一個論文大綱呈交饒教授審閱。幾天後，饒教授告訴我大綱很好，順利通過了，且吩咐我可以動筆撰寫了。同時，他告訴我，下年度他要移講席到星加坡大學，不能再指導我了。當時，眞是晴天霹靂！完全預料不及的。但他說另一位老師羅忼烈教授可以指導我。羅教授是詞曲專家，精研周清眞詞和張小山樂府。詞曲亦寫得非常出色。饒教授的離開港大，對我來說，是一個打擊，是無奈，但羅教授肯收我爲徒是我走運，是福氣。我樂於接受現實。我可以不接受嗎？

在新指導老師羅忼烈教授的鞭策下，我日以繼夜地趕寫論文，結果半年內便寫好了，而且是洋洋五十萬言的「鉅著」！題目爲《金元詞通論》。我從時、地、人多方面去探討金元時代的詩餘，自信是很全面很有系統的一篇著作。最低限度它是一篇披荊斬棘，別開生面的詞學研究。我頗爲自豪，因爲已爲自己開闢了一個新的研究領域，且爲學術界作出了一份貢獻，也得到三位評審委員的讚賞（其中一位是臺灣師範大學的鄭騫教授）。從一九六七年九月註冊爲碩士研究生開始直到六九年十一月，用了只不過兩年多一點的時間，我已堂堂正正的取得了碩士學位。九十年代初，我將這篇碩士論文刪去了差不多三十萬言，改寫爲《金元詞史》，由臺灣學生書局出版，相信是中外的第一本金元詞史。其實，它的長篇早在六十年代末期已寫就了。

六九年後的三年，我在港大亞洲研究中心工作，主要的職務是任港大學報《東方文化》的常務助理編輯和粵劇研究計劃以及嶺南畫派研究計劃的研究助理。雖然已經很忙，但我對詞仍然相當關注，尤其是金元兩代全眞教的詞作。自從攻讀碩士時把這個道教教派的詞納入研究範圍後，我對它一直另眼相看，覺得它可以成爲一個獨立的研究重點。心裏想：它可能成爲我攻讀博士學位的研究對象，我相信對它作一個深入的研究，一定可以寫成一篇有高度學術價值的論文。所以一有空閒我便讀全眞教詞。雖然它們的藝術性一般來說不高，但却有其不可忽視的獨特性，是詞中的一枝奇葩。

七二年秋我得到一個很好的機會到澳洲坎培拉澳洲國立大學攻讀博士學位，打算隨國際道教研究權威柳存仁教授研究金元全眞教文學，實際上，心中就是想研究全眞教的詞。後來柳教授認爲用英文來撰寫有關中國文學的論文是比較困難的，提議我研究道教教派的歷史。經過多方面考慮後，我接受了他的提議。隨着的三年多我天天爲論文而廢枕忘餐，使我喘不過氣來！爲了迫自己鬆馳一下，除了讀畫冊之外，往往讀幾首詞。那段時候，不知怎的，我總愛挑選《樂府補題》或王沂孫的《花外集》。這可能與我讀碩士時的原來喜愛有關。王沂孫的詞眞好，越讀越有味，也越讀越喜愛。清代陳廷焯在他的《白雨齋詞話》說：「王碧山詞，品最高，味最厚，意境最深，力量最重。感時傷世之言，而出以纏綿忠愛，詩中之曹子建、杜子美也。」又說：「碧山詞性情和厚，學力精深。……論其詞品，已臻絕境，古今不可無一，不能有二。」我覺得批評得很有道理，至少當時是這麼想。碧山詞只有六十多首，雖然不容易讀得通，但細細欣賞體會，總不太難看出其含蓄美和精彩處。當時我便對它着了迷，現時我還能背得出不少篇章。碧山詞太可愛了！

讀完博士學位之後，我到西澳洲珀斯墨篤克大學任教。職位雖然低微，但因影靖亦找到了工作，生活過得頗爲愉快。教書教畫讀書之餘，便讀讀詞曲，蠻寫意的。在珀斯的幾年，我最愛讀的詞是姜白石詞。它清空騷雅，幽韻冷香，如「肌膚若冰雪，淖約若處子」之「藐姑射之山」的神人！它可愛之處較諸碧山實有過之而無不及。我又愛上了白石！可是在這段時間內我沒有寫過任何有關白石詞的文章，反而寫了一篇全眞教詞的研究，名爲〈全眞教祖王重陽的詞〉，後來發表在香港大學的學報《東方文化》第十九卷第一期（一九八一年）。最近被鄺健行、吳淑鈿選入《香港中國古典文學研究論文選粹》（江蘇古籍出版社，二〇〇二年）。其實，這篇文章是我抽取碩士論文《金元詞通論》的一部份而改寫的。無論如何，我對於詞，常常都關注着，它給我一種特別親切感，對於它，我好像永遠都撇不開的。

在澳洲墨篤克大學任教的五年，由於忙於教學，在學術研究上可說無半點進展。值得安慰的是，讀通了一部姜白石詞集。僅此而已！

一九八一年初我離開澳洲，返香港大學中文系任教。一教便教了十八年，直至九八年六月始提前離職，重返珀斯隱居。港大聘請我的目的主要是接替羅忼烈教授的詞曲功課。我在港大主要負責三門功課：二年級的「歷代詞」、三年級的「專家詞」和「元明戲曲」。「歷代詞」一課，除了選講幾個專題外（如詞的誕生、詞的形式、詞史的分期、詞的流派……等等），便是從唐至清代選講一些大家、名家的作品。「專家詞」則主講白石詞，而以東坡詞爲副。白石詞是我最愛又最熟識的，又是宋詞四大家之一，所以不能不講；而東坡與白石不同路子，一個豪放，一個婉約，選講兩人的作品，正好給學生對兩大詞派一個較深入的認識。我相信這樣設計對學生來說是好的。選講東坡的另外一個原因自然是因爲他亦是宋四大詞家之一（其餘兩人則爲周清眞和辛稼軒）。至於「元明戲曲」我設計成四個部份：元雜劇、宋元南戲、明傳奇和《西廂記》。在導修課上，學生要閱讀和討論六個元雜劇和兩個明傳奇（如《琵琶記》、《牡丹亭》）。

爲了做好自己的教書本份和學術研究，我重新讀臧晉叔的《元曲選》和歷代大家、名家的詞作。讀《元曲選》時我特別注意其中的「道釋劇」和「神怪劇」，因爲它們與我的另一個研究範圍——道教有密切的關係。至於詞家，我就專意於兩宋（尤其是南宋）和清代。金元的作品我差不多都讀過了，很熟識，不需要再花時間。明代的作品我暫時放下，因爲好的並不多，而且，因時間關係，在課堂上不作介紹了。一般人認爲：詞興於唐，盛於兩宋，衰於元，亡於明，復興於清，大抵是沒有大錯的。在讀詞的過程中，清詞花費我不少時間，而又只是略讀而已。無論那一個時代的詞，我總較爲喜歡婉約派的作品，自己性情偏近，是無可奈何的。我不是對豪放派詞絕對抗拒，只是能夠對我產生震撼感覺的不多而已。我本來就不是一個豪放的人。

在港大任教的十八年內，我撰寫和編著了好幾本有關詞曲的專書：《詞曲論集》、《金元詞史》、《道教與文學》、《清人雜劇論略》（曾影靖著、黃兆漢校訂）、《宋十大家詞選》（與司徒秀英合編）、《金元十家詞選》、《姜白石詞詳注》；又寫了幾篇頗長的論文：〈丘處機的《磻溪詞》〉、〈全眞七子詞評述〉、〈從《任風子》雜劇看元雜劇與道教的關係〉和〈元雜劇中的全眞教祖師〉。這些文章都發表於不同學報。除了《詞曲論集》爲「少作」之結集外，其他的都是在任內完成的。總算是有一點成績吧。看來已對自己和學術界有一個交代了。〈元雜劇中的全眞教祖師〉後又被選入《香港中國古典文學研究論文選粹》。

退休差不多五年了，但讀書——尤其是讀詞的興趣仍未稍減，而著書的意欲亦比以前無異。五年來最大的「成就」我覺得是讀通了《夢窗詞》，而且已注釋和語譯了一部份。其次是與林立博士（現任教於香港城市大學）合編了《清十大家詞選》。這兩本新著都快將出版面世。此外，我已完成了《唐五代十家詞選》和《明十家詞選》的選人和選詞工作。它們的注解、賞析、輯評的工作此刻亦由合作者在進行中。希望一兩年內便可以全部完成。還有，我打算編一本《二十世紀十家詞選》。這樣，加上我現有的《宋十大家詞選》和《金元十家詞選》便足成我的「十大詞人系列」計劃，而我對詞的研究、著述亦會告一段落了。

回顧在港大的十八年，我指導過的研究生（大約十名博士研究生，四十名碩士研究生）大部份都隨我研究詞曲。研究詞的以金元詞爲多，其次是清詞。研究曲的都是集中在元雜劇和明傳奇。金、元、清三代的詞人如蔡松年、段克己、段成己、仇遠、白樸、張雨、張翥、雲間三子（陳子龍、宋徵輿、李雯）、厲鶚、張惠言、王鵬運、文廷式、朱祖謀等等，都是他們研究的對象，且已各自寫成洋洋十數萬言的論文。研究曲的多從專題着手，如元代的愛情劇，元雜劇中的超自然成份，元雜劇的小人物，道教對元雜劇的影響，元雜劇的妓女形象，元雜劇與民間文學的關係，明代中業的傳奇……等等，都取得很不錯的成績，爲戲曲研究作出了一些不可忽視的貢獻。也有研究宋詞和明雜劇的，不過，只是少數而已。

在未來的歲月裏，等着要做的事情還很多，而要讀的書亦自然很多。戲曲的書大概不會多讀了，但詞籍仍會不斷去讀的。在眾多詞籍之中，我一定會細讀的是周邦彥的《清眞集》。清眞詞，對我來說，不算陌生，但只細讀了一部份，即大家公認爲佳作的那部份。其餘的只粗略讀了一點，故對於清眞詞的認識還不夠全面不夠深入的。清眞是北宋的大詞家，是北宋詞的集大成者，更下啓南宋，影響異常深遠。有些人（如清代之周濟、馮煦、近代之王國維）更認爲他是歷代詞人的代表！無論如何，他至少是宋代四大詞家之一。這樣重要的一位詞人，我又怎可以視之等閒，而不好好地去細讀他的作品呢？清周濟指出爲詞之道說：「問塗碧山，歷夢窗、稼軒，以還清眞之渾化。」（《宋四家詞選・序論》）可見詞以清眞爲最高，亦以清眞爲最後歸宿。如果不研讀清眞，不是無「家」可歸嗎？「微斯人吾誰與歸」？

我不太喜歡辛稼軒，却甚愛脫胎於稼軒的姜白石。周濟說：「白石脫胎稼軒。變雄健爲清剛，變馳驟爲疏宕。」（同上）所以在某程度上，白石是可以代替稼軒的。不知爲詞之道可否循以下的途徑進行：

問途碧山，歷夢窗、白石，以還清眞之渾化。

碧山詞我在七十年代初期已深入讀過了。白石詞已讀了二十多年，且已爲詳注。夢窗詞亦已讀了五年，也爲它作注釋和語譯。現時只剩得清眞詞仍未細讀。但在不久的將來，一定會細讀的。否則，如何可以寫得好詞呢？

我眞希望將來可以寫些好詞，至少一些可以示人的作品。

其實，我有很好的詞曲老師，但自己就是寫不出一些像樣的詞曲來！比方說饒宗頤老師，他不止是當今國學大師，學壇祭酒，詩詞都有非凡的成就。錢仲聯先生稱讚饒老師說：「其短令，妙造自然，乃敦煌曲子、南唐君臣、歐、晏、淮海、飲水、人間之遺。其慢詞，密麗法清眞，采入其阻，清空峭折，得白石之髓，不落玉田圈繢。」（《選堂詩詞集・序》）羅忼烈老師是當代學界名宿，著作等身，他在詞曲創作上的成就是很少人比得上的。饒老師便最欣賞他，說：「至君詞之高騫，翛然獨遠。當代作手，罕有倫匹。」（《兩小山齋樂府·序》），至於羅錦堂老師，雖然詞曲不多作，但每有作品，一定超凡脫俗，如不食人間煙火。他的散曲極佳，甚有元人韻味。

我的幾位老師在詞曲方面都有驕人的成就，自然是由於他們有天份有功力。「七分人事三分天」，天份加上功力，便無往而不利了！但我相信與他們的師承亦有相當關係。原來饒老師曾學詞於葉恭綽（一八八〇—一九六八）。葉氏不單止是二十世紀初期的詞學家，書法家，而且是當時有名的詞人。他著有《遐庵詞》，曾編選《廣篋中詞》和《全清詞鈔》。後者在詞學上至為有名。他與一代詞宗朱彊村同時而稍晚，在編纂《全清詞鈔》時曾請教過朱彊村。當時饒老師便是葉氏的一位得力助手，協助他「編次校訂」這本《詞鈔》。羅忼烈老師在中山大學讀書時曾旁聽陳洵叔（一八七一—一九四二）講詞，耳聽心受，潛移默化，受到他的影響是自不待言的。陳洵叔是清末民初的大詞人，最為朱彊村所推許。彊村認為他與況周頤為「並世兩雄，無與抗手」。陳氏著有《海綃詞》，並寫過《海綃說詞》，評論歷代詞人的得失，兩種都是很有名的詞籍。羅錦堂老師，如前文已提過，是已故鄭騫教授的入室弟子。鄭教授是現代一位非常有名的詞曲教授，任教臺灣師範大學數十年，滿門桃李，影響學界相當廣泛。他的《詞選》、《續詞選》、《曲選》等都是很有名而影響深遠的著述。

自鳴聲價，我的詞曲之學都是「出自名門」的。但我的成績，雖自信不至有辱師門，但，與他們相比，實在差得很遠呢！

我仍要不斷鞭策自己，不斷努力啊！

國家圖書館出版品預行編目資料

夢窗詞選注譯

黃兆漢著. – 初版. – 臺北市：臺灣學生，
2003 [民 92]
面；公分

ISBN 957-15-1196-X(精裝)
ISBN 957-15-1197-8 (平裝)

852.4524　　92018414

夢窗詞選注譯

著作者：黃兆漢
出版者：臺灣學生書局有限公司
發行人：盧保宏
發行所：臺灣學生書局有限公司
臺北市和平東路一段一九八號
郵政劃撥戶：○○○二四六六八號
電話：(○二)二三六三四一五六
傳真：(○二)二三六三六三三四
E-mail：student.book@msa.hinet.net
http://studentbook.web66.com.tw
本書局登記證字號：行政院新聞局局版北市業字第玖捌壹號
印刷所：宏輝彩色印刷公司
中和市永和路三六三巷四二號
電話：二二二六八八五三

定價：精裝新臺幣四三〇元
平裝新臺幣三六〇元

西元二〇〇三年十一月初版

85201
有著作權・侵害必究
ISBN 957-15-1196-X(精裝)
ISBN 957-15-1197-8 (平裝)